Jean Nicolas Grou

Geistliche Einsamkeit in Betrachtungen über die Liebe Gottes

SALZWASSER
VERLAG

Jean Nicolas Grou

Geistliche Einsamkeit in Betrachtungen u▯ber die Liebe Gottes

Unveränderter Nachdruck der Originalausgabe von 1865.

1. Auflage 2022 | ISBN: 978-3-37500-979-3

Verlag: Salzwasser Verlag GmbH, Zeilweg 44, 60439 Frankfurt, Deutschland
Vertretungsberechtigt: E. Roepke, Zeilweg 44, 60439 Frankfurt, Deutschland
Druck: Books on Demand GmbH, In de Tarpen 42, 22848 Norderstedt, Deutschland

Geistliche Einsamkeit
in
Betrachtungen
über
die Liebe Gottes.

Sammt einem Schriftchen:
Ueber die Hingabe unserer Selbst an Gott.

Von

P. Johann Grou,
aus der Gesellschaft Jesu.

Nach der neuesten Ausgabe aus dem Französischen
übersetzt.

Regensburg.

1865.

Vorwort.

Betrachtungen über die Liebe Gottes und über die Kenntniß und die Liebe Jesu Christi sind zum Heile der Gläubigen ein unentbehrliches Bedürfniß. Das ewige Leben, spricht unser Herr selbst in seiner Unterredung mit seinem Vater, besteht darin, daß man dich kennt, der du der allein wahre Gott bist, und daß man Jesum Christum kennt, den du gesandt hast (Joh. 13, 3).

Die ganze christliche Religion ist in diesen zwei Punkten enthalten. Die Kenntniß führt zur Liebe, und die Liebe ermuntert zur Ausübung der Gebote, deren erstes und größtes sie ist.

Die folgenden Betrachtungen sind für Christen bestimmt, welche sich zu Zeiten in stille Einsamkeit zurückziehen, oder sich täglich mit einer von den ewigen Wahrheiten vor Gott zu beschäftigen pflegen.

D. B.

Einleitende Betrachtung

über die Worte:

Ich bin gekommen, Feuer auf die Erde zu senden, und was will ich anders, als daß es brenne (Luk. 12. 49.)?

1. Was ist das für ein Feuer, das Jesus Christus auf die Erde zu senden gekommen ist? Es ist die göttliche Liebe. Das Wort ist nur Fleisch geworden, hat nur unter uns gewohnt, ist nur durch die verschiedenen Stände seines sterblichen Lebens gegangen, hat nur gesprochen, gehandelt, gelitten, um uns durch seine Predigten und seine Beispiele zu lehren, Gott zu lieben, um uns die Gnade, Gott zu lieben, zu erwirken, zu verdienen, selbst mitzutheilen. Diese Gnade ist die größte seiner Wohlthaten: sie setzt alle übrigen voraus und enthält sie. Vor Jesus Chri-

stus gab es selbst keine Kenntniß und Liebe des wahren Gottes; es gibt sie und wird sie bis an's Ende der Zeiten nur durch ihn geben. Er ist die Sonne der Liebe, das wahre Licht, das jeden Menschen, der in diese Welt kommt, auf eine übernatürliche Weise erleuchtet und erwärmt. Welchen Antheil habe ich bisher an dieser Wohlthat Jesu Christi gehabt? Wenn meine Seele nicht von diesem heiligen Feuer entzündet ist, muß ich es nicht einzig und allein mir, und nicht ihm zuschreiben? Wie sehr muß ich mich hier schämen und demüthigen; aber welch' großen Dank bin ich dir zugleich auch schuldig, o mein Erlöser!

2. Jesus Christus will sonst nichts, als daß dieses Feuer im Herzen der Menschen brenne. Er will sonst nichts: als Gott, weil seine Ehre und unsre Glückseligkeit, welche die zwei Endzwecke seiner Werke sind, an die Liebe Gottes gebunden sind, und von ihr abhängen wie Wirkungen von ihrer Ursache; auch als Mensch hat er kein anderes Verlangen, weil dieß der einzige Zweck seiner Sendung ist, den

er nur vollkommen erreicht, wenn es ihm gelingt, in allen Herzen das Feuer anzuzünden, von welchem die Bewohner des Himmels brennen, und welches sie aus dem Schooße der Gottheit selber schöpfen. Der Himmel ist eigentlich die Region dieses Feuers, das auf die Erde nur herabgekommen ist, um wieder in den Himmel zurückzukehren und uns mit sich dahin zu nehmen. Zuvor aber muß es in uns alles Irdische verzehren, und es wird uns nie zu den Wohnungen der Herrlichkeit und Seligkeit erheben, so lange in unsern Seelen Etwas zurückbleibt, das es nicht gereinigt hat. Wenn Jesus Christus nichts Anderes will und wollen kann, als mich mit diesem göttlichen Feuer zu entzünden, darf dann ich selber etwas Anderes wollen? Bin ich nicht der Feind Gottes, wenn ich in mir dem Mittel, durch welches er mir seine Herrlichkeit sichern will, ein Hinderniß entgegensetze? Bin ich nicht der Feind Jesu Christi, wenn ich die große Absicht vereitle, in welcher er auf die Erde herabgekommen ist, wenn ich mich seinem heißesten Verlangen widersetze? Bin ich nicht mein eigener Feind, wenn ich mein Herz nicht dieser heiligen Flamme, der einzigen Quelle meiner Heiligkeit und meiner Glückseligkeit, öffne? Es bleibt mir keine andere Wahl übrig, ich muß entweder ewig von dem Feuer der göttlichen Liebe, oder ewig von dem Feuer der Hölle brennen. Ach Herr, kann ich schwanken zwischen dem Feuer deiner Liebe und dem Feuer deines Zornes, zwischen dem Feuer, wovon du selber brennest, und das deine Glückseligkeit bildet, und dem Feuer, wovon die Teufel brennen, und das der Grund ihrer Verzweiflung, ihrer Wuth, ihres rettungslosen Unglücks ist?

3. Dieses Feuer, das Jesus Christus gebracht hat, und von dem er will, daß es brenne, kann in meinem Herzen nicht brennen, oder es wird sich wenigstens nicht darin erhalten und nicht zunehmen, wenn ich nicht selber will, daß es darin brenne, wenn ich es nicht unterhalte, wenn ich nicht durch meine Mitwirkung seine Gluth verstärke. Ich habe den Keim und den ersten Funken davon in

der Taufe empfangen. Gott hat ihn aus bloßer Güte in mich gelegt; es war mir unmöglich, diese Gnade zu verdienen; aber er hat mir befohlen, diesen Funken zu bewahren und ihn beständig mit Nahrung zu versehen. Habe ich es gethan, seitdem ich den Gebrauch meiner Vernunft habe, seitdem ich den Werth der göttlichen Liebe und der heiligenden Gnade kenne? Wie oft habe ich in mir diese göttliche Liebe durch die Todsünde erstickt! Ich weiß, daß ich sie erstickt habe; ich weiß nicht, ob sie seitdem durch das Sakrament der Buße wieder erweckt worden ist; wenn dieß der Fall ist, so ist dieß eine neue Wohlthat, die ich dir verdanke, o mein Gott. Habe ich nicht abermals die große Schuld auf mich geladen, daß ich sie durch so viel Nachläßigkeit und Unbekümmertheit, durch eine unzählige Menge von läßlichen Fehlern vermindern ließ, deren Gewohnheit mich der Gefahr aussetzte, sie ganz, und vielleicht unwiederbringlich zu verlieren? Habe ich mir ferner nicht den Vorwurf zu machen, so viele Mittel der Heiligung, so viele innere und äußere

Gnaden gar nicht benützt oder übel angewendet zu haben, deren Zweck war, das Feuer der göttlichen Liebe in mir zu vermehren?

Um vor dir, o mein Gott, über meine bisherigen Fehler, über meine gegenwärtige Lauheit und Schlaffheit zu seufzen, um sie wieder gut zu machen und mit deiner Gnade heilige und feste Vorsätze für die Zukunft zu fassen, um dich lieben zu lernen und ungesäumt anzufangen, dich zu lieben, deßhalb ziehe ich mich in diese stille Einsamkeit zurück. Göttlicher Jesus, siehe da mein Herz, ich übergebe es dir und mache dich zum Herrn desselben. Bereite es zum Empfange der heiligen Liebe vor; dieß ist dein Verlangen, es ist auch das meinige. Ich bitte dich um keine Süßigkeiten, um keine Tröstungen; es genügt mir schon, wenn ich von diesen geistlichen Uebungen einen entschiedenen Willen zurückbringe, der Liebe Gottes alle Augenblicke meines Lebens zu weihen, alle Mittel in's Werk zu setzen, alle Gelegenheiten, die sich darbieten, zu benützen, um sie in mir zu vermehren, und in meinen Gedanken, meinen Wünschen, meinen Handlungen, meinen Leiden keinen andern Zweck vor Augen zu haben. Amen.

Erster Tag.

Erste Betrachtung.

Ueber die Liebe Gottes an sich.

1. Gott kennt sich von aller Ewigkeit und sieht sich als das, was er ist, das durch sich selbst bestehende und unendlich vollkommene Wesen. Er kann seine Vollkommenheiten nicht betrachten, ohne sich mit einer Liebe zu lieben, die eben so unendlich ist, wie seine Vollkommenheiten selber, und in dieser Kenntniß und dieser Liebe findet er seine höchste Seligkeit, da er weiß, daß er ist, was er ist, und es nothwendig immerdar sein wird, daß er sich kennen, daß er sich immerdar lieben, und daß er immerdar glückselig sein wird, indem er sich selbst genügt und keines andern Genusses bedarf. Man bemerke die

Ordnung: Kenntniß, Liebe, Glückseligkeit. Er liebt sich, weil er sich kennt, und weil er nichts kennen kann, das besser oder eben so gut ist; er ist glückselig, weil er sich liebt, und weil er, indem er sich besitzt, das höchste Gut besitzt. In Gott folgen diese drei Dinge: sich kennen, sich lieben, glückselig sein, nicht auf einander, sondern sie begleiten sich, und sie sind nur Einunddasselbe wie die Natur Gottes selber, welche nur Kenntniß ihrer selbst, nur Liebe ihrer selber, nur Glückseligkeit an sich selber ist. Allein in unsrer Art, zu begreifen, und in jedem andern Wesen außer Gott setzt die Liebe die Kenntniß, und die Glückseligkeit die Kenntniß und die Liebe voraus. Die Kenntniß ist der Beweggrund der Liebe, und die Glückseligkeit ist die Wirkung beider.

2. Gott liebt sich nothwendig, und er liebt eigentlich nur sich selber. Ehe er Etwas erschaffen hatte, liebte er nur sich, jede andere Liebe ging auf ihn aus und erschöpfte sich so zu sagen an ihm. Die Schöpfung hat in dieser Hinsicht nichts verändert. Er liebt die Geschöpfe,

welche sein Werk sind; aber er liebt sie nicht an sich und um ihrer selbst willen; er liebt sich in ihnen, und er bezieht sie auf sich. Die Liebe, welche er zu sich hat, erstreckt sich auf seine äußern Werke und besonders auf die vernunftbegabten Wesen, die er nach seinem Bilde und Gleichnisse gemacht hat. Die Liebe, welche Gott zu uns hat, ist also keine andere als diejenige, die er zu sich selbst hat, und obwohl diese Liebe in ihren äußern Wirkungen frei ist, so ist sie doch in ihrem Grunde nothwendig. Das heißt, Gott muß eben deßhalb, weil er sich liebt, mich lieben, so lange ich mich seiner Liebe nicht unwürdig mache, indem ich selbst aufhöre, ihn zu lieben; er muß eben deßhalb, weil er glückselig ist, mich nach meiner Fähigkeit und nach der Art von Glückseligkeit glückselig machen wollen, die er mir nach seinem Wohlgefallen bestimmt hat; und er wird mich wirklich in den Besitz dieser Glückseligkeit setzen, wenn ich die unerläßliche Bedingung erfülle, an die er sie geknüpft hat, nämlich ihn zu lieben. Meine Glückseligkeit ist nur eine Mittheilung der seinigen, und es ist unmöglich, daß ich auf eine andere Weise glückselig sein kann als durch diese Mittheilung; aber sie fügt nichts zu der seinigen hinzu, wie mein Unglück ihr nichts benimmt, wenn ich mich durch meine Schuld unglücklich mache. Gott findet also nur in sich den Grund, mich zu lieben und meine Glückseligkeit zu wollen, und diese seine Liebe ist, insofern sie sich auf mich bezieht, ganz freiwillig, ganz rein und uneigennützig, da er sich, er mag mich erschaffen haben oder nicht, ich mag ihn lieben oder nicht, ich mag glücklich oder unglücklich sein, darum nicht minder liebt und lieben wird, darum nicht minder glückselig ist und sein wird.

3. Gott ist schlechthin das einzige Wesen, welches das Recht hat, sich zu lieben, weil es sich kennt, welches durch diese Kenntniß und diese Liebe glückselig ist, und welches Alles nur in Bezug auf sich und mit derselben Liebe, die es zu sich hat, lieben kann. Jedes Geschöpf, das sich kennt, findet in sich selber nur das Nichts, und das Nichts hat nichts

Liebenswürdiges; es findet in seinem Willen nur die Fähigkeit, von der Ordnung abzuweichen, welche ihm vom Schöpfer vorgeschrieben ist, und diese Fähigkeit ist eine Unvollkommenheit, die es nur demüthigen kann, so daß es sich nicht zu lieben vermag; es sieht in seinen Kräften nur Grenzen, nur Unvermögen, sich selbst zu genügen, nur Wünsche, die seine Dürftigkeit beweisen, und die es zu befriedigen nicht im Stande ist. Was könnte es in diesem Allen lieben? Das Gute, welches es in sich wahrnimmt, kommt ihm wie sein Dasein selbst von einer andern Seite her, und auferlegt ihm die Pflicht, seinen Urheber zu lieben und Alles, was es von ihm hat, auf ihn zu beziehen. Wenn das Geschöpf, so vollkommen man es sich auch denken mag, keinen Grund in sich sieht, sich um seiner selbstwillen zu lieben, und wenn es dagegen nur Gründe, sich nicht zu lieben, in sich findet, so kann es noch weniger glückselig sein, wenn es sich liebt, weil diese des Grundes ermangelnde Liebe es nur täuschen und ihm nur eine falsche Glückseligkeit verschaffen kann. Noch mehr, da diese Selbstliebe nur die äußerste Unordnung von ihm wäre, so müßte es dadurch nur äußerst unglückselig werden. Da endlich das Geschöpf kein Recht hat, sich um seiner selbstwillen zu lieben, so entfernt es sich immer mehr von der Ordnung, wenn es irgend Etwas für sich liebt, es auf sich als seinen Endzweck beziehend. Und wenn es wahr ist, daß sich so kein Geschöpf lieben kann, so wäre es eine schreckliche Verkehrung der Ordnung, wenn es Gott nur aus Selbstliebe liebte, sich als ein Ziel betrachtend, dem seine Zuneigung zu Gott zustreben sollte.

Diese Betrachtung ist etwas trocken, und es ist dabei mehr der bloße Verstand beschäftigt, allein sie ist nothwendig, um recht zu erkennen, welches die Liebe ist, die wir Gott schuldig sind. Die Zuneigungen des Herzens folgen auf die Erleuchtungen des Geistes, und ehe man liebt, muß man kennen. Da sich Gott nothwendig um seiner selbstwillen liebt, und Alles, was nicht er ist, nur in Bezug auf sich, so müssen auch wir ihn um seiner selbst willen lieben, und uns so wie alles Uebrige nur in Bezug auf ihn.

Zweite Betrachtung.

Gott hat mich erschaffen, damit ich ihn um seiner selbst willen liebe.

1. Alle äußern Werke Gottes sind ein Ausfluß seiner Güte und bloße Wohlthaten. Die Schöpfung ist die erste Wohlthat, und alle übrigen sind ihre Folge. Ein Wohlthäter wie Gott, der Alles nur sich selbst schuldig ist, der Alles nur um seiner selbst willen gemacht hat und machen konnte, da außer ihm Alles nur durch seine Macht und seinen Willen bestand und bestehen konnte, ein solcher Wohlthäter, sage ich, konnte sich bei seinem Wohlthun keinen andern Zweck als diesen vorsetzen, daß seine unendliche Güte bewundert und geliebt werde. Daß seine unzähligen und unschätzbaren Wohlthaten, welche unsre höchste und ewige Glückseligkeit herbeiführen sollen, für uns der mächtigste Beweggrund sind, Gott zu lieben, das kann nicht in Zweifel gezogen

werden, und Gott wollte ausdrücklich, daß wir diesen Gebrauch davon machten. Unsre Undankbarkeit würde den höchsten Grad erreichen, wenn sie uns nicht zu diesem Zwecke dienten. Wollte aber Gott, konnte er wollen, daß ich ihn nur wegen seiner Wohlthaten liebte, und nicht darauf sähe, was er an sich selbst ist, und welche Liebe er um seiner selbst willen von mir verdient? Ich behaupte, daß dieß schlechthin unmöglich ist, und ebenso der Natur des Wohlthäters wie der Beschaffenheit seiner Wohlthaten widerspricht. Wenn Gott der Anfang und das Ende von Allem ist, so muß, wie Alles von ihm ausgeht, auch Alles endlich zu ihm wieder zurückkehren. Wenn er auf irgend Etwas eifersüchtig ist, so ist er es auf die Liebe seiner Geschöpfe; und warum wäre er darauf eifersüchtig, wenn sie ihm nicht mit Ausschluß alles Andern gebührte, und warum gebührte sie ihm so, wenn er nicht allein an sich selbst unendlich liebenswürdig wäre? Wozu bedurfte er der Geschöpfe? Zu nichts. Hat er sie gemacht, damit sie sich selbst und ihn nur wegen seiner Wohlthaten lieben sollten? Es wäre ungereimt, daß das Geschöpf zuerst sich selbst, und dann seinen Schöpfer nur wegen des Guten, das er ihm erwiesen hat, und wegen dessen, das er ihm verheißt, lieben sollte. Verdient er ihre Liebe nur als Wohlthäter? Hat er nicht wegen seiner Natur und wegen seiner unendlichen Vollkommenheiten einen unvergleichlich höhern Anspruch darauf? Gott wollte also und mußte wollen, daß die vernunftbegabten Geschöpfe ihn vor Allem um seiner selbst willen liebten, und daß die Dankbarkeit und die Hoffnung für sie nur Beweggründe seien, ihn noch mehr zu lieben. Die Liebe der Dankbarkeit und der Hoffnung ist also nicht die eigentliche Liebe, die ich Gott schuldig bin, und die er von mir verlangt; und wenn der Beweggrund seiner höchsten Liebenswürdigkeit nicht vor Allem und am Mächtigsten auf mein Herz wirkt, um mich zu bestimmen, ihn zu lieben, so anerkenne ich seine Wohlthaten nicht, wie ich soll, und ich mache mich seiner Verheißungen unwürdig und unfähig, sie zu genießen.

2. Gott hat mir einen Verstand gegeben. Wozu? Um mich selbst kennen zu lernen? Nein; mein Verstand muß sich höher erheben und durch die Kenntniß der Geschöpfe und meiner selbst zur Kenntniß Gottes gelangen, seine Vollkommenheiten betrachten und in dieser Betrachtung ruhen. Mein Geist ist allerdings nicht fähig, den Unendlichen zu begreifen, Gott allein begreift sich selbst; aber er ist fähig, ihn kennen zu lernen; er strebt darnach aus allen seinen Kräften, und dieses Verlangen ist so tief in ihm, daß seine Wißbegierde keine endliche Kenntniß völlig befriedigen kann. Ferner, welche Wissenschaft auch mein Geist pflegt, auf welchen Gegenstand er auch seine Blicke richtet, mag er über Andere oder über sich selbst nachdenken, Alles erhebt mich zu Gott, Alles führt mich zu ihm; er ist der erste Ring der Kette, welche alle Wahrheiten umfaßt; er ist auch der letzte, auf den sie zurückgehen; ich kenne nichts gründlich weder in der Natur noch in der Moral, wenn ich Gott nicht kenne, und ich kann über nichts richtig urtheilen,

wenn ich von Gott, der ersten Ursache und dem letzten Zwecke aller Dinge, nichts weiß. Ist es nicht einleuchtend, daß mich Gott mit einem solchen Verstande nur begabt hat, damit ich ihn kennen lerne? Daß es nicht bloß der edelste Zweck ist, den ich von ihm machen kann, wenn ich ihn auf diesen Gegenstand richte; sondern daß ich ihn auch gegen seine Bestimmung mißbrauche, wenn ich ihn auf irgend einen andern Gegenstand ohne Beziehung auf Gott richte?

Gott hat mir einen Willen gegeben, der fähig ist, um zu lieben. Natürlich, um das zu lieben, was liebenswürdig ist. Allein nichts ist wahrhaft, nichts ist im höchsten Grade, nichts ist einzig liebenswürdig als er. Was die Geschöpfe Schönes und Gutes haben, von wem haben sie es sonst als von demjenigen, der die höchste Schönheit und Güte ist? Hat er sie gemacht, damit ich ihnen meine Liebe weihe? Hat er mir ihren Gebrauch gegeben, damit ich ihnen anhange und ihn vergesse? Sagen sie mir nicht alle in ihrer Sprache: Bleibe nicht bei uns stehen, gehe zu unserm gemeinsamen Urheber zurück; er bietet dir unsern Anblick nur dar und gestattet dir unsern Gebrauch nur, um dich zu ermuntern, ihn zu lieben. Der Wille, welcher blind ist, kann sich von den Sinnen, von der Einbildungskraft, von den Leidenschaften verführen lassen: Allein der Verstand ist dazu bestimmt, ihn zu erleuchten und seine Neigungen zu leiten. Wenn er seinen reinen Erleuchtungen folgt, so wird er von ihm nur angeleitet werden, Gott an sich und in allen übrigen erschaffenen Wesen zu lieben. Gott hat mich mit der Selbstbestimmung begabt. Warum? Damit ich nach meinem Belieben über mich selbst und über das verfüge, was er von mir abhängig gemacht hat? Wollte er mich zu meinem Herrn machen und mich ermächtigen, mich seiner Herrschaft zu entziehen? Dieser Gedanke kann mir nicht im Ernste in den Sinn kommen. Seine Absicht war, daß, wenn ich ihn frei und aus eigner Wahl liebe, wenn ich ihm den Vorzug vor jedem andern Gegenstande gebe, diese Liebe für ihn ehrend sei und einen Lohn von ihm verdiene. Sein erster Zweck ist seine Ehre, und sein zweiter meine Glückseligkeit gewesen. Verherrliche ich zuerst ihn, indem ich ihn frei um seiner selbst willen liebe, so wird er mich dann durch eben diese Liebe glückselig machen, indem er mir für immer den unvergleichlichen Vortheil zusichert, ihn zu sehen, ihn zu lieben, ihn zu besitzen. Würde ich aber die Ordnung verkehren und nicht ihn allein, ohne Rücksicht auf seinen Lohn lieben, so würde ich ihn nicht verdienen und seiner unfehlbar beraubt werden.

3. Verweilen wir ein wenig bei dem Verlangen nach der Glückseligkeit, und sehen wir, ob es der Liebe Gottes um seiner selbst willen widerstrebt. Ich verlange in nothwendiger Folge der Liebe, die ich zu mir habe, glückselig zu sein: es ist dieß etwas Unbestrittenes; allein woher kommt mir dieses Verlangen? Von meiner Dürftigkeit. Wenn ich mir selbst genügte, so verlangte ich nicht, glückselig zu sein, ich wäre es schon. Wohin führt es mich? Außer mich, zu einem Wesen

hin, das vorzüglicher ist als ich, zu einem unendlichen Wesen, das allein fähig ist, die Unermeßlichkeit meiner Wünsche zu erfüllen; mit einem Worte, zu Gott, als das höchste Gut betrachtet. Ich kenne es also, dieses höchste Gut; ich liebe es als dieses an sich und um seiner selbst willen, ehe ich verlange, mit ihm als meinem höchsten Gute vereinigt zu werden. Denn wie könnte ich es verlangen, wenn ich nicht wüßte, daß es unendlich vollkommen und liebenswürdig ist, und wenn ich es nicht schon um seiner selbst willen liebte, ehe ich es um meinetwillen liebe? Dieß sind die Betrachtungen und die Rücksichten der Eigenliebe, welche Alles hienieden verderben und die Ordnung dieser Verhältnisse verkehren. Doch die Eigenliebe und die ordentliche Selbstliebe sind zwei ganz verschiedene Dinge. Die ordentliche Liebe nun läßt mich meine Glückseligkeit wünschen und sucht sie in Gott als in der Quelle aller Vollkommenheit und aller Glückseligkeit, als in dem Wesen, das allein verdient, um seiner selbst willen geliebt zu werden, und das ich in der That so mit einer wohl geordneten und auf eine directe Weise liebe; das ich dann betrachtungsweise als mein letztes Ziel und den Anfang meiner Glückseligkeit liebe, nicht, indem ich es auf mich beziehe, was die Eigenliebe thut, sondern indem ich mich auf dasselbe beziehe. Das Laster der Eigenliebe besteht darin, daß sie in Allem die Glückseligkeit und Gott selbst nur in Bezug auf sich betrachtet, darin, daß sie sich Alles aneignet, darin, daß sie ihren Zweck in ihr Wohlsein setzt und den Besitz Gottes und seine Liebe nur als ein diesem Wohlsein untergeordnetes Mittel betrachtet. Durch diese seltsame Verkehrung wird meine Selbstliebe meine Haupt- und herrschende Liebe, und die Liebe Gottes ist nur mehr eine untergeordnete Liebe. Ich will meine Glückseligkeit, und ich liebe mich vor Allem; dann erst liebe ich Gott, und ich will ihn als ein zu meiner Glückseligkeit nothwendiges Gut besitzen.

Sollte es aber möglich sein, daß Gott, welcher in meine Natur das Bedürfniß und das innerste Verlangen nach der Glückseligkeit gelegt hat, und zwar nach einer Glückseligkeit, die ich nur in ihm finden kann, damit beabsichtigte, mich von der Pflicht zu befreien, ihn um seiner selbst willen zu lieben, und mich gewisser Maßen darauf zu beschränken, ihn nur in Bezug auf mich zu lieben? Dieß ist im höchsten Grade ungereimt. Wie, Gott wäre unendlich liebenswürdig an sich selbst, er wäre eben deßhalb das höchste Gut, der nothwendige Anfang und das Ziel der Glückseligkeit eines jeden vernunftbegabten Geschöpfes, und da ich nur durch ihn glückselig sein kann, so wäre es mir unmöglich, ihn um seiner selbst willen zu lieben und anders als wegen seines Besitzes, den ich nur wegen meiner wünschte? Wenn dieß wahr wäre, so würde ich nicht anstehen, zu sagen, daß Gott nie der Glückseligkeit fähige Wesen erschaffen hätte, weil es nicht wesentlich zu seiner Verherrlichung gedient hätte, und daß er sich darauf beschränkt hätte, sich selbst zu lieben, ohne von irgend einem Geschöpfe auf eine seiner so unwürdige Weise geliebt werden zu wollen.

Das Verlangen, glückselig zu werden, läge vergeblich im Menschen, wenn er Gott nicht um seiner selbst willen lieben könnte und nicht wirklich lieben sollte, weil er zur Glückseligkeit nicht gelangen und sie nicht durch diese Liebe genießen könnte.

Dritte Betrachtung.

Fortsetzung.

1. Gott ist die Liebe, sagt der heil. Johannes, und die einzige Quelle aller Liebe. Er legt sie durch den heiligen Geist, die ewige Liebe des Vaters und des Sohnes, in unsere Herzen. Welche andere Liebe kann Gott in mich legen als diejenige, womit er sich selbst liebt? Es gab keine andere von aller Ewigkeit, es gibt keine, und es wird nie eine andere geben. Diese Liebe ist in ihrem Ursprunge rein, unendlich rein; sie ist es in ihrer Gewohnheit, die in der Taufe der Seele des Christen eingegossen wird, und sie wäre immer rein in ihren Acten, wenn nicht die unordentliche Selbstliebe

hinzukäme und sie mit ihrer unglücklichen Selbstsucht befleckte. Weder die Dankbarkeit noch die Hoffnung verletzen ihre Reinheit. Diese zwei Tugenden haben ihre besondern Beweggründe, welche sich ganz gut mit dem besondern Beweggrund der Liebe vereinigen und leicht neben ihm bestehen könnten, wenn sich nicht die Eigenliebe in sie mischte und sie mehr oder minder mit ihrem Gift ansteckte. Ich kann Gott wegen seiner Wohlthaten lieben, ich kann ihn wegen des Lohnes lieben, den er mir verheißt, und den ich zuversichtlich von ihm erwarte, und ich kann ihn zugleich noch mehr um seiner selbst willen lieben. Was liegt am Ende daran, daß ich, wenn ich Gott aus dem besondern Beweggrund der Dankbarkeit oder der Hoffnung liebe, ihn dann nicht ausdrücklich aus dem Beweggrund der Liebe liebe? Besteht darum diese Liebe weniger in meinem Herzen? Schwächen die übrigen Tugenden, die ich in ihrer Unterordnung unter ihr erhalte, und die ich ausübe, wenn die Gnade mich dazu antreibt, ihre Gewohnheit? Was verlangt denn Gott? Daß diese Gewohnheit in mir vorherrsche, daß ich sie öfter bethätige, daß nie weder die Rücksicht auf seine Wohlthaten, noch die Hoffnung auf seine Verheißungen, noch selbst die Furcht vor seinen Strafen sie im Mindesten beeinträchtigen, und daß sie immer die Herrin und die Königin meiner Neigungen bleibe. Daneben verbietet er es mir nicht bloß nicht, sondern er will ausdrücklich, daß mich in gewissen Fällen der Schrecken vor seinen Gerichten vom Bösen fern halte und mich in der Ausübung des Guten befestige; daß mich in andern Fällen der Gedanke an seine Wohlthaten mit Dankbarkeit erfülle und mich antreibe, sie ihm zu beweisen, indem ich ihm gern gebe, was er von mir verlangt; daß mich in andern Umständen die Hoffnung auf seinen verheißenen Lohn ermuthige, die Schwierigkeiten der Tugend zu überwinden, mir eine großmüthige Verachtung gegen die Dinge der Erde einflöße, mich in den Leiden und Trübsalen aufrecht erhalte. Jesus Christus, die Apostel, das alte und das neue Testament bieten uns diese Beweggründe dar, prägen sie uns ein, empfehlen uns, gebieten uns, von ihnen Gebrauch zu machen, und gewiß haben weder Jesus Christus, noch die Propheten und die Apostel geglaubt, dadurch nur im Mindesten die Reinheit der Liebe und die Pflicht zu beeinträchtigen, ihre Gewohnheit durch eine häufige Ausübung zu bewahren und zu stärken.

2. Warum sollte Gott nicht über Alles wollen, um seiner selbst willen geliebt zu werden? Wir, die niedrigen und elenden Geschöpfe, wir verlangen, so geliebt zu werden, und wir kennen keine andere wahre Liebe als diese. Welcher Gatte wäre nicht aufgebracht, wenn er Grund hätte, zu glauben, seine Gattin liebe ihn nicht um seinetwillen, sondern aus eigennützigen Gründen? und eben so die Gattin? Welcher Vater würde sich aus der Zuneigung und dem Gehorsame seiner Kinder Etwas machen, wenn sie ihren Grund nur darin hätten, daß er eben Vater ist, und nicht aus den natürlichen Gefühlen entstünden, sondern wenn sie ihn nur um ihrer selbst willen und

wegen ihres gegenwärtigen oder künftigen Vortheils liebten? Welcher Herr verlangt nicht, daß ihm seine Diener aufrichtig anhangen, und daß sie ihm nicht bloß wegen ihres Lohnes und wegen anderer Vortheile, die sie von ihm erhalten oder erwarten, getreu dienen sollen? Was wäre die Freundschaft sonst als ein bloßer Handel, wenn die gegenseitigen Dienste und Wohlthaten ihr Hauptbeweggrund und einziges Band wären? Und ist der Grund, warum man sagt, daß die Großen der Erde selten Freunde haben, nicht dieser, weil man ihnen gewöhnlich aus ehrgeizigen oder eigennützigen Absichten anhangt? Wie, die Menschen sehen so sehr auf die Liebe, und Gott, der allein das Recht hat, darauf zu sehen, Gott, der nothwendig eifersüchtig auf unser Herz ist, der die geheimsten Neigungen desselben unterscheidet, sollte es gleichgiltig sein, ob wir ihn um seiner selbst willen oder unsertwegen lieben! und er selbst sollte durch seine Wohlthaten, durch seine Verheißungen den ersten und Hauptgrund geschwächt haben, aus welchem er unsere

Liebe verlangt! Was ist der Grund, daß wir Vater, Gatte, Herr, Freund sind, im Vergleiche mit dem seinigen? Ist er das Alles nicht im höchsten Grade für uns? Vereinigt er nicht in dieser Hinsicht und überragt er nicht unendlich alle unsere Rechte? und hat er nicht außerdem eines, das wir uns nicht aneignen können, die höchste und unendliche Vollkommenheit seiner Natur, wovon alles Liebenswürdige in uns nur eine Spur, ein Schatten, eine schwache Theilnahme ist? Gott gestattet die reine Liebe unter den Menschen bis zu einem gewissen Punkte, wenn sie auf ihn bezogen wird; er verlangt sie sogar unter den Gatten, unter den Müttern und Kindern und denjenigen, welche das Blut vereinigt; und er sollte sie nicht für sich selbst verlangen, er sollte sich mit einer von einem andern Beweggrunde eingegebenen Liebe begnügen! Nichts zeigt besser, wie weit die Ungerechtigkeit und die Blindheit der Eigenliebe geht, welche es wagt, für sich zu wollen, was sie Gott versagt oder streitig macht.

3. Statt Gott diese reine Liebe zu

bestreiten, welche er allein verdient, soll ich meine ganze Ehre und Glückseligkeit darein setzen, ihn so zu lieben. Mein wahrer Adel besteht in der Fähigkeit, Gott zu kennen und zu lieben, und die vollkommene Befriedigung meines Geistes und meines Herzens ist nur in dieser Kenntniß und dieser Liebe zu finden.

Was die Glückseligkeit Gottes bildet, das muß hienieden die meinige anfangen und sie für immer im Himmel vollenden. Wie groß ist meine Bestimmung! Sie vereinigt mich unzertrennlich mit Gott, und ich habe nicht weniger nöthig als die Liebe und den Besitz dieses höchsten Wesens, um mich glücklich zu machen. Welche Erniedrigung, welche Entwürdigung für mich, wenn ich meine Liebe einem andern Gegenstande zuwende, der geringer ist als Gott! Gott bietet mir die Glückseligkeit dar, und er bietet sie mir im Genuße seiner selbst dar, und ich sollte sie anderswo suchen! Er verlangt von mir keine andere Bedingung, als ihn zu lieben, und ich sollte sie nicht erfüllen! Er zeigt mir ein unvermeidliches Unheil, einen unersetzlichen Verlust, das allergrößte Unheil, den Verlust des höchsten Gutes, wenn ich ihn nicht liebe; und dieß sollte mich nicht rühren, und diese Aussicht sollte mich nicht von den Geschöpfen abziehen, um mich an den Schöpfer zu fesseln!

Doch ich weiß, daß ich mich selbst täusche, und daß ich in den Gegenständen, die mich verführen, eine Glückseligkeit verfolge, die mir immer entschlüpft, oder vielmehr, daß ich mir in ihrem Genusse eine Glückseligkeit träume, die ich nie darin gefunden habe, weil sie nicht darin ist, und nicht darin sein kann. Die Vernunft und die Erfahrung, welche überzeugender ist als die Vernunft, beweisen es mir. Bin ich also nicht mein größter Todfeind? und wie sehr muß ich nicht diese unglückliche Eigenliebe verwünschen, welche mich des höchsten, des einzigen Gutes beraubt, welche mich meiner Dürftigkeit überläßt und ihr nur mit einem leeren Rausche abhilft, der mir gleichfalls einst entrissen werden und mich der Verzweiflung preisgeben wird, Alles rettungslos verloren zu haben!

Die Unordnung, in die ich gerathe, wenn ich Gott die Liebe versage, welche ihm mit einem so großen Rechte gebührt, ist so groß, daß ich sie unmöglich als das begreifen kann, was sie ist. Nur ein unendlicher Verstand kann sie recht begreifen. Ich werde dadurch ein Ungeheuer, ein Gegenstand des Abscheus nicht bloß für Gott, sondern auch für jedes Geschöpf, das ein Freund der Ordnung ist. Wenn ich nur ein wenig darüber nachdenke, so kann ich nicht umhin, mich selber zu verabscheuen. Wenn ich also bei meinem Abscheiden von dieser Welt sterbe, ohne die Liebe Gottes im Herzen zu haben, so stürze ich mich selber in die Hölle, welches der einzige Ort ist, der mir gebührt.

Schluß.

Ueber die Acte der Liebe Gottes.

Die Betrachtungen dieses Tages erstrecken sich auf die Mittel, um die Liebe Gottes in uns zu erhalten und zu vermehren, auf den Gebrauch, den wir bisher davon gemacht haben, und welchen wir von nun an davon machen sollen. Die Acte der Liebe Gottes bilden den Inhalt der ersten Betrachtung.

Die Gewohnheit der göttlichen Liebe wird unsern Herzen nur eingegossen, damit wir ihre Acte ausüben sollen. Widrigen Falls würde diese Gewohnheit gegen den ausdrücklichen Willen Gottes müssig bleiben, was schon ein großes Uebel ist; und wir würden uns ferner der Gefahr aussetzen, sie zu verlieren. Wir wissen, daß wir diese kostbare Gewohnheit in der Taufe bekommen haben; aber wir haben keine Gewißheit, ob wir sie bewahrt oder durch die Buße wieder bekommen haben. Obwohl uns Gott jede Unruhe hierüber verbietet, wenn uns unser Gewissen nichts vorwirft, weil er uns deßhalb absichtlich in der Ungewißheit hierüber läßt, um uns in der Demuth zu erhalten, so ist doch nichts tröstender für uns, als uns das Zeugniß geben zu können, daß wir Gott lieben, und eines der gewissesten Unterpfänder, die wir davon haben, ist, wenn wir häufig Acte der göttlichen Liebe ausüben. Welcher Vortheil, welche Freude, welche Quelle des Friedens ist es für einen wahren Christen, mit dem heiligen Augustin sagen zu können: Mein Gott, mein Gewissen bezeugt mir, daß ich dich liebe! Aber man muß alsdann fühlen, daß diese Liebe im Herzen lebendig ist, und man fühlt nur durch die Acte, die sie erzeugt, daß sie lebendig ist. Wenn diese Acte wirklich aus dem Herzen kommen, so ist dieß ein Zeichen, daß die Liebe darin wohnt; wenn sie häufig sind, so beweist dieß, daß sie voll Kraft und Leben ist. Sind dagegen diese Acte selten, sind sie nur im Munde, und werden sie nicht von einer gewissen Empfindung begleitet, so ist dieß ein Beweis, daß die Liebe schwach und matt ist, und man hat Grund, zu glauben, daß sie todt ist, wenn man beträchtliche Zeiträume vergehen läßt, ohne einen Act von ihr hervorzubringen.

Der Christ ist verpflichtet, die Gewohnheit der Liebe Gottes nicht bloß zu bewahren, sondern auch zu vermehren. Es ist dieß unzweifelhaft, obwohl man die Grenzen dieser Pflicht nicht genau bestimmen kann. Es ist nun aber gewiß, daß jede Gewohnheit nur durch ihre Acte bewahrt wird, und das einzige Zeichen, woran man erkennen kann, ob sie schwächer geworden oder schon ganz erloschen ist, ist dieses, wenn ihre Acte seltener werden, oder wenn man schon lange gar keinen mehr hervorgebracht hat. Dieß findet hinsichtlich der guten wie der bösen, der übernatürlichen wie der natürlichen Gewohnheiten statt. Es ist auch gewiß, daß jede Gewohnheit nur nach dem Maße der Häufigkeit der Acte vermehrt und verstärkt wird. Daraus folgt, daß der Christ verbunden ist, oft Acte der Liebe Gottes auszuüben. Daraus, daß man nicht bestimmt bezeichnen kann, wie oft man Acte monatlich, wöchentlich, täglich ausüben soll, muß man schließen, daß man mit sich in dieser Hinsicht nur insoferne zufrieden sein darf, wenn man Grund hat, zu glauben, daß Gott zufrieden ist; es wird dabei mehr erfordert, als man glaubt; denn Gott ist ja mit uns nur zufrieden, wenn wir ihn mit unserm ganzen Herzen, mit unserm ganzen Gemüthe, aus allen unsern Kräften lieben.

Welches Mittel kann aber der Christ haben, um so häufig Acte der Liebe auszuüben, als es Gott verlangt? Folgendes, welches einfach, leicht und zugleich das einzige ist; es gibt durchaus kein anderes. Gott selbst bestimme diese Acte, und nicht wir; wir können sie ja auch nur durch ihn hervorbringen. Mache ihn also zuerst zum unumschränkten Herrn deines Herzens und aller Regungen desselben. Bitte ihn dann täglich Morgens, er möge dich während des Tages so viele Acte der Liebe ausüben lassen, als es ihm zu seiner Ehre und zu deiner Heiligung wohlgefällt. Alsdann bleibe den ganzen Tag so gesammelt, so achtsam auf seine Einsprechungen, daß du keine von denjenigen vernachlässigest, die er dir zu Theil werden läßt. Fasse wenigstens diesen festen Entschluß; erneuere ihn, so oft du ihn vergessen hast, und mache dir einen lebhaften und aufrichtigen Vorwurf darüber. Du wirst dieß Mittel nicht lange angewendet haben, ohne seine guten Wirkungen zu erfahren. Sagst du, dieß Mittel sei allerdings sicher, aber es scheine dir nicht leicht zu sein, so kommt dieß daher, weil du nicht liebst und nicht lieben willst. Wende es nur aufrichtig an, und Gott wird es dir leicht machen. Wäre es nicht sonderbar, wenn du die Liebe Gottes ausüben wolltest, ohne daß es dir eine Unterwerfung, eine Anstrengung, eine Gewalt koste? Bedenke nur, daß deine durch die Sünde verderbte Natur sich der Liebe Gottes mit ihrer ganzen Kraft widersetzt. Bedenke, daß du durch deine persönlichen Uebertretungen diese Verderbtheit vermehrt und diese Widersetzung verstärkt hast. Bedenke endlich, daß der Zweck der Liebe Gottes ist, das Werk der Sünde in dir zu zerstören, dich über die Natur zu erheben, und den thierischen Menschen in einen geistlichen und göttlichen Menschen zu verwandeln. Und du willst keine Schwierigkeit in der Ausübung dieser Liebe erfahren? Dieß ist ein handgreiflicher Widerspruch. Wenn ich gesagt habe, daß das Mittel, welches ich vorschlage, leicht ist, so wollte ich sagen, daß es dieß für den guten Willen, nicht aber für die Natur ist.

Du wünschest zu wissen, welche Wirkungen dieses gewissenhaft angewandte Mittel hervorbringe. Gott wird dir erstens, wenn er deinen ernstlichen Entschluß sieht, mächtig beistehen; er wird dir häufige Acte der Liebe einsprechen; er wird dich so viel Geschmack und Annehmlichkeit darin finden lassen, daß du ein heißes Verlangen bekommst, sie immer mehr zu vermehren; sie werden täglich eifriger und inniger werden; sie werden zur Gewohnheit werden; du wirst sie ausüben, ohne darüber nachzudenken, fast ohne es zu merken; und sie werden zuletzt nach dem Ausdrucke des heiligen Gregor von Nazianz so leicht, so natürlich, so ununterbrochen werden, wie das Athmen. Du wünschest, es schon so weit gebracht zu haben. Fange nur an, fahre fort, und du wirst es so weit bringen.

Zweiter Tag.

Ueber das Gebot der Liebe Gottes.

Erste Betrachtung.

Ueber die Worte:

Du sollst den Herrn, deinen Gott, lieben.

1. Der heilige Augustin wundert sich mit Recht, daß der Mensch eines ausdrücklichen Gebotes, Gott zu lieben, bedurfte, wie wenn dieses Gebot nicht schon in seiner innersten Natur läge. Er wundert sich, daß er mit einer Strafe, wie die Hölle ist, bedroht werden mußte, wenn er Gott nicht liebte, wie wenn es nicht an sich schon eine große, ja die allergrößte Strafe wäre, Gott nicht zu lieben. Diese Gesinnungen sind eines in der Liebe so ausgezeichneten Heiligen würdig. Allein dieß Gebot und diese Drohungen sind seit der Einführung der Sünde in die Welt für uns eben doch nothwendig geworden, und gerade dieß muß uns tief demüthigen, wenn wir bedenken, bis zu welchem Grade unsere Natur entwürdigt ist. Auf's

Allertiefste aber muß uns demüthigen, daß wir ungeachtet dieses Gebotes und so furchtbarer Drohungen doch nicht lieben, daß es uns so schwer fällt, zu lieben, daß wir so schwach lieben, daß sich dagegen unser Herz rasend an jeden andern Gegenstand außer Gott hängt. Erröthen wir, schämen wir uns, und beginnen wir so die Betrachtung der Worte des Gebotes.

Denken wir zuerst an das, was Jesus Christus sagte, nämlich daß dieß das erste und das größte Gebot ist. Es ist das erste, es gibt und kann keines vor diesem geben; es steht nothwendig an der Spitze aller übrigen. Es ist das größte wegen der Erhabenheit seines Gegenstandes, es handelt sich von Gott; wegen des Adels des Gefühls, das es gebietet, es handelt sich von der Liebe; wegen des Umfangs seines Inhalts, es begreift Alles, und Alles bezieht sich darauf; wegen seines Endzweckes, welcher die Ehre Gottes und die Glückseligkeit des Geschöpfes ist; wegen der Strenge seiner Verpflichtung, von der gar nichts zu keiner Zeit, an keinem Orte, in keinem Umstande freisprechen kann; wegen der Strafe, die seine Uebertretung mit sich führt, indem das Unheil des Menschen in eben dem Augenblicke beginnt, wo er es verletzt.

Du sollst lieben. Mit welcher Liebe? Mit einer Liebe, bei welcher du alles Andere und dich selbst vergissest; deine Zuneigung zu Gott soll wo möglich jede andere Zuneigung so sehr übertreffen, als er selbst alle Wesen übertrifft; du sollst bereit sein, ihm nöthigen Falls lieber Alles, selbst dein eigenes Leben zu opfern, als ihn zu beleidigen; du sollst es über Alles fürchten, ihm zu mißfallen, und du sollst die geringste Sünde als ein Uebel betrachten, das unendlich größer ist als irgend ein anderes Uebel; du sollst den Vortheil, ihm zu gefallen, über jeden andern setzen, von welchem Werthe er auch sei, und du sollst eifersüchtiger auf seine Freundschaft als auf die der Ausgezeichnetsten auf Erden sein. Nicht bloß sein bestimmter Wille, sondern auch sein bloßes Wohlgefallen soll dein Gesetz und deine Richtschnur sein; du sollst jede menschliche Rücksicht hintansetzen, jedes Versprechen, jede Drohung verachten; kein Hinderniß soll dich abhalten, seinen Willen zu thun.

Du sollst lieben mit einer Liebe des Wohlgefallens, indem du mit Freude die unendlichen Vollkommenheiten Gottes betrachtest, sie bewunderst, ihn wegen ihres Besitzes glückselig preisest, dich glücklich schätzest, daß du einem so vollkommenen Wesen angehörest, von ihm abhängest, und du sollst dir diese Abhängigkeit zu einer größeren Ehre anrechnen, als wenn du dich der Herrschaft der Welt erfreutest.

Du sollst lieben mit einer Liebe des Wohlwollens, und da du Gott in Anbetracht seiner Natur kein Gut wünschen kannst, das er nicht im höchsten Grad besitzt, so sollst du wünschen, daß ihm die Geschöpfe alle die Ehre erweisen, die er verlangt und von ihnen erwartet; du sollst für seine Ehre eifrig sein, du sollst sie ihm auf alle dir mögliche Weise verschaffen, wenigstens durch deine Wünsche und Gebete; du sollst heiß verlangen, daß ihn alle Menschen kennen, anbeten, lieben, ihm gehorchen; du sollst bei dem Anblicke der Missethaten im innersten Herzen betrübt sein, welche in der Welt so häufig sind, und dein Eifer soll dem Eifer David's gleichen, du sollst vor Schmerz vergehen wegen der Sünder, welche sein Gesetz verlassen.

Du sollst lieben mit einer wirksamen Liebe, indem du dich nicht auf bloße Zuneigungen beschränkest, welche zwar dich, wenn sie wirkungslos wären, aber nicht Gott täuschen würden; und es sollen alle deine Handlungen deinen Empfindungen entsprechen.

Du sollst so immer und ohne Unterbrechung lieben, da du weißt, daß dir das Leben nur deßhalb gegeben ist, und daß jeder Augenblick, der nicht der Liebe geweiht wird, für Gott und für dich verloren ist. Du sollst dich bestreben, ihn täglich mehr zu lieben, indem du Alles auf dieses Ziel richtest, was dir begegnet, Alles, was du thust, Alles, was du leidest, alle Ereignisse, die in der Welt vorkommen, und die zu deiner Kenntniß gelangen; es soll dich schmerzen, nicht stärker geliebt zu haben, und du sollst mit dem heiligen Augustin in deinem Herzen sprechen: So alte und so neue Schönheit, ich habe sehr spät angefangen, dich zu lieben. Du sollst dir Vorwürfe machen, daß du nicht genug liebest, und du sollst den Mangel deiner Liebe dadurch ersetzen, daß du sie mit der Liebe der seligen Geister, der Heiligen, die im Himmel sind, derjenigen, die auf Erden leben, und besonders mit der Liebe Jesu Christi vereinigest, welche du dir durch das Recht, das er dir dazu gibt, aneignest, und sie Gott als die seiner allein würdige darbringest.

2. Du sollst den Herrn lieben, den Herrn vorzugsweise, den einzigen Herrn, dem dieser Name auf eine unmittheilbare Weise zukommt, vor dem alle übrigen Herrn zittern und im Staube kriechen, indem sie anerkennen oder anerkennen sollen, daß sie nichts sind, daß sie ihre Macht und ihr Ansehen nur von ihm haben, und daß sie nur in seinem Namen, nach seinen Absichten und zu

seiner Ehre Gebrauch davon machen sollen. Das Wesen, welches dir zu lieben geboten wird, ist das höchste Wesen, das allein große, das allein vollkommene, das allein durch die Nothwendigkeit seiner Natur bestehende, das allein an sich selbst und um seiner selbst willen liebenswürdige. Als niedriges Geschöpf sollen dich die Furcht, die Ehrerbietung in der allertiefsten Demuth vor ihm erhalten, er will, daß du ihn liebest, daß du nach seiner Freundschaft, nach seiner innigsten Vertraulichkeit strebest, daß du durch die Liebe seiner unermeßlichen Reichthümer theilhaftig werdest, und seine Herrlichkeit und seine Glückseligkeit mit ihm theilest. Er will es eben so sehnlich, wie wenn dieß zu seiner Glückseligkeit nothwendig wäre; er läßt sich bis zu dir herab, indem er deine Liebe von dir verlangt, um dich bis zu sich zu erheben, und dich in seiner Einheit zu vollenden, zu verschlingen. Welche unaussprechliche Herablassung! welche unvergleichliche Begünstigung! Es gefällt ihm deine Furcht nicht, wenn sie dich nicht zur Liebe führt; er hat kein

Wohlgefallen an deiner Huldigung, wenn sie nicht von der Liebe eingegeben wird. Er ist dir zuvorgekommen, und er verlangt deine Liebe erst, nachdem er dir unbegreifliche Beweise der seinigen gegeben hat. Du sollst also den Herrn in Anbetracht seiner unendlichen Vollkommenheiten lieben; diese Liebe soll deine erste und deine theuerste Pflicht sein; du sollst deine Glückseligkeit darein setzen, sie zu erfüllen, und du sollst dich durch eben deine Liebe für deine Liebe für überreichlich belohnt halten. Diese Liebe soll sich selbst ihr Beweggrund und ihr Endzweck sein, und du sollst sprechen wie der heilige Bernhard: Ich liebe, weil ich liebe, um zu lieben.

3. Du sollst den Herrn, deinen Gott, lieben. Was heißt dieß, dein Gott? Es heißt, dein Gut, dein höchstes Gut, dein einziges Gut. Er hat dich erschaffen, damit du es besitzest; er gibt sich dir; er will, daß dir nichts so innig, so sicher, so unzertrennlich gehöre als er. Er ist dein, wenn du ihn liebst, und in dem Maße, als du ihn liebst.

Richte deinen Glauben, deine Hoffnung und deine Liebe auf dieß so kurze Wort, das gleichwohl Alles sagt: Mein Gott. Du bist mein Gott in der Ordnung der Natur; du hast mich erschaffen und zu Allem gemacht, was ich bin; du erhältst mich in jedem Augenblicke; deine mächtige Hand, die mich aus dem Nichts gezogen hat, läßt mich nicht wieder durch meine eigene Last in dasselbe zurücksinken. Ich habe von dir alle die Güter, die ich genieße; ich kann nur von dir alle diejenigen erwarten, die ich hoffe; sie sind weniger die Früchte meiner Fähigkeiten, meines Fleißes, des guten Willens des Nächsten gegen mich als deiner Freigebigkeit und der Aufmerksamkeit deiner Vorsehung. Doch was ist das Alles im Vergleiche mit dir, der du nur der Schöpfer, der Gott der Natur bist, um mein Gott zu sein? Die Welt wird vergehen, und du wirst mir bleiben, und wenn du mir bleibst, so habe ich ihren Verlust nicht zu bedauern. Ich kann nicht sagen: Meine Welt, aber ich kann sagen: Mein Gott; dieß macht mich unendlich reicher, als wenn ich über die ganze Natur verfügte.

Du bist mein Gott in einer unvergleichlich höhern Ordnung, in der Ordnung der Gnade. Du hast mich zuerst in der Person meiner ersten Eltern in einen weit höhern Stand gesetzt, als mein natürlicher Zustand ist, in einen Stand, den weder meine Wünsche, noch meine Gedanken hätten erreichen können. Nachdem ich durch die Sünde diesen glückseligen Stand verloren, hast du mich mit noch größerer Auszeichnung wieder in denselben gesetzt, indem du mich in der Person deines eingebornen Sohnes zu deinem Kinde annahmest; du hast mir alle nöthigen Mittel, um zu meinem Ziele zu gelangen, mehr als hinreichend gegeben. Du vergibst mir, so oft ich wieder zu dir zurückkehre, nachdem ich dich beleidigt habe, und du bittest mich, zu dir zurückzukehren, und gehst mir zuerst entgegen. Welche Beweggründe habe ich nicht, denjenigen zu lieben, der, da er doch meiner nicht bedarf, mich zuerst so sehr geliebt hat? Und warum hat er mich geliebt? Damit ich ihn wieder lieben und im Entzücken meiner Dankbarkeit zu ihm sprechen soll: Du bist mein Gott.

Du willst es immerdar in der Ordnung der Herrlichkeit sein. Du hast mich zum ewigen Besitze deiner selbst, zur Theilnahme an deiner eigenen Glückseligkeit bestimmt. Du wirst durch deine Allmacht, durch ein unbegreifliches Uebermaß deiner Güte meinen Geist zu der Fähigkeit erheben, dich von Angesicht zu Angesicht zu sehen und den Glanz deiner unendlichen Majestät zu betrachten, ohne davon geblendet zu werden; du wirst mein enges und beschränktes Herz so sehr erweitern, daß ich jene Ströme der reinen Wollust aufzunehmen und zu fassen vermag, welche von deinem Wesen ausfließen. Alsdann werde ich mit Zuversicht und ohne zu fürchten, daß du mir je entrissen wirst, sprechen: Du bist mein Gott, mein Schatz, mein Alles. Meine Seele, siehe, derjenige, welcher dich von aller Ewigkeit geliebt hat und dich die ganze Ewigkeit hindurch lieben will, gebietet dir, ihn während dieses kurzen Lebens zu lieben, damit du ihn immerdar sehen, lieben, besitzen mögest. Welch' ein Gebot, das seine Quelle in der Liebe Gottes zu seinem Geschöpfe hat, das von ihm nur verlangt, seinen Gott zu lieben, und das ihm eben diese Liebe als ewigen Lohn zusichert! Wirst du sagen, daß es höchst vernünftig, daß es unendlich mild ist? Dieß ist nicht genug. Das Gesetz, welches dir vorgeschrieben wird, lautet, daß du ein Verlangen, glückselig zu werden, haben, und das einzige Mittel, es zu werden, anwenden sollst.

Zweite Betrachtung.

Ueber die übrigen Worte dieses Gebotes.

1. Du sollst Gott von deinem ganzen Herzen lieben. Kann Gott anders als vom ganzen Herzen geliebt werden? ist ein endliches Herz zu viel, um eine unendliche Schönheit zu lieben? Kann er, wenn ich ihn weniger als von meinem ganzen Herzen liebe, zufrieden sein? Kann ich es selbst sein? Ach! wenn ich ihn auch mit der ganzen Fähigkeit

dieses Herzens liebe, so liebe ich ihn immer noch weit weniger, als er verdient, und ich muß ihn immer bitten, er möge es erweitern, damit es eine größere Liebe fassen könne. Ich würde Gott nie von meinem ganzen Herzen lieben, wenn ich zurückhaltend gegen ihn wäre, wenn ich über gewisse Grenzen in den Beweisen meiner Liebe nicht hinausgehen wollte, wenn ich ihm durchaus das Opfer gewisser Dinge versagte, die er von mir verlangt, wenn ich bei gewissen Andachtsübungen stehen bleiben wollte, obwohl die Gnade will, daß ich weiter gehen soll. Um mich zu versichern, ob ich gegen Gott nicht zurückhaltend bin, brauche ich nicht etwa meiner Einbildungskraft freien Lauf zu gestatten, außerordentliche Umstände anzunehmen, worin ich mich vielleicht nie befinden werde, und mich dann zu fragen, was ich in diesen Umständen thun würde. Es kann sich dabei viel Selbsttäuschung, viel Anmaßung einschleichen: wir dürfen nicht auf uns selbst und auf unsre gegenwärtigen Gesinnungen rechnen, wenn wir uns nicht in der Gelegenheit selber befinden. Der heilige Petrus ist der Beweis hiefür; seine Erfahrung enttäuschte ihn; sie hat schon viele Andere enttäuscht. Man setzt sich alsdann auch durch Kleinmuth der Gefahr aus, muthlos zu werden und fast zu verzweifeln, indem man sich nicht fähig fühlt, gewisse Prüfungen zu ertragen, denen Gott unsre Liebe unterwerfen kann. Bilden wir uns nichts ein: was wir etwa zu können glauben, das würden wir nicht wirklich können, und was wir für unmöglich halten, das würden wir vermögen, wenn Gott es von uns verlangte. Prüfen wir bloß unsre gegenwärtigen Gesinnungen, und sehen wir, ob wir in diesem Augenblicke Gott Alles das geben, was er von uns verlangt, und ob bei unsrer Selbsthingabe kein geheimer Vorbehalt stattfindet. Sprechen wir eben so aufrichtig als demüthig zu ihm: Lasse du, der du allein mein innerstes Herz durchschauest, nicht zu, daß es dir Etwas versage, oder den liebreichen Ermahnungen deiner Gnade sich offen oder insgeheim widersetze.

Die Liebe Gottes läßt auch keine

Theilung in unserm Herzen zu. Gott ist höchst eifersüchtig; er will es ganz haben, weil er es verdient; er will es für sich allein, weil er allein es verdient, und weil er es nur für sich allein gemacht hat und machen konnte. Wenn ich die geringste Neiguug dem Geschöpfe zuwende, so entziehe ich sie Gott, nehme ihm ein Gut, das ihm gehört, und das er Niemand abtreten kann. Ich darf durchaus nur ihn lieben und alles Andere nur in Bezug auf ihn, weil er es mir befiehlt und zwar so ausdrücklich. Es sollen also alle Neigungen meines Herzens sich auf ihn als ihr Ziel richten und sich in ihm als ihrem Mittelpunkte vereinigen. Man liebt dich nicht, sagt der heilige Augustin, wenn man nebst dir irgend Etwas liebt, das man nicht um deinetwillen liebt.

Durch dieses Gebot, Gott von unserm ganzen Herzen zu lieben, wird die Eigenliebe gänzlich verbannt, durch welche man sich ohne Bezug auf Gott liebt, und alles Andere in Bezug auf sich selbst. Daraus ersieht man ferner, wie rein die

Liebe Gottes sein muß, weil sie durch jede andere Liebe befleckt wird, deren Grund und Ziel sie nicht ist. Mit einem Worte, das menschliche Herz darf von seiner Freiheit nur Gebrauch machen, um Gott anzuhangen; die Geschöpfe sollen ihm nur dazu dienen, um Gott noch mehr zu lieben, und es muß in sich gegen Alles kämpfen und es zerstören, was der Liebe Gottes widerstrebt. Es ist da ein weites Feld zu Betrachtungen und Uebungen.

2. Du sollst Gott mit deinem ganzen Gemüthe lieben. Von wem habe ich mein ganzes geistiges Wesen? Einzig von Gott. Ich kann meinen Verstand bilden, aber ich habe ihn mir nicht gegeben. Warum hat ihn mir Gott gegeben? Damit ich ihn nach meinem Belieben auf jeden Gegenstand richte, er sei gut, gleichgiltig oder bös? Gewiß nicht. Welches sind aber die guten Gegenstände, womit sich nach dem Willen Gottes mein Verstand beschäftigen soll? Er selbst ohne Zweifel vor jedem andern, und dann die erschaffenen Gegenstände,

in ihrem Bezug auf ihn betrachtet; denn sie sind nur in dieser Hinsicht gut, und wenn ich sie an sich betrachte, wenn ich mich mit ihnen anders als im Hinblicke auf Gott betrachte, so hören sie auf, für mich gut und nützliche Gegenstände meiner Kenntniß zu sein; sie dienen nur mehr dazu, eine eitle und gefährliche Neugierde zu befriedigen.

Der Beweis, daß mein Verstand, mein Geist für Gott gemacht ist, ist, daß ihn kein anderer Gegenstand völlig befriedigt, daß er nur in der Betrachtung Gottes Ruhe findet. Je schärfer und wißbegieriger er ist, desto mehr eignet er sich die Kenntniß der erschaffenen Dinge, dessen an, was in der Zeit entsteht und mit der Zeit vergeht; je mehr er die Leerheit davon fühlt, desto mehr Abneigung bekommt er davor, desto mehr fühlt er sich angetrieben, von einem Gegenstande zum andern überzugehen, ohne daß sein unersättlicher Hunger nach Kenntniß gestillt wird. Die Eigenliebe kann ihn eine Zeit lang befriedigen; endlich aber überzeugen ihn das Nachdenken und die

Erfahrung, daß jede Wissenschaft, die nicht nach Gott als ihrem Hauptgegenstande strebt, nur Rauch ist. Er muß eine wirkliche, wahre Speise haben, die ihn erfüllt und ihm nichts zu wünschen übrig läßt; er muß eine Wahrheit haben, nicht eine vorübergehende, wie die der Thatsachen, welche nur für das Gedächtniß bestimmt ist, nicht eine abstracte und ideale, wie die der Zahlen und der Figuren, welche dem Verstande zwar gefällt, aber ihn nicht sättigt, sondern eine bestimmte, ewige, unveränderliche, wesentliche und an sich bestehende Wahrheit. Alle Wissenschaften, die dieses Namens würdig sind, führen ihn auf diese Wahrheit zurück, welche Gott ist. Sie ist ihre Grundlage und ihre Urquelle, auf welche alle besondern Wahrheiten als auf die erste und allgemeine Wahrheit zurückgehen.

Wenn ich in der Welt allein mit Gott wäre, so könnte sich mein Verstand offenbar nur mit ihm und mit mir in Bezug auf ihn beschäftigen. Die Pflicht, ihn ihm ganz zu weihen, würde sich mir in ihrer ganzen Stärke zeigen; sie würde mir nicht bloß als gerecht, sondern auch als unerläßlich nothwendig erscheinen; ich würde mich fortwährend, ohne alle Zerstreuung, mit ihm beschäftigen, und diese Beschäftigung würde für mich, statt peinlich, so angenehm, so süß sein, daß ich ohne sie nicht sein könnte, ohne sogleich unglücklich zu werden. Aber wie! Hat Gott das Recht verloren, meinen ganzen Verstand zu beschäftigen, weil er andere Geschöpfe hervorgebracht hat, welche für mich lauter Wohlthaten von ihm sind, welche mir als Stufen dienen, um mich zu ihm zu erheben, welche zu mir von seiner Macht, von seiner Weisheit, von seinen übrigen Eigenschaften sprechen, in welchen ich ihn mit Entzücken betrachten kann und soll? Der Anblick meines Gleichen, der Umgang, den ich aus Nothwendigkeit, aus Nutzen oder aus Annehmlichkeit mit ihnen habe, soll meinen Geist gewiß nicht von Gott abwenden, sondern mich vielmehr beständig an ihn erinnern. Konnte, als Gott die Welt erschuf, die menschliche Gesellschaft gründete, es seine Absicht sein, daß dieses dazu beitrage, daß ich ihn vergesse, oder daß meine Bedürfnisse, meine Geschäfte, die Pflichten meines Standes, meine Unterhaltungen, meine wissenschaftlichen Forschungen mich nicht an ihn denken lassen? nein, der Christ denkt an das, was das Herz liebt, und wenn ich Gott von meinem ganzen Herzen liebe, so werde ich auch mit meinem ganzen Geiste an ihn denken. Der Mund spricht aus der Fülle des Herzens, und wenn mein Herz voll von Gott ist, so werde ich mit Freuden von ihm sprechen, so oft sich die Gelegenheit dazu darbietet, und ich werde sie selber herbeizuführen suchen. Ich werde es, ohne meine Pflichten und meine Geschäfte zu vernachläßigen, als meine erste Pflicht und mein Hauptgeschäft betrachten, über die Natur Gottes, über seine Wohlthaten, über die Wahrheiten des Glaubens und der christlichen Sittenlehren, über alle meine Gründe, ihn zu fürchten und zu lieben, nachzudenken. Das ist die allein erlaubte Anwendung, die ich von meinen natürlichen und übernatürlichen Erleuchtungen machen kann; und verschiedene Kenntnisse sollen mir nur dazu dienen, Gott noch mehr zu lieben.

3. Du sollst Gott aus allen deinen Kräften lieben. Dieß heißt erstens, daß ich, da ich Gott aus allen den Kräften, welche mir die wirkende Gnade gibt, lieben und diese Gnade durch die Ausübung der Liebe vermehren soll, Gott auch täglich mehr lieben soll. Denn es verhält sich mit seiner Liebe nicht, wie mit der Liebe der Geschöpfe. Die Liebe der Geschöpfe ist in ihrem Anfange stärker, heißer; sie wird dann durch den Genuß selbst schwächer und macht zuletzt übersatt und abgeneigt. Bei der göttlichen Liebe findet gerade das Gegentheil statt. Im Anfange schwach, nimmt sie in dem Maße zu, als man Wohlgefallen an ihm findet, vertraulicher mit ihm wird, seine Gegenwart mehr genießt. Und da die Kraft, Gott zu lieben, in uns ganz übernatürlich ist, und Gott selbst durch die Gewohnheit der Liebe den Keim dazu in die Seele legt, so verstärkt er diese Kraft je nach dem

guten Gebrauche, welchen die Seele davon macht; der Keim der Liebe entwickelt sich, dehnt sich aus und bekommt nach und nach eine unglaubliche Wirksamkeit. Der Fortschritt der Liebe geht von selbst in's Unendliche, und die Schnelligkeit dieses Fortschrittes entspricht der Treue der Seele, wenn sie keine Gelegenheit verliert, Gott ihre Liebe zu beweisen.

Es heißt zweitens, daß ich Gott alle meine Absichten, Unternehmungen, Handlungen weihen soll, indem ich nur ihm gefallen will; daß ich aus Liebe alle meine Pflichten erfüllen, daß ich meine Fähigkeiten, mein Vermögen, mein Ansehen, meine Macht dazu anwenden soll, daß man ihn liebe, daß ich einen brennenden Eifer für seine Ehre und sie nach meinem ganzen Vermögen fördern soll, insoferne mein Stand mich dazu berechtigt, die Gnade mich dazu antreibt und weise Rathschläge mich leiten.

Es heißt drittens, daß ich beständig und aus allen meinen Kräften gegen die verschiedenen Hindernisse kämpfen soll, welche sich meiner Liebe zu Gott von

Seiten der verderbten Natur, der Welt und des Teufels entgegensetzen, und daß, da meine Kräfte schwach, oder vielmehr nichts gegen so kräftige Feinde sind, ich auch beständig meine Zuflucht zum Gebete nehmen und andere Mittel, um zu siegen, anwenden soll, welche die Religion mir darbietet und Gott mir an die Hand gibt.

Es heißt endlich, daß ich lieben soll, indem ich zuerst mit Ergebung und Geduld, dann mit einer ruhigen Unterwerfung, einer vollkommenen Gleichförmigkeit des Willens, einer geistigen Freude alle Uebel des Geistes und des Leibes, welche mir Gott nach seinem Wohlgefallen schickt, ertragen soll, mögen nun diese Uebel natürliche sein, wie sie von der Vorsehung gewöhnlich herbeigeführt werden, und mögen sie von den Menschen herkommen, oder mögen sie übernatürliche sein, wie die Versuchungen und Plagen, deren Urheber der Teufel ist, und die reinigenden und kreuzigenden Prüfungen, welche das Werk Gottes sind.

Habe ich das Gebot der Liebe Gottes

je in diesem Umfange betrachtet? Habe ich mir diese Vorstellung davon gemacht und mich ihr gemäß verhalten? Ich kann es nun aber nicht enger zusammenfassen, ohne den Sinn der Worte des Gebotes selber zu schwächen, welche in ihrer Allgemeinheit und Einfachheit Alles enthalten. Ach, mein Gott! ich habe dich noch nicht geliebt, ich habe mir noch nicht Vorwürfe darüber gemacht, daß ich dich nicht liebe, wie ich soll, ja ich habe mich nie ernstlich wegen der Beobachtung des ersten und größten der Gebote geprüft. Möge ich endlich anfangen und bis zu meinem letzten Seufzer fortfahren.

Dritte Betrachtung.

Fortsetzung.

1. Wenn mir das Gebot, Gott aus den Gründen und auf die Weise, wie eben erläutert worden ist, nicht als höchst gerecht erscheint, so kenne ich Gott nicht, ich kenne mich selbst nicht, ich bedenke nicht, was Gott an sich ist, was er für mich gethan hat, und was er von mir

verdient. Ich bedenke nicht, was Gott in Bezug auf mich ist, mein erster Anfang und mein letztes Ende, und wie sehr ich verpflichtet bin, ihn aus diesen zwei Gründen zu lieben. Betrachte ich mich als Menschen, als Christen, ziehe ich meine Vernunft, meinen Glauben zu Rath, gehe ich in mich selbst ein, werfe ich die Blicke auf das, was außer mir ist, so sagt mir Alles, daß ich Gott um seiner selbst willen, über Alles und in Allem lieben muß, und daß keine Pflicht so gerecht ist als diese, weil er selbst die Quelle aller Gerechtigkeit ist; denn nichts ist gerecht, wenn es dieses Gebot nicht ist, und es gibt dann keine natürliche und übernatürliche Moral mehr. Wenn mich dieses Gebot zu beschränken scheint, so kommt dieß daher, weil ich nur auf meine blinden und unsinnigen Leidenschaften höre, nur auf meinen Stolz, der nach Unabhängigkeit strebt, nur auf meine Eigenliebe, welche nur mich selbst zum Gegenstande meiner Neigungen machen will. Darf ich aber auf sie hören, kann ich sie als Richter gelten lassen, wenn von den Rechten Gottes und von meinen Pflichten gegen ihn die Rede ist? Nichts beweist mehr die Verderbtheit meiner Natur, und wie weit sie von ihrer ursprünglichen Richtigkeit entfernt ist, als dieses mein Widerstreben gegen die Liebe Gottes, als die Gewalt, die ich mir anthun muß, um es zu überwinden, als die elenden Gründe, die ich anführe, wenn auch nicht, um mich ganz von dieser Pflicht loszumachen, doch wenigstens, um ihren Umfang und ihre Verbindlichkeit zu beschränken. Ich klage, daß sie meine Freiheit beeinträchtigt. Aber wie! hätte es Gott meiner Freiheit überlassen sollen, ihn nicht oder nur so sehr zu lieben, als es mir gefällt? Beschränkt er meine Freiheit, wenn er mir gebietet, den einzigen Gebrauch davon zu machen, zu dem er sie mir gegeben hat? Wenn mein Wille, der das Gute lieben soll, in der Liebe des höchsten Gutes befestigt, jede andere Liebe dieser untergeordnet und ihm verboten wird, sich von dieser Liebe zu entfernen, so wird er dadurch recht geleitet, und nicht beschränkt, er wird zu meiner

Vollkommenheit und Glückseligkeit dienlich gemacht, und ich werde verhindert, ihn als Werkzeug zu meiner Entwürdigung und zu meinem Unheil zu mißbrauchen.

2. Wenn irgend ein Gebot geeignet ist, meine Fähigkeiten zu vervollkommnen, so ist es das Gebot, Gott zu lieben; ja es ist das einzige, welches diese Vervollkommnung bewirken kann. Worin besteht die Größe, die Erhabenheit meines Verstandes? Darin, daß er fähig ist, Gott, das in jeder Vollkommenheit unendliche Wesen, zu kennen. Wenn er aber dazu fähig ist, so ist dieß offenbar seine Bestimmung; er erfüllt sie, er vervollkommnet sich selbst, indem er sich mit diesem allerwichtigsten Gegenstande beschäftigt, wo er unaufhörlich Grund findet, zu bewundern, zu lobpreisen, außer sich vor Entzücken zu gerathen. Wie klein und unwürdig seiner Aufmerksamkeit kommen ihm die Gegenstände vor, wenn er nach der Betrachtung dieses Gegenstandes einen Blick auf sie wirft, um sein von einem Glanze geblendetes

und ermüdetes Auge ausruhen zu lassen, den es nicht lange zu ertragen vermag! Was sieht er daselbst Schönes als einige zerstreute Strahlen der höchsten Schönheit? Nur wegen der Spuren, die er von ihr in ihnen entdeckt, mag er bei ihrer Betrachtung verweilen, um sich zu erholen und dann wieder zur unerschöpflichen Quelle aller Schönheit zurückzukehren. Wie edel, wie erhaben sind die Vorstellungen, welche der menschliche Geist aus der Gottheit schöpft! Wie gesund ist das Urtheil der Vernunft, wie tief, wie unerschütterlich fest sind die Grundsätze; wie richtig und sicher sind die Folgerungen, wenn man Alles so beurtheilt, wie Gott es beurtheilt, wenn man die Dinge nur ansieht, wie er sie ansieht, und wenn man nur die höchste Vernunft, das wahre und einzige Licht der Geister, zu Rathe zieht! Wie jammervoll ist die Weltweisheit, die in ihrer Verblendung so weit geht, daß sie das Dasein Gottes, oder seine Vorsehung, oder die Nothwendigkeit einer geoffenbarten Religion leugnet oder in Zweifel zieht! O mein Gott, flöße mir den größten Abscheu vor dieser unsinnigen Weisheit ein.

Worin besteht ferner der Adel des menschlichen Herzens? Darin, daß es fähig ist, das höchste Gut, das unendliche Gut zu lieben; darin, daß es seine Wünsche bis zu ihm erheben, und daß es kein anderes Gut befriedigen kann. Es ist also bestimmt, es zu besitzen, und es kann zu diesem Besitze nur durch die Liebe gelangen. Es ist nur vollkommen, nur glückselig, wenn es dieses besitzt; es vervollkommnet sich also, es befähigt sich zur Glückseligkeit, wenn es dieses liebt. Wenn unsre Fähigkeiten sich erhöhen oder erniedrigen, sich erweitern oder verengen, je nach den Gegenständen, die sie beschäftigen, wie groß muß dann die Höhe und die Weite eines Herzens sein, dessen sämmtliche Neigungen auf Gott gerichtet sind, und das Alles verachtet, was geringer als Gott ist! wie niedrig und eng muß das Herz sein, das sich an die erschaffenen Dinge hängt, und sie zum Ziele seiner Wünsche macht! Wie wohlgeordnet, rein und heilig muß das Herz sein, das denjenigen liebt, welcher die Ordnung, die Reinheit, die Heiligkeit wesentlich ist! Welcher Frieden, welche Freude, welche Fülle ist in ihm! Wie unordentlich, befleckt und schuldbeladen muß dagegen das Herz sein, welches, indem es sich den Geschöpfen hingibt, sich in die Unordnung, in die Unreinheit, in die Missethat stürzt! Welche Unruhe, welche Traurigkeit, welche schreckliche Leere! Die Seele, welche Gott liebt, ist nothwendig schön und genießt einen großen Frieden; täglich verschönert sie sich und wird schätzbarer in den Augen Gottes und derer, welche die Dinge wie Gott beurtheilen. Diejenige, welche ihn nicht liebt, ist häßlich und verächtlich und der Verachtung und des Abscheues um so würdiger, je größere natürliche Eigenschaften sie sonst hat. So urtheilt Gott von ihr; und wenn die Welt sie liebenswürdig und schätzbar findet, so kommt dieß daher, weil sie bei dem trügerischen Anscheine stehen bleibt und überhaupt kein gesundes Urtheil hat.

3. Außer diesen Gründen, Gott zu lieben, die von meinem persönlichen Nu-

tzen hergenommen sind, gibt es noch stärkere und dringendere. Es hängt meine ewige Glückseligkeit davon ab, daß ich das Gebot der Liebe Gottes so vollkommen als möglich erfülle. Ich bin immer an der Pforte der Ewigkeit, es hängt nur von Gott ab, daß ich in jedem Augenblicke in sie eingehe. Wenn ich seine Liebe im Herzen habe, so bin ich gesichert; wenn ich sie nicht habe, so bin ich rettungslos verloren.

Ich weiß nicht, ob ich der Liebe oder des Hasses würdig bin, und ob ich folglich die heiligende Gnade und die Liebe im hinreichenden Grade habe. Um mein Gewissen über diesen so wichtigen Punkt zu beruhigen, muß ich mich so sehr als möglich von meinem guten Willen versichern. Und was habe ich sonst für ein Mittel, um mich davon zu versichern, als daß ich von jetzt an meinen Geist, mein Herz und meine Kräfte der Liebe Gottes weihe? Ach, wie sehr sind diejenigen, welche bis auf den letzten Augenblick warten, um dieses Gebot auszuüben, der Gefahr ausgesetzt, zu sterben, ohne es erfüllt zu haben! Mein Grad der Herrlichkeit und der Glückseligkeit im Himmel wird dem Grad der Liebe entsprechen, die ich auf Erden gehabt habe. Es ist dort oben eine gar große Verschiedenheit der Plätze, und die Liebe weist sie einem Jeden an. Mit den Gleichgiltigen und Lauen zu sprechen, man strebe nicht nach den ersten Plätzen und man begnüge sich mit den letzten, das ist eine unleidliche Sprache, eine unverzeihliche Denkweise; man beweist damit, daß man sich aus dem Reiche Gottes nicht viel macht, und folglich auch verdient, davon ausgeschlossen zu werden.

Im andern Leben erwirbt man kein Verdienst, und man bringt nur das dahin, welches man in diesem Leben erworben hat. Der Himmel wird nur der reinen Liebe geöffnet, in welchem Grade sie sich nun befinde. Einer der Hauptzwecke des Fegfeuers ist, diese Liebe zu reinigen, und sie von aller Beimischung der Eigenliebe zu befreien. Diese Reinigung währt oft sehr lange; die Kirche nimmt in ihren Gebeten an, daß sie mehrere Jahrhunderte dauern kann, und sie wird nur durch unbegreifliche Qualen vollendet, wodurch die Liebe nicht im Mindesten vermehrt wird. Wenn ein Christ annehmen könnte, daß er hinrei- chend liebe, um sein Heil für gesichert zu halten, wie thöricht wäre es dann von ihm, nicht mit seinem ganzen Vermögen daran zu arbeiten, seine Liebe hienieden zu vermehren und zu reinigen, sich nicht der Gefahr auszusetzen, in das Fegfeuer zu kommen und da lange und furchtbare Peinen zu erleiden, welche ihm die gött- liche Gerechtigkeit zur Strafe seiner Nach- läßigkeit auferlegt! Abgesehen davon, daß er nur spät zu diesem letzten Platze ge- langen wird, womit er sich begnügt, welch' ein unschätzbarer Verlust ist es nicht für ihn, wenn er Glauben hat, und wenn er bedenkt, daß es nur auf ihn ankommt, in jedem Augenblicke in der Liebe zuzu- nehmen und einen höhern Platz zu ver- dienen.

Schluß.

Von der Uebung der Gegenwart Gottes.

Eines der angenehmsten, leichtesten und wirksamsten Mittel, um die Liebe Gottes in sich zu erhalten und zu vermehren, ist die Uebung seiner heiligen Gegenwart. Um mit der Anwendung dieses Mittels zu beginnen, muß man schon einen Funken Liebe im Herzen haben. Denn der Sünder scheut sich, an Gott zu denken, in welchem er nur einen furchtbaren Richter sieht, der ihn verdammt. Der laue Christ vermeidet es, an Gott zu denken, welcher ihm seine Gleichgiltigkeit und sein beständiges Widerstreben gegen die Gnade vorwirft. Der zerstreute, seinen Sinnen, seiner Einbildungskraft sich überlassende und immer außer sich seiende Christ will nichts von einem Gedanken wissen, der ihn nöthigt, in sich selbst einzugehen und sich von den äußern Gegenständen zurückzuziehen. Der Christ aber, welcher ernstlich Gott angehören will, und ernstlich verlangt ihn zu lieben, denkt gern an ihn; er macht dieß zu seiner süßesten Beschäftigung; es thut ihm Alles wehe, was ihn davon abzieht; er kehrt immer wieder mit Freuden dahin zurück. Mit einem Worte, nichts ist süßer, als an das zu denken, was man liebt, besonders wenn der Gegenstand in jeder Hinsicht unendlich liebenswürdig ist, und das Herz Alles darin findet, was es vollkommen befriedigen kann.

Dieses Mittel ist leicht. Alles erinnert denjenigen, welcher Gott liebt, an Gott; er sieht ihn in allen Geschöpfen, welche nur durch ihn Leben, Bewegung und Dasein haben. Der Anblick der Natur, er mag sie überhaupt betrachten oder in's Einzelne eingehen, wird für ihn eine Art Anschauen, das ihn zur Bewunderung der göttlichen Vollkommenheiten hinreißt und ihn mit liebendem Entzücken erfüllt, indem er bedenkt, daß Gott, der nichts bedarf, das Alles für den Menschen und zwar für die so kurze Zeit des gegenwärtigen Lebens gemacht hat. Wenn schon der Ort meiner Verbannung so schön ist, ruft er aus, wenn mich da Alles entzückt, wenn ich so sehr versucht bin, hier zu bleiben und meine Wünsche darauf zu beschränken, wie wird dann erst mein Vaterland aussehen, wo ich keine vorübergehenden und entlehnten Schönheiten mehr sehen und besitzen werde, sondern die ewige, unveränderliche Schönheit, deren unendliche Reize nothwendig in ihrem Wesen liegen? Der Geist der Heiligen verlor sich in diesem Gedanken, und alles Schöne, Gute, Herrliche, das sie auf Erden sahen, erhob ihre Herzen zum Himmel. Sie fanden es so leicht, sich mit der Gegenwart Gottes zu beschäftigen, daß sie nicht begriffen, wie man sich mit etwas Anderem beschäftigen könne. Wie sind sie dahin gekommen? Die Liebe hatte sie genöthigt, an Gott zu denken; sie hatte sie gelehrt, ihn überall zu suchen und zu finden, und diese beständige Uebung der Gegenwart Gottes, die sie sich vor Allem zum Gesetze gemacht hatten, verschaffte ihrer Liebe allmählig ein unglaubliches Wachsthum. Diese Uebung wurde ihnen so gewöhnlich, daß sie sich damit befaßten, ohne daran zu denken, und so nothwendig, daß sie ohne sie nicht leben konnten, und nichts im Stande war, sie davon abzuziehen.

Noch leichter ist die Gegenwart Gottes für denjenigen, der sich übt, sich in sich selbst zu sammeln, in sein Herz einzugehen, die Regungen desselben zu erforschen. Er bedarf der äußern Gegenstände nicht, um an Gott zu denken; er findet ihn in sich, er trägt ihn immer mit sich herum. In der That, wenn ich nur ein wenig nachdenke, so brauche ich mich nur selbst zu fragen: Was will mein Geist kennen lernen? welches ist der Gegenstand seiner Wißbegierde? Die Wahrheit; und die Wahrheit ist Gott. Was verlangt mein Herz? Die Glückseligkeit; und die Glückseligkeit ist der Besitz Gottes. Und um Gott kennen zu lernen, brauche ich ihn nur, ohne bei den Geschöpfen zu verweilen, in ihm selbst zu betrachten, das Auge meines Verstandes auf seine Natur und seine Vollkommenheiten zu richten, tiefer in die Vorstellungen der Ordnung, der Weisheit, der Schönheit, der Güte, der Gerechtigkeit, der Ewigkeit, der Unermeßlichkeit, der Unendlichkeit einzugehen, welche meine ersten, innersten und unaussprechlichen Begriffe sind; die Begriffe, nach welchen ich urtheile, schließe, ohne zu fürchten, daß ich mich täusche; die Begriffe, auf welche ich Alles zurückführen muß, wenn ich mich nicht verirren will; und ich werde finden, daß mir diese Begriffe von Gott kommen, daß sie ursprünglich in Gott sind, daß sie Gott selbst sind. Gott ist also meinem Geiste vollkommen und unzertrennlich gegenwärtig. Ich denke nur dann nicht an ihn, wenn ich mich selbst aus dem Auge verliere, und vergesse, was ich bin. Noch mehr ist er meinem Herzen gegenwärtig, welches das Verlangen nach der Glückseligkeit nie verläßt, für das er nothwendig ist, dessen Leben er ist. Das Verlangen ist das Streben, sich zu vereinigen, zu genießen. Wenn Gott die wirkliche und wesentliche Glückseligkeit ist, wie man nicht daran zweifeln kann, so verlangt mein Herz immer, natürlich und nothwendig nach Gott, strebt nur nach seiner Vereinigung und seinem Genusse. Und wie sollte, wenn ich es anders wünsche, das, was der directe und nothwendige Gegenstand meiner Wünsche ist, mir nicht beständig gegenwärtig sein? Ich brauche da nur diese Wünsche nicht von ihrem wahren Gegenstande abzulenken. Durch diese beständige Hinneigung des Geistes und Herzens zu Gott nährt sich die Liebe und stärkt sich immer mehr.

Und es gibt kein wirksameres Mittel an sich, weil es ohne Unterbrechung wirkt, da nichts verhindern kann, daß sich mein Geist und mein Herz mit Gott beschäftigen. Was aber immer wirkt, muß nothwendig zuletzt etwas Beträchtliches hervorbringen. Je mehr man übrigens an einen Gegenstand, wie Gott ist, denkt, desto liebenswürdiger findet man ihn; je mehr man ihn liebt, desto mehr will man ihn lieben. Da die Uebung der Gegenwart Gottes eine Uebung der Liebe ist, was kann dann sonst ihre Frucht sein, als ein Wachsthum der Liebe? Da nun aber Gott, wenn er sieht, daß ihn eine Seele immer gegenwärtig zu haben wünscht, deßhalb Alles thut, was sie vermag, sich wegen der geringsten freiwilligen Zerstreuung Vorwürfe macht, sein Wohlgefallen an dieser Treue hat, so verdoppelt er seine Gnaden, so sucht er sie recht oft heim, macht sich ihr recht oft fühlbar; sie hat nicht bloß seine Gegenwart, sondern sie genießt sie auch, sie findet ihre Lust darin, er unterhält einen vertrauten Umgang mit ihr, und gestattet ihr endlich, sich innigst mit ihm zu vereinigen. Wenn man wüßte, was dieser Umgang und diese Vereinigung ist, was würde man dann nicht thun, um sie zu genießen? Was man im Leben der Heiligen davon liest, was sie davon geschrieben haben, das ist nichts im Vergleiche mit dem, was sie erfahren haben.

Man sagt, diese beständige Gegenwart Gottes sei unmöglich. Die des Herzens ist es gewiß nicht, und diese wird ja hauptsächlich verlangt. Ich liebe immer wirklich den Gegenstand, wenn ich auch nicht daran denke, den ich immer lieben will. Die des Geistes ist eben so wenig unmöglich, wenn sie recht verstanden wird. Sagt man nicht in der gewöhnlichen Sprache, eine treue Gattin denke immer an ihren Gatten, eine Mutter an ihren einzigen Sohn, ein Freund an seinen Freund? Heißt dieß, daß sie dabei gar nie an irgend etwas Anderes denken? Nein, es heißt bloß, daß sie gern daran denken, daß sie recht oft daran denken, und daß kein anderer Gedanke sie von diesem Gedanken abbringt. Natürlicher und in jeder Hinsicht leichter ist es für uns, eben so an Gott zu denken, um so mehr, da wir an alles Uebrige nur seinetwegen und in Bezug auf ihn denken können und sollen. Wenn es der Befehl Gottes ist, daß ich an gewisse Dinge denke, wenn ich, indem ich daran denke, keine andere Absicht habe, als seinen Willen zu thun, wenn ich meinen Geist ausruhen lasse, der einer strengen Aufmerksamkeit nicht lange fähig ist, so denke ich an Gott, so behaupte ich mich in seiner heiligen Gegenwart. Was die umherstehenden, unnützen, eiteln Gedanken, welche sich der Einbildungskraft selbst zur Zeit des Gebetes darbieten, und diejenigen betrifft, welche aus unsern Unruhen, unsrer Geschäftigkeit, unsern Befürchtungen, unsern Blicken in die Zukunft entstehen, so ziehen sie, wenn sie ganz unfreiwillig sind, nicht von der Gegenwart Gottes ab; verursacht man sie aber durch die Zügellosigkeit des Geistes oder durch die Unterlassung der Abtödtung des Herzens, so muß man eben zur Quelle des Uebels zurückgehen und allmählig Alles aus sich entfernen, was ein Hinderniß für die beständige Gegenwart Gottes ist. Den Heiligen ist dieses gelungen. Es wird auch uns gelingen, wenn wir es wollen wie sie.

Dritter Tag.

Ueber einige besondere Beweggründe, Gott zu lieben.

Erste Betrachtung.

Ueber die göttliche Vaterschaft.

1. Gott ist mein Vater; es gibt keinen Namen in der Natur, welcher

mehr Recht gibt, geliebt zu werden, als dieser. Wie aber ist er Vater? Auf eine Weise, die nur ihm zukommen kann. Er ist der Schöpfer meines Leibes und meiner Seele, und der Urheber ihrer Vereinigung. Ich habe nur von ihm meine natürlichen Fähigkeiten, so wie ich sie besitze. Er ist mein Vater: ich setze mein Dasein in jedem Augenblicke nur durch ihn fort. Er ist mein Vater: er sorgt fortwährend für meine Bedürfnisse, für meine Bequemlichkeiten und selbst für meine Vergnügungen; denn ich genieße, selbst gegen seinen Willen, gar nichts, das nicht er mir verschaffte. Er könnte mir Alles wieder entziehen, was er mir gegeben hat, wenn ich es mißbrauche, um ihn zu beleidigen; er könnte mich selbst vernichten; und er thut es nur aus Güte nicht. Was sind alle anderen Väter im Vergleiche mit diesem? Wenn es die Natur den Kindern zur heiligen und unerläßlichen Pflicht macht, ihre Väter zu lieben, wie weit mehr bin ich dann verpflichtet, Gott zu lieben!

Aber der Glaube lehrt mich, daß

Gott in einer noch weit höhern Hinsicht, als deßhalb, weil er mich erschaffen hat, mein Vater ist. Mein Schöpfer ist er in der rein natürlichen Ordnung, mein Vater aber in der übernatürlichen. Daß Gott mein Schöpfer ist, begreift die Vernunft leicht; daß er aber mein Vater ist, das ist ein Geheimniß, welches mein Verstand nicht erreichen kann. Gott ist mein Vater, indem er mich in Jesus Christus, seinem eingebornen Sohn, zu seinem Kinde gemacht hat. Der Name Vater ist das Merkmal der ersten Person der anbetungswürdigen Dreifaltigkeit, indem sie in der Ewigkeit einen Sohn zeugt, der desselben Wesens wie sie und in Allem ihr vollkommen gleich ist. Da Gott mich nicht auf diese Weise zeugen konnte, weil dieß seinem und meinem Wesen widerspricht, so vereinigte er durch eine wundervolle Erfindung seiner Liebe, und um mein Vater so sehr zu sein, als er es nur irgend sein kann, die menschliche Natur unzertrennlich mit der Person seines Sohnes; und auf diese Weise hat er uns alle, die wir diesem Sohne als

Christen angehören, in ihm zu seinen Kindern gemacht. Er ist mein Vater aus Gnade, wie er der Vater Jesu Christi von Natur ist; er sieht mich, er liebt mich in Jesus Christus als seinen Sohn; ich werde verhältnißmäßig wie Jesus Christus der Gegenstand seines Wohlgefallens. Durch die Menschwerdung hat er das unaussprechliche Geheimniß gefunden, die göttliche Kindschaft bis auf mich auszudehnen und zwischen seinem Sohne und mir die unendliche Zärtlichkeit zu theilen, welche er zu ihm hat. Die göttliche Kindschaft ist eine so ausgezeichnete Wohlthat, sie bringt mich Gott so nahe, daß die Engel neidisch darauf wären, wenn sie es sein könnten. Welche Liebe bin ich Gott aus Dankbarkeit dafür nicht schuldig, daß er sich herabläßt, mein Vater zu sein! Um begreifen zu können, wie weit sie gehen soll, müßte ich das Uebermaß von Liebe begreifen können, welche mir Gott dadurch bezeigt hat, daß er mich zu seinem Kinde machte. Gleichwie die Liebe des ewigen Wortes zu seinem Vater in die Seele Jesu Christi übergegangen, und ihr so sehr mitgetheilt worden ist, als sie zu fassen vermag, so muß die Liebe Jesu Christi von seiner Seele in die meinige übergehen und sie nach ihrer ganzen Fähigkeit erfüllen.

2. Die Rechte, welche ich bei Gott als sein Kind erwerbe, sind für mich eben so viele Gründe, ihn noch mehr zu lieben. Erstens: ich trete durch die Kindschaft in die Familie Gottes ein und bilde einen Theil von ihr. Jesus Christus ist der Erstgeborne und das Haupt davon; als Glied Jesu Christi, als sein Bruder bin ich dieser Familie einverleibt, gehöre ich zum Hause Gottes, nicht als Knecht, sondern als Kind. Was von den Engeln nicht gesagt werden kann, daß sie Kinder Gottes sind, das wird von mir gesagt; und es ist dieß einer der Hauptpunkte meines Glaubens. Ich habe also wie Jesus Christus ein Recht auf die Vertraulichkeit Gottes, und ich darf in seinem Hause als Kind leben. Jesus Christus macht in dieser Hinsicht keinen Unterschied zwischen sich und uns; er sagt: Mein Gott und euer Gott;

mein Vater und euer Vater (Joh. 20, 17). Zweitens, ich habe als Kind ein Recht auf eine besondere Zärtlichkeit, auf die Aufmerksamkeiten, die Obsorgen meines Vaters, der mich als sein zweites Selbst betrachtet, dem auf eine besondere Weise an mir liegt, der mir seine Zuneigung und seine Liebkosungen im reichsten Maße zu Theil werden läßt, der gleichsam in mir lebt, der meine Freuden und meine Leiden theilt, der mich glücklich zu machen sucht und seine Ehre darein setzt. Ich habe mich nur als Kind Gottes zu betragen; und er wird sich so gütig gegen mich erweisen, wie es bei den Vätern nach dem Fleische gar nicht möglich ist. So ungehorsam, so undankbar und entartet ich auch bin oder war, so würde ich doch, wenn ich bedenken wollte, wie sich Gott gegen mich benommen hat oder noch benimmt, von Staunen und Dankbarkeit für seine Zärtlichkeit und seine väterlichen Obsorgen durchdrungen werden. Die Schilderung, welche uns Jesus Christus von den Gesinnungen des Vaters des verlornen

Sohnes gegeben hat, ist nur ein schwaches Bild von den Gesinnungen des himmlischen Vaters gegen die Sünder. Wenn er sich so gegen diejenigen verhält, welche ihn beleidigen, wie verhält er sich dann erst gegen diejenigen, welche ihm gehorsam und getreu sind! Mag er mich nach meinen Sünden wieder in Gnaden aufgenommen, oder mich vor jeder Todsünde bewahrt haben, mit welcher Liebe werde ich je diejenige erwiedern, die er mir bezeigt und mir zu bezeigen sich als Vater verpflichtet hat? Denn es war sein Wohlgefallen, mir diese Liebe schuldig zu sein, und sich außer Stand zu setzen, sie mir zu versagen. Endlich drittens, ich habe ein erworbenes und gesichertes Recht auf das himmlische Erbe; es kann mir nicht entgehen, wenn ich mich anders nicht durchaus selbst enterben will. Der Glaube verbürgt mir dieses Recht eben so unfehlbar, als er mir verbürgt, daß Gott mein Vater ist. Sollte ich darum kommen, es auf eine andere Weise als durch meine eigne Schuld verlieren, so müßte Gott aufhören, mein Vater zu sein, was er nicht thun kann. Welches ist aber das Erbe, auf das ich einen so wohl gegründeten Anspruch habe? Es ist der Besitz Gottes selbst; es ist ein Genuß, der meiner Fähigkeit angemessen, aber an sich derselbe ist, den Gott von sich selber hat; es ist seine eigene Glückseligkeit, welche die meinige wird; und um sie mir mitzutheilen, wird er mich mit sich vereinigen, wird er mich in sich versenken, mich Eins mit sich machen. Ich soll dieses Erbe ewig, unveränderlich, mit der vollkommensten Gewißheit genießen, daß es mir nie entrissen werden, daß mir Niemand seinen Besitz verkürzen oder streitig machen wird. Meine Undankbarkeit ist unbegreiflich, wenn ich nicht in allen Augenblicken meines Lebens von meinem ganzen Herzen einen solchen Vater liebe, der mir ein Recht auf Alles, was er hat, auf Alles, was er ist, gegeben hat, und mir seine ganze Herrlichkeit, seine ganze Glückseligkeit mittheilt.

3. Dieser Name Kind Gottes kann nicht verloren werden. Wie ich mich auch

gegen Gott benehmen mag, welche Gesinnungen ich auch gegen ihn habe, er ist und bleibt doch immer mein Vater. In meinem unvertilgbaren Merkmale eines Kindes Gottes werde ich immer die unerläßliche Pflicht lesen, Gott zu lieben; ich werde meine Verdammniß darin lesen, wenn ich ihn nicht liebe. Dieser Name wird im Himmel der größte Grund meiner Freude sein. Gott, unendlich liebenswürdig an sich selbst, wird mir dort, wenn ich so sagen darf, in seiner Eigenschaft als Vater betrachtet, noch liebenswürdiger erscheinen, welche mich berechtigen wird, ihn mit noch mehr Liebe glücklich zu preisen, und mich selbst wegen seiner Vollkommenheiten glücklich zu preisen, sie mir anzueignen, sie als ein Gut zu betrachten, das kraft der Verbindung und der Vereinigung, die zwischen dem Sohne und dem Vater stattfindet, ihm und mir gemeinsam ist. Eben dieser Name wird in der Hölle, wenn ich das Unglück habe, in sie zu stürzen, die Quelle meiner schrecklichsten Qualen, der grausamen Vorwürfe, die ich mir ewig machen werde, daß ich einen solchen Vater nicht geliebt habe, und der furchtbaren Verzweiflung, ihn nie mehr lieben zu können, sein. O, wenn ich die ganze Liebenswürdigkeit des himmlischen Vaters, alle die Rechte, die er auf mein Herz hat, kennete, wie die Verdammten sie kennen, mit welcher Gewalt würde ich mich nicht gedrungen fühlen, ihn zu lieben! Ihr Unglück besteht darin, daß sie diesen mächtigen Reiz nothwendig mit der ganzen Kraft ihres Willens zurückstoßen; meine Sünde besteht darin, daß ich ihm freiwillig widerstrebe. Sie anerkennen Gott immer als ihren Vater; sie wollen ihn nicht lieben; und etwas Anderes können sie nicht lieben. Welch' ein Zustand! Wenn ich ihn bedenke, so lehrt er mich eben so sehr wie der Stand der Seligen, wie sehr ich Gott, meinen Vater, hienieden lieben soll, da die genießende Liebe die Glückseligkeit der einen, und die verzweifelte Liebe die Unglückseligkeit der andern bilden wird.

Zweite Betrachtung.

Ueber die Gabe, welche mir Gott, der Vater, mit seinem eignen Sohne ertheilt hat.

1. Gott hat mich nicht bloß zu seinem Kinde gemacht; er hat mir auch seinen eignen Sohn gegeben. Konnte er mir, obwohl er Gott ist, eine größere Gabe ertheilen und mir eine größere Liebe bezeigen? Er, sagt der heilige Paulus, der selbst seines eigenen Sohnes nicht geschont, sondern ihn für uns Alle hingegeben hat, wie sollte er uns nicht Alles mit ihm geschenkt haben (Röm. 8, 32)? Wenn es mir überlassen worden wäre, Gott um irgend ein Unterpfand seiner Liebe zu bitten, hätte ich je an dieses gedacht, und wenn ich daran gedacht hätte, würde ich es gewagt haben, ihn darum zu bitten? Hierüber braucht nicht weiter gesprochen zu werden. Die Vernunft vermag nicht weiter zu gehen, und die Zunge hat keinen Ausdruck, um die Gefühle zu beschreiben, von denen das Herz durch-

drungen sein muß. Es bleibt nur übrig, sich vor Gott auf's Tiefste zu demüthigen und ihn zu bitten, er möge sich selbst wegen dieser unaussprechlichen Gabe verherrlichen. Das Geständniß unsers Unvermögens, ihm hier die Liebe und die Danksagung zu erweisen, die er verdient, ist die einzige Art und Weise, unsre Pflicht gegen ihn zu erfüllen. Gewiß müssen wir Gott, dem Vater, der uns seinen eingebornen Sohn gegeben hat, Alles und uns selbst geben. Allein was ist die Hingabe Alles dessen, was ihm gehört? was ist die Hingabe unsrer selbst? was ist die großmüthige Liebe, deren ein Geschöpf fähig ist, um das unaussprechliche Uebermaß der Liebe Gottes würdig anzuerkennen? Ich bin mich ihm schon ganz und gar aus so vielen Gründen schuldig; was kann ich noch aus diesem Grunde hinzufügen, der alle übrigen unendlich übertrifft?

2. Wann hat Gott, der Vater, mir seinen Sohn gegeben? Es ist dieser Punkt meiner ganzen Aufmerksamkeit würdig, weil dadurch der Werth der Gabe gar

sehr erhöht wird. Er hat ihn mir gegeben, als ich sein Feind, seiner ewigen Ungnade und seines Fluches würdig war. Es bat nicht nur nichts für mich darum, sondern es hielt auch Alles Gott zurück, ihn mir zu geben. Seine Liebe allein bat für mich und erwirkte dieses Geschenk. Es erweiset aber, sagt ferner der heilige Paulus, Gott seine Liebe zu uns dadurch, daß Christus, als wir noch Sünder waren, für uns gestorben ist (Röm. 5, 8. 9). Gott sah in mir nicht bloß die Erbsünde, sondern er sah auch alle diejenigen Sünden, deren ich mich sogar nach der Gabe und ungeachtet der Gabe, die er mir mit seinem Sohne ertheilt hat, schuldig gemacht habe. Und dieser Anblick, der nur seinen Zorn entflammen mußte, hielt den Erguß seiner Liebe doch nicht zurück.

Warum hat er mir seinen Sohn gegeben? Um mir seine Gnade wieder mehr als je zu erweisen; um mich mit Gewinn wieder in die Rechte einzusetzen, welche ich verloren hatte; um mich nur mehr in diesem eingebornen Sohne, diesem Gegenstande seines Wohlgefallens, zu betrachten; um die unendliche Liebe, die er zu ihm hat, auch auf mich auszudehnen. Das Alles ist in den Grundsätzen des Glaubens unbestreitbar; ich bekenne mich offen zu diesem Glauben, ist aber mein Herz darum mehr bereit, zu lieben? O mein Gott, wie kann ich schon jetzt den ungeheuern Widerspruch ertragen, der sich zwischen meinem Glauben und meiner Neigung befindet! wie werde ich ihn ertragen können, wenn ich einst vor dir erscheine! Gleichwohl werden diese Wahrheiten meinem Glauben nur vorgehalten, um mich zur Liebe zu ermuntern; und je fester ich glaube, desto heißer soll ich lieben.

3. Wie hat mir der Vater seinen Sohn gegeben? Hierin liegt der Triumph der göttlichen Liebe. Indem er ihn für mich opferte! indem er ihn statt meiner seiner Gerechtigkeit schlachtete; indem er die ganze Wucht seiner Rache auf diesen göttlichen Sohn entlud, um mir, mir, seinem Feinde, Barmherzigkeit zu erweisen; indem er ihn als einen Schuldigen behan-

delte, um alle meine Missethaten zu tilgen, und mich in seinen Augen gerecht zu machen; indem er ihn als einen Gegenstand des Fluches betrachtete, um mich in der Zeit und in der Ewigkeit mit seinen Segnungen zu überschütten.

Der Befehl, welcher einst Abraham ertheilt wurde, seinen einzigen und zärtlich geliebten Sohn zu schlachten, kommt uns grausam vor. Wir wissen wohl, daß Gott der Herr über das Leben und den Tod ist. Aber einem Vater das Messer in die Hand zu geben, damit er seinen Sohn schlachte, das empört unsern Verstand eben so wie unser Herz. Dieses Opfer Abrahams, das nicht zur Ausführung kam, war nur der Schatten des Opfers Jesu Christi, das auf dem Kalvarienberge von der Hand seines Vaters vollbracht worden ist. Wie schwer mußte es der unendlichen Liebe dieses Vaters fallen, seinen eingebornen Sohn so zu behandeln! Doch die Liebe, welche er zu uns hatte, siegte. Wenn dieses Opfer unsre Vernunft in Staunen setzt, so muß es noch weit mehr unser Herz rühren, so zwar, daß es seiner Liebe und seiner Dankbarkeit erliegt. Ach, wenn wir recht ernstlich und tief darüber nachdächten! Ach, wenn wir Gott recht inständig anflehten, er möge uns über so hohe Wahrheiten erleuchten, und dann in unsre Seele die Empfindungen legen, die sie uns einflößen sollen! Und wünscht er nicht selber dieses, und ist er nicht immer bereit, es zu thun? An wem liegt nun sonst die Schuld, als an uns selbst, wenn er es nicht thut?

Dritte Betrachtung.

Fortsetzung.

1. Wegen dieses eingebornen Sohnes, der mein Bruder geworden, ertheilt mir Gott im reichsten Maße alle die Gnaden, welche zu meiner Heiligung und folglich zu meiner gegenwärtigen und zukünftigen Glückseligkeit nothwendig sind: allgemeine und allen Christen gemeinsame Gnaden; besondere und persönliche Gnaden; beiwohnende Gnaden; wirkende Gnaden, und besonders die große Gnade des Ge-

betes, welche immer für mich bereit ist, und mit welcher ich, wenn ich sie recht benütze, gewiß auch alle übrigen Gnaden, selbst die der endlichen Beharrlichkeit, erlange; Gnaden, die so in einander verschlungen sind, daß sie durch die Treue, womit ich ihnen entspreche, täglich an Zahl und an Wirksamkeit zunehmen, so daß sie mir die Ausübung des Guten leicht, angenehm, gleichsam natürlich, und die Rückkehr zum Bösen moralisch fast unmöglich machen, was selbst von dem geringsten Fehler, der absichtlich begangen wird, gilt; Gnaden, welche mich überall begleiten, welche mein langer und hartnäckiger Widerstand nicht ermüdet, welche nicht fürchten, sich lästig zu machen und meine falsche Sicherheit zu stören; Gnaden, welche die größten Sünder bis zum letzten Augenblicke nicht verlassen, wo sich ihre Unbußfertigkeit vollendet.

Es ist billig, daß ich hier eine Zeit lang verweile, um mir so sehr als möglich die Hauptgnaden in's Gedächtniß zurückzurufen, die ich seit meiner Kindheit von Gott empfangen habe; denn was die täglichen Gnaden betrifft, so ist es nicht möglich, mich aller zu erinnern; und wie viele haben sich dargeboten, denen ich keine Aufmerksamkeit geschenkt habe? Ist eine einzige unter diesen Gnaden, die nicht ein dringender Beweggrund zur Liebe für mich ist, da alle durch das Blut Jesu Christi erworben worden sind? Welche Empfindungen müssen sie also nicht in mir erwecken, wenn ich sie alle zusammen betrachte? Und wie! wenn sie sich durch meine Treue fast in's Unendliche vermehrten? Das ist auch wirklich die Absicht Gottes; mein Mangel an Treue vermindert seine Freigebigkeit nicht, und darf auch meine Dankbarkeit nicht vermindern.

2. Um dieses eingebornen Sohnes willen hat mich Gott so oft und so lange vor der Hölle bewahrt, als ich verdient habe, in sie zu stürzen. Als Herr meines Lebens, und zudem auch mit Recht gegen mich erzürnt, konnte er mich in jedem Augenblicke, wo ich eine Todsünde beging, in den Abgrund des Unheils stürzen. Wie viele habe ich nicht schon

begangen? wie lange verharrte ich nicht darin? Ich brauche nur die Augenblicke zu berechnen, wenn ich kann. Die Engel haben nur einmal gesündigt, Gott wartete nicht auf ihre Reue, er gönnte ihnen keinen Raum dazu; er bestrafte auf der Stelle ohne Erbarmung ihre Empörung. Mich konnte er eben so behandeln; was hielt seinen Arm zurück? Das Blut Jesu Christi. Es ist buchstäblich wahr, daß mir Gott eben so viel, ja noch mehr Güte bewiesen hat, indem er mich vor der Hölle bewahrte, als er einem Verworfenen oder einem Teufel beweisen würde, wenn er ihn daraus zöge, und ihm dann die Freiheit ließe, sich abermals hineinzustürzen. Wie groß wäre die Liebe, wie groß die Dankbarkeit dieses Teufels, dieses Verworfenen! Eben so viel bin ich Gott schuldig, so oft er die Strafe für meine Sünde, oder vielmehr für meine Sünden überhaupt nicht eintreten läßt.

Es gibt in der Hölle wirklich sehr viele Verdammte, die weniger gesündigt haben, als ich. Sie haben sich nicht über die göttliche Gerechtigkeit zu beklagen, und sie beklagen sich auch nicht darüber. Für mich ist der Himmel noch offen, und mein Loos ist noch in meinen Händen. Wie groß wäre meine Undankbarkeit, wenn ich nicht unaufhörlich die Erbarmung des Herrn priese, und wenn sie für mich nicht ein dringender Grund wäre, ihn zu lieben!

Hast du Grund, zu glauben, daß du deine Unschuld bewahrt und die Hölle nicht verdient hast, so mußt du der Güte Gottes nur um so mehr danken und ihn um so mehr lieben, weil es in Anbetracht deiner natürlichen Verderbtheit, deiner Schwachheit, der Macht der Versuchungen, der Menge der Gelegenheiten, der Verführung durch böse Gespräche und böse Beispiele gewiß ist, daß du, und zwar mehr als einmal gefallen wärest, wenn Gott nicht besonders über dich gewacht, die Gefahren von dir entfernt, oder dich mit seiner mächtigen Hand darin aufrecht erhalten hätte.

3. Um dieses eingebornen Sohnes willen hat mir Gott so oft vergeben, als ich zu ihm zurückkehrte, er hat meine

Sünden vergessen und sie nach dem Ausdrucke der Schrift in die Tiefe des Meeres geworfen, und er ist immer bereit, mir zu vergeben und sie zu vergessen. Weder ihre Größe noch die Häufigkeit der Rückfälle können seine Geduld ermüden oder seine Erbarmung erschöpfen, wenn es mich aufrichtig schmerzt, ihn beleidigt zu haben, und wenn ich entschlossen bin, ihn nicht mehr zu beleidigen. Wo ist der Vater, der immer so gegen seinen Sohn gesinnt ist? Man würde ihn einer zu großen Nachsicht beschuldigen, wenn er ihn nach oft vergebenen, immer wiederholten Fehlern wieder voll Güte aufnähme; man würde mit Recht sagen, er gebe seinem Sohne Anlaß, ihn zu beleidigen und seine Güte zu mißbrauchen. Die Liebe hat, wenn ich so sagen darf, unsern himmlischen Vater über diese Beschuldigungen und diese Vorwürfe hinausgesetzt, welche ihm die Gerechten manchmal wegen des Mißbrauchs gemacht haben, den die Sünder, und ich selbst von seiner Erbarmung machen, und den ich selber schon gemacht habe, indem ich ihn in der Zuversicht, Verzeihung zu erlangen, wenn ich ihn darum bitte, vermessentlich beleidigte und mit Verstockung in meiner Sünde verharrte. Noch mehr; ich kann von selber gar nicht zu Gott zurückkehren, wenn ich ihn verlassen habe; wenn er meine Rückkehr wünscht, so muß er mir zuvorkommen, mir nachgehen, mich zurückrufen und mich durch eine wirksame Gnade aufhalten und zurückführen: ohne dieß würde ich mich rettungslos verirren. Wie oft ist er nicht so gegen mich verfahren? Und mein Herz sollte hart genug sein, um durch dieses Uebermaß von väterlicher Güte nicht gerührt zu werden! Drei Dinge sind in Gott unbegreiflich, die Langmuth, womit er unsre Beleidigungen erträgt, die Bereitwilligkeit, womit er sie uns vergibt, die Zuvorkommenheit, womit er uns die Hand darreicht, um uns von unsern Fällen wieder aufzurichten. Nie können wir ihn genug dafür lieben, nie ihm genug dafür danken.

Schluß.

Die Beherzigung der Wohlthaten Gottes.

Wenn es ein Mittel gibt, durch das die Liebe Gottes in uns geweckt, genährt und vermehrt werden kann, so ist dieß ohne Widerrede die Beherzigung seiner Wohlthaten. Wir sind davon umgeben; sie sind unermeßlich, beständig und zahllos hinsichtlich der Natur; sie sind unvergleichlich größer, und eben so zahlreich, eben so beständig hinsichtlich der Gnade. Es sollte unsre angenehmste Beschäftigung sein, uns beständig an sie zu erinnern, sie uns recht lebhaft vorzuhalten. Dieser Stoff der Betrachtung ist unerschöpflich, er hat nur Tröstendes und Rührendes für das Herz, er ist unsrer Fähigkeit angemessen und erfordert keine große Anstrengung des Geistes. Die Absicht Gottes, welche er in tausend Stellen der Schrift deutlich ausgedrückt hat, ist, daß wir häufiger als an irgend etwas Anderes an sie denken und sie nie aus dem Auge verlieren sollen. Er ladet uns dazu ein, er befiehlt es uns zu seiner Ehre und zu unserm Wohle; er knüpft unendliche Gnaden daran. Und wir Undankbare, Thörichte, Unsinnige genießen die Wohlthaten des Gottes, der uns erschaffen, des Gottes, der uns erlöst hat, und denken so wenig darüber nach, und bezeigen ihm so wenig unsre Dankbarkeit dafür. Wir beten zwar oft, um ihn zu bitten, aber wir beten fast nie, um ihm zu danken und ihn zu verherrlichen.

Wäre es zu viel, täglich eine halbe Stunde, eine Viertelstunde wenigstens dazu anzuwenden, um die unaussprechlichen Wohlthaten Gottes zu betrachten, ihm dafür Dank zu sagen, die Gefühle in uns zu erwecken, die sie verdienen? O wie wohl würden wir uns bei dieser Uebung befinden, und welche schönen Fortschritte würde die Liebe Gottes in unsrer Seele machen!

Wenn die Christen, welche ihrem Stande gemäß zur beständigen Arbeit genöthigt sind, nicht ganze Stunden dieser heiligen Uebung widmen können, sich nur flüchtig der Wohlthaten

Gottes erinnern und sich bloß an den dem Herrn geweihten Tagen mit mehr Ueberlegung damit beschäftigen, so ist Gott auch damit schon zufrieden. Die Reichen aber, welche über ihre Zeit verfügen können, die Reichen, deren Geist mehr ausgebildet ist, und die eine bessere Erziehung bekommen haben, die Reichen, denen es nicht an geistlichen Büchern fehlt, oder die sich dieselben leicht verschaffen können, sind sie nicht ohne alle Entschuldigung, wenn sie ihre Zeit und ihr Gemüth nicht täglich einer Betrachtung, einer Lesung weihen, welche in ihnen die Erinnerung an die Wohlthaten Gottes unterhält? Die Reichthümer haben ihre Uebelstände und ihre Gefahren; allein sie haben auch ihre Vortheile in Bezug auf das Heil und die Heiligkeit, und einer der größten ist ohne Zweifel dieser, daß sie mehr Freiheit, um sich mit Gegenständen der Religion beschäftigen zu können, und gewöhnlich eine Erziehung verschaffen, welche sie besser erkennen und mehr Nutzen daraus ziehen läßt. Diejenigen, welche von Gott diese

Vortheile empfangen haben, werden ihm einst gewiß Rechenschaft davon geben müssen. Warum, wird er zu ihnen sprechen, habet ihr fast nie an meine Wohlthaten gedacht? Warum sind die Geheimnisse meiner Religion nicht immer eurem Geiste gegenwärtig gewesen? Warum habet ihr nicht über so viele persönliche Gnaden nachgedacht, die euch zu Theil geworden sind? Ihr hattet die Zeit dazu, ich selbst hatte sie euch zu diesem Zwecke verliehen; ihr hattet es vorgezogen, sie dem Besuchen, dem Spiele, den Schauspielen, eiteln Ergötzungen zu widmen. Es fehlte eurem Geiste weder an Fähigkeit noch an Ausbildung, und ihr waret im Stande, gute Bücher zu verstehen und Betrachtungen anzustellen. Ihr habet ihn lieber mit den weltlichen Wissenschaften und Künsten, oft mit kindischen oder gefährlichen Gegenständen beschäftigt. Was werden sie darauf antworten? Was werde ich selbst antworten? Denn ich habe diese Vorwürfe mehr oder minder verdient, und ich habe den Dingen Gottes keineswegs alle die Zeit gewidmet, die ich ihnen widmen konnte. Wie viele Stunden habe ich verloren, wo ich mich, indem ich nicht wußte, was ich thun sollte, auf alle Weise zu zerstreuen suchte, ohne einen Augenblick diesem so wichtigen Gegenstande zu weihen! Vergib mir das Vergangene, o mein Gott, und stärke mich in dem Vorsatz, den ich fasse, mich während meines noch übrigen Lebens mit der Betrachtung deiner Wohlthaten zu beschäftigen, damit ich dadurch in deiner heiligen Liebe immer größere Fortschritte machen möge.

Vierter Tag.

Von den Vorzügen des Lebens in der Liebe.

Erste Betrachtung.

Von der Furcht, der Hoffnung und der Liebe.

1. Unter der Voraussetzung, daß ein Christ im Stande der Gnade sei, wie er denn verpflichtet ist, sich in denselben zu setzen, und daß die Liebe in seinem Her-

zen, wie sie soll, vor den übrigen Tugenden herrsche, sagen wir, daß es drei Wege gibt, auf welchen er im Dienste Gottes wandeln und zum Heile gelangen kann. Der erste ist der Weg der Furcht; der zweite ist der Weg der Hoffnung, und der dritte ist der Weg der Liebe. Man nennt sie so nach dem, was dabei vorherrschend ist, indem nicht etwa einer von diesen drei Beweggründen die beiden andern gänzlich ausschließt, da sonst die beiden ersten Wege nicht gut wären, weil die Uebung der Liebe dabei nicht stattfände, und der dritte Weg den Grundsätzen des Glaubens und unserem Stande als Pilger entgegengesetzt wäre, wenigstens insoferne er die Hoffnung ausschlöße. Allein bei dem ersten Wege wirkt der Beweggrund der Furcht am Oeftesten und macht einen stärkern Eindruck; dasselbe gilt bei dem zweiten von dem Beweggrunde der Hoffnung, und bei dem dritten von dem Beweggrunde der Liebe. Niemand hat es, wenigstens im Anfange, in seiner Macht, seinen Weg selbst zu wählen. Es gibt Seelen, welche Gott zuerst durch die Furcht führt, andere zieht er durch die Hoffnung an sich, wieder andere fesselt er durch die Liebe an sich. Es ist aber seine Absicht, daß im Fortgange des Weges die Liebe immer vorherrschend werde, daß sie die Furcht mäßige und endlich ganz verbanne, daß sie die Hoffnung veredle und läutere. Er bereitet das Herz allmählig dazu, wenn es getreu ist; und es ist die Pflicht eines jeden Christen, hierin die Wirksamkeit der Gnade zu unterstützen, welche ihn in der Erfüllung des großen Gebotes der Liebe Gottes immer getreuer und gewissenhafter zu machen sucht.

2. Auf die auf dem Wege der Furcht geführten Seelen machen die Strenge der Gerichte Gottes, die Peinen der Hölle und alle furchtbaren Wahrheiten der Religion einen äußerst starken Eindruck. Gott bedient sich der Furcht, um die Gluth der Leidenschaften zu dämpfen, um den verführerischen Reiz der sinnlichen Gegenstände zu schwächen, um die Seele vor den Gelegenheiten und den Gefahren, ihn zu beleidigen, zu bewahren, und da-

mit sie ihr als Zügel diene, wenn sie von heftigen Versuchungen bedrängt wird. Sie dient dazu, um uns von den Versuchungen zurückzuziehen, um zu verhindern, daß wir uns böse Gewohnheiten aneignen, oder um uns davon zu heilen.

Allein es geschieht gewöhnlich, daß die zur Furcht geneigten Seelen sie über die von Gott bestimmten Grenzen hinaus treiben, daß sie sich gern damit unterhalten, daß sie vorzugsweise über solche Gegenstände Betrachtungen anstellen oder sie lesen, welche geeignet sind, sie zu vermehren, kurz daß sie sich auf diesem Wege festsetzen, und daß es sehr schwer ist, sie davon abzubringen, wenn Gott es von ihnen verlangt, und daß dieser Weg sichtbarlich für ihren Fortschritt mehr schädlich als dienlich ist. Das ist gewiß ein großer Uebelstand. Findet er bei mir statt? Habe ich nicht zu befürchten, daß er bei mir stattfinde, wenn ich mich zu sehr meiner Gemüthsart und meiner Einbildungskraft überlasse?

Die Furcht ist mehr geeignet, vom Bösen zurückzuhalten, als zum Guten zu ermuntern, und gleichwohl ist es für den Christen eben so nothwendig, dieses zu thun und jenes zu vermeiden. Die Furcht, welche zur Ausübung des Guten antreibt, ist einzig diejenige, zu welcher man unbedingt und strenge verpflichtet ist; weiter geht sie nicht leicht, und kann es auch nicht wohl, weil sie das Herz verengt, ihm nicht das vorhält, was die Tugend Liebenswürdiges hat, es durch keinen Beweggrund aneifert, der fähig ist, zu bewirken, daß es die Schwierigkeiten der Tugend überwinde. Mit der Furcht kann man selig werden, aber man wird nie ein Heiliger mit ihr werden. Wieder ein sehr beträchtlicher Uebelstand. Zieht ihn mir die Furcht nicht zu, und hemmt sie nicht meinen Fortschritt in der Tugend?

Die Furcht versüßt das Joch des Herrn nicht im Geringsten, sie macht die ganze Schwere der Last fühlbar. Dadurch nöthigt sie die Seele, nur das auf sich zu nehmen, was sie für durchaus unerläßlich hält; und indem sie ihre Pflichten nach ihren Kräften bemißt, welche sehr gering sind, so vermindert sie dieselben, so sehr sie kann; sie streitet mit Gott, und sie gewährt ihm nur das, was sie ihm offenbar nicht versagen kann. Sie fühlt keine Süssigkeit, keinen Trost, keine Aufmunterung; die Freude des heiligen Geistes ist ihr unbekannt; sie ist traurig, bekümmert, unruhig, müde, erschöpft bei jedem Schritte, den sie macht, oft der Versuchung ausgesetzt, Alles aufzugeben. Ein dritter Uebelstand, der von den traurigsten Folgen sein kann. Habe ich ihn nicht so lange erfahren, als ich mich von der Furcht beherrschen ließ?

Endlich läßt die Furcht der Eigenliebe zu viel Herrschaft, welche sie, während sie in ihrem Ursprunge übernatürlich ist, in ihrer Anwendung fast ganz natürlich macht, indem sie uns die großen Wahrheiten der Religion einzig in Bezug auf uns selbst und unsern persönlichen Vortheil betrachten läßt, so daß sie in eine knechtische Furcht ausartet, welche weniger Abscheu vor der Sünde als vor der Strafe hat, die ihr folgt, und dabei weniger auf die Beleidigung Gottes als auf das ewige Unheil sieht, das für uns daraus erfolgt — eine Furcht, welche offenbar bös und mit der Liebe unverträglich wäre, wenn die Angst vor der Pein der einzige Beweggrund wäre, der uns von der Sünde zurückhielte. Das ist der Abgrund, in den manchmal die Furcht stürzt, wenn sie von der Eigenliebe unterjocht wird. Gott bewahre uns vor diesem Uebelstande, der schrecklicher ist als alle übrigen.

3. Die christliche Hoffnung hat sehr große Vorzüge vor der Furcht. Sie erhebt das Herz; sie ermuntert es zur Ausübung der Tugend, sie macht ihm Muth, damit es im Hinblicke auf ihre Belohnung ihre Schwierigkeiten überwinde; ja sie treibt es an, Großes zu thun und zu leiden, um sie zu verdienen und zu vergrößern. Das Alles ist ohne Zweifel sehr gut; und Gott, der unser Widerstreben gegen das Gute und unsre Schwachheit kennt, wollte uns nicht umsonst durch die Größe des Lohnes, der unser am Ende der Laufbahn wartet, anspornen und aufrecht erhalten.

Da wir aber von Natur eigennützig sind, so ist zu fürchten, daß die von der Hoffnung geleitete Seele diesem Beweggrunde mehr als sich gebührt, und auf eine Weise sich überlasse, welche die Liebe beeinträchtigt. Sie ist wirklich der Gefahr ausgesetzt, ein Miethling zu werden, indem sie die Augen mehr auf den Lohn als auf die Güte Gottes gerichtet hält, der ihn uns verheißen hat. Sie denkt weniger daran, Gott zu gefallen, als Verdienste zu erwerben; sie rechnet, so zu sagen, mit ihm, und verkauft ihre Dienste. Sie kann sich leicht dessen rühmen, was sie mehr thut, als schlechthin nöthig ist, um den Himmel zu gewinnen, gegen Gott gewisser Maßen ihre Großmuth und ihre Treue geltend zu machen, sich mehr auf ihre guten Werke als auf die Verdienste Jesu Christi zu stützen, sich einzubilden, daß ihr nach Allem, was sie gethan und gelitten hat, der Lohn gegeben werden müsse. Die Eigenliebe bewirkt dann, daß sie den ewigen Besitz Gottes auf sich selber bezieht; sie betrachtet diesen Besitz weniger in Beziehung auf Gott, der sich in ihr verherrlichen wird, als in Beziehung auf ihren eigenen Genuß und auf die Glückseligkeit, die ihr dadurch zu Theil wird. Mit einem Worte, sie liebt in der himmlischen Glückseligkeit mehr ihre Befriedigung und ihre Sättigung als das Wohlgefallen Gottes. Wenn auch unter diesem Allen die göttliche Liebe nicht wesentlich leidet, so wird sie doch unbestreitbar dadurch geschwächt, ihre Reinheit vermindert, und es liegt eine große Unvollkommenheit darin, sich auf solche Weise mehr mit seiner eigenen als mit der Sache Gottes zu beschäftigen. Wenn bisher auf mich am Stärksten der Beweggrund des Lohnes gewirkt hat, so muß ich vor Gott mich prüfen, ob ich mir nicht mehrere von den erwähnten Unvollkommenheiten vorzuwerfen und mich davon zu reinigen habe, indem ich mich mehr der Liebe überlasse und ihrem Beweggrunde die ganze Oberherrschaft gestatte, die er verdient. Die zwei folgenden Betrachtungen werden mich von den Vorzügen überzeugen, welche ich der Ausübung der Liebe geben muß.

Zweite Betrachtung.

Fortsetzung.

Die Liebe kennt gewöhnlich keine andere Furcht als die kindliche, d. h. die Furcht, Gott zu mißfallen, weil man ihn als Vater liebt. Diese Furcht ist, da sie die Tochter der Liebe ist, in einer ganz andern Weise aufmerksam und sorglich als die Furcht vor der göttlichen Gerechtigkeit und ihren Strafen. Sie treibt an, die geringsten Fehler, die kleinsten wissentlichen Unvollkommenheiten zu vermeiden. Statt das Herz zu verengen und kalt zu machen, erweitert und erwärmt sie es. Sie verursacht keine Unruhe, keine Angst; und ist ein Fehler begangen worden, so führt sie die Seele durch eine friedliche und aufrichtige Reue gleich wieder zu Gott zurück. Man sucht Gott zu beschwichtigen und ihn schnell und reichlich für den Schmerz zu entschädigen, den man ihm verursacht hat. Im Uebrigen beunruhigt man sich nicht und verliert man das Vertrauen nicht.

Die Liebe entzieht der Hoffnung alle

eigennützigen Absichten, welche ihr die Eigenliebe beimischen kann. Wer liebt, weiß nicht, was es heißt, mit Gott zu rechnen, oder gute Werke hauptsächlich in der Absicht zu thun, um Verdienste aufzuhäufen; und durch diese edle Uneigennützigkeit verdient er unvergleichlich mehr. Alles vergessend, was er für Gott gethan hat, ist er nur darauf bedacht, noch mehr zu thun; er sieht gänzlich von sich ab. Den himmlischen Lohn betrachtet er nicht als Lohn, sondern als eine Zusicherung, Gott aus allen Kräften die ganze Ewigkeit zu lieben und von ihm geliebt zu werden. Das ist der Gesichtspunkt, von dem aus er die Seligkeit betrachtet, mehr hinsichtlich des Wohlgefallens Gottes und der Ehre, die ihm daraus erwächst, als hinsichtlich seines eignen Vortheils. Nie schließt er die Hoffnung aus. Wie sollte er, da er Gott liebt, und ihn hienieden nicht besitzt, nicht wünschen, ihn zu besitzen und unzertrennlich mit ihm vereinigt zu werden? Aber er setzt den Willen Gottes über den Genuß Gottes selbst. Und ist die Liebe auf dem höchsten Punkte ihrer Vollkommenheit, so ist sie bereit, ihre eigne Seligkeit dem Willen Gottes zu opfern, im Falle er dieses Opfer verlangte; oder vielmehr sie setzt ihre Seligkeit in die Erfüllung dieses Willens. Es ist dieß in allem Ernste gemeint; denn es ist gewiß, daß schon viele Heilige durch diese große Prüfung der Liebe gegangen sind; und wie viele andere gibt es nicht, von denen es uns unbekannt geblieben ist! Es ist eben so gewiß, daß alle Seligen in dieser Bereitwilligkeit sind, und daß man nur durch sie in den Himmel eingehen kann. Es muß also die Liebe bis zu diesem Grade in dieser Welt, oder in der andern durch die Peinen des Fegfeuers gereinigt werden. Kann man wegen der Wahl unschlüssig sein? und wenn der Weg der Liebe keinen andern Vorzug hätte, als den, daß man vom Fegfeuer befreit oder daß die Dauer desselben beträchtlich abgekürzt wird, könnte man dann noch anstehen, ihn zu betreten?

2. Gott aus Liebe zu dienen, ist der einfachste Weg, weil er Alles auf einen

einzigen beherrschenden Beweggrund zurückführt, worin alle übrigen im höchsten Grade enthalten sind. Wenn ich Gott liebe, so fürchte ich ihn mit der Furcht, welche ihm die angenehmste und für mich die nützlichste ist. Wenn ich Gott liebe, so hoffe ich auf seine Verheißungen mit dem festesten Vertrauen, und ich sichere mir ihre Erfüllung so sehr, als es hienieden nur möglich ist. Wenn ich Gott liebe, so habe ich nicht mehr nöthig, an die Erwerbung einer jeden Tugend insbesondere zu denken; die Ausübung der Liebe enthält sie alle und läßt sie aus ihrem Beweggrunde und auf eine höhere und vollkommenere Weise ausüben, als wenn ich eine jede aus dem Beweggrunde, der ihr eigenthümlich ist, ausübe. Die Liebe überhebt mich jener Menge von Methoden und Uebungen, nach welchen die meisten Seelen so begierig greifen, worin sie beständig wechseln, indem sie heute diese, morgen jene vornehmen, und welche sie nur verwirren, beunruhigen, auf dem Wege der Heiligkeit hemmen. Die Liebe hat nur eine Methode, sie folgt nämlich dem Antrieb der Gnade, welche uns ermuntert, zu lieben; sie hat nur eine Uebung, sie liebt zu jeder Zeit, an jedem Orte, in allen Fällen; sie hat nur einen Act, auf dem sich alle übrigen beziehen; sie hat nur einen Beweggrund, sie liebt, weil sie liebt; sie hat nur ein Ziel, sie liebt, um zu lieben. Was ist einfacher? Gibt es aber ein Mittel der Vollkommenheit, das in dieser Einfachheit nicht enthalten ist? Gibt es eines, das sie nicht im höchsten Grade anwendet, und woraus sie nicht mehr Nutzen zieht, als wenn sie sich auf dieses Mittel, an sich betrachtet, beschränkte? Die Einfachheit des Weges der Liebe bringt die Seele dem Stande der Seligen nahe, welche Gott nur sehen, um ihn zu lieben. Wenn sie die Hoffnung hinzufügt, so geschieht es, weil sie noch nicht besitzt wie sie. Was soll ich noch sagen? Diese Einfalt bringt dem Stande Gottes selbst nahe, der sich nur kennt, um sich zu lieben, und in dem die Liebe das Ziel der göttlichen Emanationen ist.

3. Gott aus Liebe dienen, ist der

lieblichste Weg. Er nimmt unser Herz in Anspruch, und unser Herz ist gemacht, um zu lieben. Er leitet stille, aber ganz wirksam den Willen auf das hin, was Gott wünscht. Die Liebe macht das Herz zu Allem bereit, was kein anderes Gefühl zu thun vermag. Die Furcht beengt; die Hoffnung ist nicht ohne alle Unruhe; die Liebe kennt weder die Qualen der Furcht, noch die Unruhe der Hoffnung, wenn sie auf sich selbst beschränkt ist. Die Liebe flößt die Freude ein, welche der heilige Paulus die zweite Frucht des heiligen Geistes nennt, indem die Liebe die erste ist (Gal. 5, 22.). Und welche Freude? Eine reine, eine innige, eine unwandelbare Freude, eine Freude, welche der Vorgeschmack der Freude der Seligen ist. Die Liebe erhält die Seele in dem Frieden, welchen der Apostel nach der Freude nennt: nie beunruhigt die Liebe. Die Unruhe der Seele hat drei Quellen, entweder das böse Gewissen, oder die Eigenliebe, oder den Teufel. Die Liebe erhält das Gewissen im besten Zustande; sie sucht beständig die Eigenliebe zu zerstören; sie verachtet die schwarzen Einflüsterungen des Teufels; sie widersteht ihm, sie triumphirt über ihn. Gott ist der Frieden selber; und da man ihn hienieden nur durch die Liebe besitzt, so ist die Liebe auch das einzige Mittel, um den Frieden zu genießen.

Dieser Weg, welcher der einfachste und der lieblichste ist, ist auch der leichteste. Wenn es eine Neigung gibt, welche uns die Ausübung der Tugend zu erleichtern vermag, so ist es ohne Widerrede die Liebe, welche ihrer Natur nach edel, stark, großmüthig ist, welcher nichts schwer fällt, sobald es sich darum handelt, dem geliebten Gegenstande zu gefallen, und welche bereit ist, lieber Alles zu leiden, als ihm zu mißfallen. Wenn die Liebe, welche ihre Quelle in der Natur hat, wenn diejenige, welche die Leidenschaft einflößt, den Menschen zu den größten Anstrengungen für einen Vater, für einen Gatten, für eine Person fähig machen, in welche das Herz sterblich verliebt ist, was muß man dann nicht von der übernatürlichen Liebe erwarten, welche ein unendlich liebenswürdiges Wesen zum Gegenstande hat, welche von Gott selbst im Herzen entzündet, durch die Allmacht seiner Gnade gestärkt und von allen den Beweggründen angetrieben wird, welche ein Herz zu rühren vermögen? Man thut gern, was man liebt; man bezwingt leicht die Widersetzlichkeiten der Natur. Die Liebe schließt vor den Schwierigkeiten die Augen, oder sie räumt sie aus dem Wege; sie triumphirt über die Hindernisse; sie stürzt sich mitten in die Gefahren; sie opfert die theuersten Neigungen, weil sie bewirkt, daß man sich selbst vergißt und nur an das denkt, was der gebieterische Trieb der Liebe befiehlt oder wünscht. Die Liebe, sagt der heilige Augustin, fühlt die Mühe nicht; oder wenn sie sie fühlt, so ist es ihr lieb, sie zu fühlen, da sie weiß, daß sie sich nirgends besser zeigt als in den peinlichen Gelegenheiten und den großen Opfern. Die Liebe macht endlich zu Allem fähig, und sie hält Alles für möglich.

Auch ich liebe, o mein Gott, aber andere Gegenstände als dich; und ich habe es erfahren, daß man aus Liebe wirklich leicht und gern thut, was man ohne sie nie thun würde. Warum soll ich mich abschrecken lassen, warum soll ich zurückbeben, wenn du wünschest, daß ich dieselbe Erfahrung auch hinsichtlich deiner thun soll? Sollte deine Liebe weniger Macht über mein Herz haben, als die Liebe zu einer niedrigen Creatur? Hast du weniger Reize? verdienst du weniger? findet man weniger Freude darin, wenn man dir gefällt? und wenn ich auf meine eigenen Vortheile sehen darf, kann ich meine Glückseligkeit von einer andern Liebe erwarten als von der deinigen?

Dritte Betrachtung.

Fortsetzung.

1. Da die Liebe alles Böse zu vermeiden und alles Gute zu thun sucht, so versetzt sie dadurch den Geist und das Herz in eine vollkommene Freiheit. Man

will es nicht glauben und hält es für einen Widerspruch, daß man sich, um ganz frei zu sein, von der Liebe gefangen nehmen lassen muß und kein anderes Gesetz kennen darf als das Wohlgefallen Gottes. Nichts ist gleichwohl wahrer. Ist Gott nicht unbedingt frei? Gleichwohl haßt er nothwendig das Böse, liebt er nothwendig das Gute. Je ähnlicher mich die Liebe ihm macht, desto mehr werde ich mich seiner Freiheit nahen; ich werde lieben, was er liebt, hassen, was er haßt, sein Wille wird der meinige sein; und je weniger ich mich von ihm entferne, desto weniger werde ich Sclave sein. Sclave! Wessen? Des Teufels, der Welt, meines Stolzes, meiner Eigenliebe, meiner Leidenschaften, meiner Sinne, meiner Einbildungskraft, der Gegenstände, welche mich anziehen. Das sind viele Fesseln und Sclavereien, von denen mich die Liebe gänzlich befreit. Sie macht mich von Gott allein abhängig, von allem Uebrigen unabhängig und wahrhaft zum Herrn meiner selbst, so weit ich es sein kann und darf.

Woher kommen die Gewissenspeinen der meisten Christen? Daher, weil sie, indem sie nicht in dem Grade lieben, wie sie sollen, Gott das versagen, was er von ihnen verlangt; daher, weil sie, getrieben von der Gnade, ihm tausend Versprechungen machen, tausend Entschlüsse fassen, die sie nicht halten. Daher kommt es, daß sie nicht in sich eingehen können, ohne innere Vorwürfe zu erfahren, die ihnen überall folgen. Welche Zweifel, welche Verlegenheiten, welche Verwirrungen martern die Seelen, welche die Gnade mit der Natur, die Liebe Gottes mit der Eigenliebe in Uebereinstimmung bringen wollen! Um aus diesem Mittelzustande zu kommen, worin man sich unmöglich erhalten kann, gibt es nur zwei Extreme: man gibt entweder den Gedanken an seine Vollkommenheit auf, überläßt sich der Zerstreuung, denkt gar nicht mehr ernstlich über den Zustand seiner Seele nach — oder man weiht sich unbedingt der Liebe Gottes, und macht es sich streng zum Gesetze, ihm überall hin zu folgen, wohin er uns führen wird. Kann die Wahl noch zweifelhaft sein? Es ist eine unwiderlegliche Erfahrung, daß von dem Augenblicke an, wo uns die Liebe beherrscht, die Zweifel, die Aengsten, die wohlgegründeten Scrupel und oft auch die bloß eingebildeten plötzlich fallen, daß die Vorwürfe des Gewissens schweigen, und daß man eine außerordentliche Ruhe genießt.

Die Liebe beruhigt auch die wahrhaft frommen und wegen ihrer innern Verfassung besorgten Seelen. Sie lehrt sie, nicht so begierig ihre Fortschritte, wie sie mit Gott stehen, ob er zufrieden mit ihnen ist, wissen zu wollen, sondern sich ihm zu überlassen, sich nur mit ihm zu beschäftigen, und nur insoferne an sich selber zu denken, als es nöthig ist, um sich zu bessern, um fortzuschreiten, und durchaus nicht, um die Eigenliebe zu befriedigen, und sich Versicherungen zu geben, die, weil sie nicht von Gott kommen, der Täuschung unterworfen sind. Sobald die göttliche Liebe das Uebergewicht über die unordentliche Selbstliebe bekommt, so erspart sie uns die Qualen, welche dieser Henker des menschlichen Herzens verursacht, der hundert verschiedene Gestalten annimmt, mit hundert Vorwänden auftritt, daß wir mehr an uns selbst als an Gott denken sollen.

2. Die Liebe Gottes befreit uns entweder von den furchtbarsten und gefährlichsten Versuchungen, welche unser künftiges Loos betreffen, oder sie gibt uns die Kraft, sie zu überwinden. Wie viele Seelen betrüben sich, zermartern sich, verzweifeln fast, indem sie sich diesem schrecklichen Zweifel überlassen! gehöre ich zu den Auserwählten, oder nicht? Ich habe gesündigt, das weiß ich gewiß; ich habe die Hölle verdient: hat mir Gott vergeben? Hat er mich wieder zu Gnaden angenommen? Ich kann in jedem Augenblicke sterben. Wenn ich jetzt stürbe, wohin käme ich? Ich weiß es nicht. Eine furchtbare Ungewißheit, welche die Personen bestürzt, mit Entsetzen erfüllt, die zur Schwermuth geneigt sind, eine lebhafte und düstere Einbildungskraft haben, von der Eigenliebe

beherrscht werden; sie macht sie manchmal sogar verrückt. Mehr geneigt, zu fürchten, als zu hoffen, sehen sie den Himmel für sich verschlossen und die Hölle unter ihren Füßen geöffnet. Indem sie von dieser traurigen Vorstellung eingenommen sind, die sie Tag und Nacht nicht verläßt, sucht der Beichtvater vergebens, ihnen durch die unzweifelhaften Gründe der Religion selbst Vertrauen einzuflößen; vergebens sagt er ihnen, daß uns Gott in dieser Ungewißheit hinsichtlich unsrer künftigen Bestimmung und des gegenwärtigen Zustandes unsrer Seele belassen wollte, um uns vor der Vermessenheit zu bewahren und uns in der Demuth zu erhalten, welche unsre Schutzwehr ist; daß er uns jede Selbststütze entziehen wollte, damit wir unser ganzes Vertrauen auf ihn setzten; daß eine Seele unmöglich umkommen kann, welche sich ihm überläßt und ihr Vertrauen auf seine Güte setzt, wenn sie übrigens thut, was von ihr abhängt, um ihr Heil zu sichern; diese und andere ähnliche Gründe machen fast keinen Eindruck auf sie und heilen ihr krankes Gemüth nicht. Die Eigenliebe, die Selbstsucht sind der Grund ihres Uebels. Was wäre zu thun, um sie in ihrer Wurzel anzugreifen und zu zerstören? Man lenke diese Seele auf Gott hin; mache ihr recht begreiflich, daß Gott, wenn sie wahren Eifer für seine Sache hat, auch besonders für die ihrige sorgen wird; daß sie, wenn sie den Willen Gottes allen Dingen vorzieht, vor Allem seine Erfüllung wünschen muß, und daß bei einem solchen Verlangen das Heil keine Gefahr läuft; daß es, wenn sie in der Liebe lebt, moralisch gewiß ist, daß sie auch in der Liebe sterben wird; und daß sie überall, wohin die Liebe Gottes sie führt, das Paradies finden wird.

Es ist allerdings schwer, solchen Betrachtungen Eingang in ein krankes Herz zu verschaffen, und ein eigennütziges Herz für solche Gesinnungen zu gewinnen. Allein am Ende ist, wenn das Uebel nicht eingewurzelt, und der Kranke nicht verstockt ist, die Liebe das einzige Heilmittel dieser Versuchung, wie sie das einzige Vorbeugungsmittel gegen sie ist. Entweder kommt die Versuchung von uns, und die Liebe wehrt sie ab oder verhindert ihre Wirkungen, indem sie ihre Ursache zerstört; oder sie kommt durch die Zulassung Gottes vom Teufel, und alsdann verschafft Gott, der seinen Beistand nach dem Angriffe einrichtet, der Seele durch die Reinheit und die Uneigennützigkeit der Liebe den Sieg über sie. Denn in diesem Falle ist es weniger eine Versuchung als eine Prüfung, und solche Prüfungen schickt Gott nur Seelen, welche fähig sind, sie zu ertragen und sich durch den Adel ihrer Gesinnungen darüber zu erheben.

3. Der Weg der Liebe ist derjenige, durch welchen Gott ohne Vergleich am Meisten verherrlicht wird. Eine einzige Seele, welche muthig auf diesem Wege wandelt, verherrlicht ihn mehr als tausend andere, die nicht darauf wandeln. Daher verdient sie auch und erlangt von ihm die ausgezeichnetsten Gnaden, Gnaden der Bewahrung, Gnaden des Schutzes, Gnaden der Vorliebe, Gnaden,

welche sie zu heroischen Acten befähigen, ihr das Schwerste, ja Andern Unmögliche leicht machen; Gnaden endlich, die sie mit großen Schritten auf der unermeßlichen Laufbahn der Vollkommenheit fortschreiten lassen und sie weit über die gewöhnlichen Grenzen hinausführen. Die gewöhnlichen, übrigens frommen, gewissenhaften und treuen Seelen begreifen nichts, können nichts von dem innern Zustand einer Seele begreifen, welche nach der Reinheit der Liebe strebt, und von der ausgezeichneten Heiligkeit, zu der sie durch sie erhoben wird.

Gott behandelt diejenigen als Vater, welche die Zuneigung der Kinder zu ihm haben und sich bestreben, ihm aus Liebe zu dienen. Da er selbst ihnen diese Liebe gibt, und sie ihr in jeder Hinsicht entsprechen, wie gern vermehrt er sie nicht nach dem Verhältnisse ihrer Treue! er gibt nicht zu, daß sie einen Augenblick verlieren; er verschafft unaufhörlich dem Feuer neue Nahrung, das er in ihnen entzündet hat, und er entflammt es so lange, bis es einen großen Brand bildet, der selbst die kleinsten Unreinheiten in ihnen verzehrt. Er beweist ihnen dadurch, bis zu welchem Grade er sie liebt, und wie weit seine Zärtlichkeit, sein Wohlwollen, seine väterliche Aufmerksamkeit für sie geht; denn das gewisseste Zeichen, daß eine Seele Gott sehr theuer ist, ist dieses, wenn er viel von ihr verlangt, und wenn er sie dahin bringt, daß sie ihm Alles gibt, was sie ihm geben kann, oder ihn nehmen läßt, was sie nicht selber geben kann. Diese Seele macht keinen Mißgriff; sie erkennt die Liebe, welche Gott zu ihr hat, an seiner unerbittlichen Eifersucht und an der Sorgfalt, womit er sie von Allem entblößt, ihr Alles entreißt, damit sie einzig und ganz und gar ihm gehöre.

Die Liebe ist der einzige Weg, der uns zum innern Leben führt, der uns die Gabe des Gebetes mit den sie begleitenden Gnaden erwirbt, der einen vertrauten Verkehr zwischen Gott und uns herstellt, der uns hienieden die Süßigkeiten seiner Freundschaft genießen läßt, der uns mit ihm vereinigt und uns auf eine unaussprechliche Weise in ihn verwandelt. Lieben wir, denken wir nur daran zu lieben, und überlassen wir alles Uebrige Gott. Das, was er für uns schon in diesem Leben thun wird, wird unsre Vorstellungen, unsre Hoffnungen und unsre Wünsche übertreffen. Je uneigennütziger wir in unsern Absichten sind, desto mehr wird er sich uns gütig erweisen. Er gewährt manchmal die kleinen Gnaden den Seelen, die sie verlangen: die großen sind denjenigen vorbehalten, welche nicht nach ihnen streben und keine kennen, die mit der Uebung der Liebe vergleichbar sei.

Schluß.

Der Gedanke an den Himmel.

Der Gedanke an den Himmel, welcher insbesondere zur Hoffnung zu gehören scheint, ist sehr geeignet, uns zur Liebe zu ermuntern, wenn wir ihn recht auffassen. Worin besteht im Himmel meine ganze Herrlichkeit und Glückseligkeit? Im Lieben. Was werde ich die ganze Ewigkeit hindurch thun? Was Gott selbst thut; ich werde lieben. Ich werde nicht mehr glauben, ich werde sehen; ich werde nicht mehr hoffen, ich werde besitzen. Die Liebe wird mich beschäftigen und mich ganz und gar in Anspruch nehmen. Alle meine übrigen Gefühle werden sich in dem Gefühl der Liebe vereinigen. Und welcher Liebe? Einer durchaus reinen, durchaus uneigennützigen Liebe, die gar nicht an sich denkt und auf sich sieht; einer Liebe, welche meine Gedanken und meine Neigungen so sehr auf Gott richtet, daß ich die Genossen meiner Seligkeit und mich selbst nur in Gott und um Gottes willen lieben kann, weil alsdann Gott Alles in Allem ist, wie der Apostel sagt (1. Cor. 15, 20.); einer Liebe endlich, die mir so wenig gestattet, mir die Freude, die sie mir verursacht, anzueignen, daß ich bei dem geringsten Zeichen des göttlichen Willens immer bereit bin, der Liebe diese unaussprechliche Freude aufzuopfern, wenn sie es verlangte. Habe ich einen Begriff von einer solchen Liebe?

Gleichwohl bin ich berufen, sie in der Ewigkeit auszuüben. Dieß ist das Feuer, von welchem die seligen Bewohner des Himmels brennen werden, und von welchem sie durchdrungen werden, wie die Verworfenen von dem Feuer der Hölle brennen und durchdrungen sind.

Der Himmel ist die Wohnung der Liebe, wie die Hölle der Ort ist, von dem die Liebe ausgeschlossen ist; dieß ist der richtigste Begriff, den wir von jenem und von dieser haben können; und ich wage es zu sagen, daß es der ist, den Gott selber davon hat. Er regiert im Himmel durch die Ergießung seiner Liebe, welche er in alle diejenigen ausgießt, die seinen Hof bilden, und welche ihm getreulich wieder zurückgegeben wird, ohne daß Jemand das Mindeste davon für sich zurückbehält. Es ist eine fortwährende Ebbe und Fluth der Liebe, welche von der anbetungswürdigen Dreifaltigkeit, die ihre Quelle ist, ausgeht und beständig wieder zu ihr zurückkehrt. Gott regiert in der Hölle auf eine furchtbare Weise, indem er die Verworfenen für immer seiner Liebe beraubt; er haßt sie, und wird von ihnen gehaßt; er verflucht sie, und wird von ihnen verflucht; sie haben ihn in der Zeit nicht geliebt, das ist ihr Verbrechen; sie werden ihn in der Ewigkeit nicht lieben, das ist ihre Strafe. Wenn ich mich daran gewöhnte, den Himmel und die Hölle von diesem Gesichtspunkte aus zu betrachten, welchen mächtigen Beweggrund würde ich dann nicht darin finden, Gott zu lieben? was würde ich nicht thun, was nicht leiden, um mir das Glück zu sichern, ihn immerdar zu lieben, und um mir nicht das schreckliche Unglück zuzuziehen, ihn nie zu lieben? Das Maß meiner Liebe hienieden wird das Maß meiner Liebe im Himmel sein, die Liebe wird da allein den Rang und die Stufe der Seligkeit bezeichnen. Es gibt keinen andern Unterschied zwischen den Auserwählten als den, welchen die Liebe bildet. Der edle Ehrgeiz, der Gott höchst angenehm und für das Herz des Christen befriedigende Ehrgeiz, durch die Liebe nach den ersten Plätzen im Himmel zu streben, um Gott mehr lieben zu können! O mein Gott! verleihe, daß ich keinen andern Ehrgeiz mehr habe, als diesen, daß die Liebe Alles sei, daß ich sie überall sehe, daß ich sie in Allem suche, daß ich nach dem Himmel nur verlange, für den Himmel nur arbeite um der Liebe willen, daß ich die Hölle nur fürchte, sie nur zu vermeiden suche, weil deine heilige Liebe daraus verbannt ist.

Fünfter Tag.

Jesus Christus, das Vorbild der göttlichen Liebe.

Erste Betrachtung.

1. Die Fleischwerdung des Wortes ist ohne Widerrede das größte Wunder, das Gott äußerlich gewirkt hat, ja wirken konnte. Kein anderes Werk kommt diesem nahe. Welchen Zweck hat sich aber Gott vorgesetzt, als er in der Person Jesu Christi einen Menschen zu der

höchsten und innigsten Vereinigung mit der Gottheit erhob? Diesen, daß er geliebt werde, wie er es als Gott verdient. So konnte er es nun aber nur durch einen Gottmenschen werden. Kein bloßes Geschöpf, so vollkommen man es sich auch denken, auf welche Stufe der Gnade es auch erhoben sein mag, ist fähig, Gott mit einer Liebe zu lieben, die seiner würdig ist. Um ihn so zu lieben, muß man ihn ohne Maß lieben, muß man ihn mit einer Liebe lieben, die weder in ihrer Beschaffenheit noch in ihrem Grade eines Wachsthums fähig ist. Von dieser Art ist die Liebe Jesu Christi gewesen. Durch die persönliche Vereinigung ist ihm diese Liebe in ihrer ganzen Fülle eingegossen worden; er hat sie nach dieser Fülle beständig auf der Erde ausgeübt, und er wird sie ewiglich im Himmel ausüben, so daß die Vereinigung aller unter den bestehenden und möglichen Geschöpfen vertheilten Grade der Liebe mit der unermeßlichen Liebe, welche sich im Herzen Jesu Christi befindet, auf keine Weise verglichen werden kann. Ich will damit gleichwohl nicht sagen, daß Jesus Christus als Mensch Gott so sehr liebt, als Gott sich selber liebt. Ich will nur sagen, daß er Gott mehr liebt, als ihn alle Engel und alle Menschen zusammen zu lieben vermögen. Schließen wir daraus, wie verherrlichend der Plan der Menschwerdung und seine Ausführung für Gott sind, da ihm daraus eine höchste, einzige Liebe erwächst, mit der keine andere verglichen werden kann.

2. Betrachten wir insbesondere die Wirkungen, welche die persönliche Vereinigung in der Seele Jesu Christi hervorgebracht hat. Es ist erstens sein Verstand mit den erhabensten, umfassendsten, bestimmtesten und deutlichsten Kenntnissen der Gottheit, ihrer unendlichen Vollkommenheiten in allen Arten und in allen Hinsichten auf die Anzahl und die Stärke aller Beweggründe, ihn zu lieben, bereichert worden. Er hat also ihre unendliche Liebenswürdigkeit auf eine höhere Weise gekannt, als jeder andere Verstand, den Verstand Gottes allein ausgenommen. Zweitens, da die Kenntniß der Grund

der Liebe war, so hat sein Herz Gott so sehr geliebt, als sein Geist ihn als liebenswürdig kannte. Damit ist Alles gesagt. Wer kann es aber begreifen? Es versuchen, die Größe und Reinheit dieser Liebe zu erklären, heißt sich vergebliche Mühe geben; kein Gedanke, keine Empfindung, kein Ausdruck kann so weit reichen. Man muß glauben, schweigen und anbeten. Drittens, die Gabe und die Weihung, welche Jesus Christus Gott mit seinem ganzen Wesen dargebracht, hat dieser Kenntniß und dieser Liebe entsprochen. Das heißt, diese Weihung ist so freiwillig, so unbedingt, so unwiderruflich, so vollkommen in jeder Hinsicht gewesen, als sie es von Seiten eines Gottmenschen sein konnte. Sein Geist zeigte sie ihm als eine Huldigung, welche der unumschränkten Macht Gottes in jeder Hinsicht unerläßlich gebührt. Sein ganz von Liebe brennendes Herz sah nur dieses Mittel, um ihm die Gefühle zu bezeigen, die seine höchste Liebenswürdigkeit in ihm erweckte, und die grenzenlose Dankbarkeit, welche seine Wohlthaten verdienten. Und sein völlig freier Wille entschloß sich mit seiner ganzen Neigung, sich unbedingt dem Wohlgefallen Gottes zu ergeben, das ihm bekannt war. Er zögerte mit dieser Hingebung nicht. Gott zu kennen, ihn zu lieben, sich ihm hinzugeben, diese drei Acte folgten sich ohne Unterbrechung, und er hat sie gleich im Augenblicke seiner Empfängniß im Schooße Mariä gewirkt.

3. Jesus Christus ist unser Haupt und unser Vorbild geworden; er ist gekommen, um uns durch sein Beispiel anschaulich zu machen, wie sehr Gott geliebt zu werden verdient, und wie er von uns geliebt werden will. Er hat also Gott nicht bloß in seinem, sondern auch in unserm Namen so geliebt. Er hat diese erste und höchste Pflicht zuerst für sich, dann für die ganze menschliche Natur erfüllt, welche sie nur durch ihn, mit ihm und indem sie ihm so vollkommen, als es ihr möglich ist, nachahmt, würdig erfüllen kann. Es ist daher auch die Absicht Gottes, erstens, daß wir als Christen an dem Schatze der

göttlichen Wissenschaft und Liebe theilnehmen, den er in Jesus Christus gelegt hat; zweitens, daß wir denselben Gebrauch wie Jesus Christus von der Kenntniß, die wir von Gott haben, und von der durch den heiligen Geist in unsre Herzen ausgegoßnen wirkenden Liebe machen sollen, d. h. daß wir uns derselben bedienen sollen, um uns Gott zu weihen und ihn so mit unserm ganzen Gemüthe, mit unserm ganzen Herzen und aus allen unsern Kräften zu lieben; drittens, daß wir in der Absicht, Jesu Christo genauer nachzuahmen, seine Gesinnungen gegen seinen Vater kennen lernen sollen, indem wir alle Züge seines Lebens auf die Liebe beziehen, welche in der That die große Triebfeder seines ganzen Verhaltens war.

Ich bin so glücklich, Jesu Christo zu gehören; ich habe mehr oder minder Theil an der übernatürlichen Kenntniß, welche er in Bezug auf Gott, in Bezug auf die Pflicht und die Beweggründe, ihn zu lieben, gehabt hat; und es hängt nur von mir ab, diese Kenntniß durch die Betrachtung der großen Wahrheiten der Religion zu vermehren. Ich habe auch Grund, zu glauben, wenn mir mein Gewissen keinen bedeutenden Vorwurf macht, daß ich die beiwohnende Liebe habe; und ich weiß, daß sie uns nur gegeben ist, damit wir sie ausüben sollen. Endlich kann es mir nicht unbekannt sein, daß ich nur von Jesus Christus, von seiner Lehre und von seinen Beispielen Gott lieben lernen muß. Wozu hat mir bisher das Alles gedient? welchen Fortschritt habe ich in der göttlichen Liebe gemacht? und welche Vorsätze will ich für die Zukunft fassen?

Zweite Betrachtung.

1. Die Liebe Gottes hat Jesum Christum immer und einzig mit der Sache seines Vaters beschäftigt erhalten. Bemerke diese zwei Worte: immer und einzig. Kein einziger Augenblick war in seinem Leben, wo er nicht seinen Vater entweder durch seine innern Gesinnungen, oder durch seine äußern

Handlungen, oder durch seine Leiden geehrt hat. Sein Leben ist kurz, aber ganz und gar von der Liebe erfüllt gewesen. Er hat immer nur seinen Vater im Auge gehabt; er hat nie an sich gedacht, nie sich selber berücksichtigt. Die Liebe erhielt ihn immer außer sich; und er war nicht bloß von jedem Eigennutze in der Zeit oder der Ewigkeit frei, sondern er konnte auch gar keinen haben. Der Eifer für die Ehre seines Vaters verzehrte ihn, wie von ihm geschrieben steht; der Wille seines Vaters war seine Speise, und er that immer, was nach seinem Wohlgefallen war.

Die Liebe bringt nothwendig dieselben Wirkungen, obwohl in einem weit geringern Grade in den Seelen hervor, welche wahrhaft und tief davon durchdrungen sind. Ich brauche nur das Leben der Heiligen aufmerksam zu betrachten, die uns näher bekannt sind. Ich werde bald bemerken, daß sie von dem Augenblicke an, wo sie sich Gott gänzlich hingaben, nur mehr auf seine Sache, auf seine Ehre sahen; sie weihten ihm alle ihre Augenblicke; sie bezogen alle ihre Handlungen auf ihn; sie vergaßen allmählig sich selbst gänzlich, um nur an ihn allein zu denken. Sind mein Herz und mein Geist eben so beständig auf Gott gerichtet? Ist seine Liebe die Seele meiner Empfindungen, meiner Gedanken, meiner Unternehmungen, meiner Handlungen, meines ganzen Verhaltens? Ist dieses nicht der Fall, sind in meinem Leben Lücken, welche die Liebe nicht ausfüllt, so liebe ich noch sehr schwach, und ich bin von meinem Vorbilde sehr weit entfernt.

Kann man aber immer und einzig mit Gott beschäftigt sein? Die Seele, welche liebt, stellt nie diese Frage. Sie würde vielmehr so fragen: Kann man in irgend einem Augenblicke mit etwas Anderem als mit Gott beschäftigt sein? Liebe, und du wirst finden, daß die Sache möglich, daß sie leicht ist, und daß ein von Liebe wundes Herz nicht begreift, wie es anders sein kann.

2. Die Liebe hat Jesum Christum immer in einer gänzlichen Abhängigkeit

von seinem Vater erhalten. In der Abhängigkeit des Geistes: Jesus Christus hat nie einen Gedanken gehabt und haben wollen, der ihm nicht von seinem Vater eingegeben ward. In der Abhängigkeit des Herzens, dessen Regungen, obwohl sie frei, doch von seinem Vater geboten, auf ihren Gegenstand gerichtet und geleitet waren. In der Abhängigkeit der Worte: er hat nie von sich selber ein Wort gesagt, nie ein Wort, das ihm nicht von seinem Vater in den Mund gelegt wurde; er erklärt dieß im Evangelium ausdrücklich. In der Abhängigkeit in allen Ständen seines Lebens; er ist in keinen aus seiner eignen Wahl getreten; Alles war von seinem Vater bis zum kleinsten Umstande bestimmt; und er hat sich streng darnach gerichtet, ohne irgend Etwas abzuändern. In der Abhängigkeit in seinen Werken: er hat kein einziges von selber gethan. Bis zu seinem dreißigsten Jahre war er seinen Eltern unterthan, welche für ihn die Stellvertreter seines Vaters waren; während seines öffentlichen Lebens kann keine Reise, keinen Aufenthalt an einem Orte, keine Predigt, kein Wunder seinem eignen Willen zugeschrieben werden, Alles war von seinem Vater angeordnet und geleitet. Dasselbe gilt von seinen Gebeten, von der Zeit, die er ihnen widmete, von Allem, was er von seinen Feinden während seines Lebens und seines Leidens zu erdulden hatte, und von der Art und Weise, wie er sich sowohl innerlich als äußerlich dabei benahm. Jesus Christus hat in einem sehr wahren Sinne sich immer leidend verhalten, er ist immer in Allem geführt worden, und er hat von seiner Freiheit nur insoferne Gebrauch gemacht, als es nöthig war, um seinen Vater zu verherrlichen und seine Absichten erreichen zu helfen.

Diese Abhängigkeit Jesu Christi, die größte, die es je gegeben hat und geben kann, erscheint mir sehr beschränkend und selbst erschreckend; ich habe sie nie ausgeübt, und ich möchte mich nach derjenigen richten, welche, indem sie sich auf das beschränkt, was schlechterdings geboten oder verboten ist, im Uebrigen meine Gedanken, meine Neigungen, mein Verhalten meinem Belieben überließe. Wie? in keiner Hinsicht eine freie Wahl zu haben! keinen Schritt von selber thun zu können! in Allem das Wohlgefallen Gottes zu Rathe ziehen und mich streng danach richten zu sollen! Welche Unterwürfigkeit! welche strenge Gefangenschaft! Wenn ich so denke, so spreche, so zeige ich damit deutlich, daß ich die göttliche Liebe und den Umfang ihrer Rechte nicht kenne, daß ich noch weniger weiß, wie süß es ist, von ihr abzuhängen, und wie wenig diejenigen, welche unter ihren Gesetzen leben, daran denken, sich ihnen entziehen zu wollen. Der heilige Augustin sagte: Liebe, und thue dann, was du willst; denn du wirst nie Etwas wollen, das gegen die Liebe ist, oder aufhören, zu lieben. Kann man nicht auch sagen: Liebe, damit du immer thuest, was du willst? Denn um der Liebe willen wollen wir Alles, was sie von uns verlangt. Man thut daher immer seinen Willen, wenn man der Liebe gehorcht; man läßt sich sehr gern von ihr beschränken und gefangen nehmen. Wenn ich dieß noch nicht erfahren habe, so kommt es nur daher, weil ich noch nicht geliebt habe; wenn diese Erfahrungen selten sind, so habe ich eben selten aus dem Beweggrund der Liebe gehandelt.

3. Die Liebe hat Jesum Christum angetrieben, sich dem strengsten Willen seines Vaters aufzuopfern. Er hat dieß Opfer bei seinem Eintritte in die Welt dargebracht; sein ganzes Leben war die Vollbringung desselben; sein schmachvoller und schmerzhafter Tod war die Vollendung desselben. Wenn man es nur äußerlich betrachtet, so ist es wohl geeignet, selbst die muthigsten Seelen zu erschrecken; faßt man es aber seinem Innern nach in's Auge, so sind die Peinen, welche Jesus Christus auf sich genommen und erduldet hat, unvergleichlich größer gewesen. Und wie hat er dieses Opfer dargebracht? Mit einem freien, großmüthigen Willen, ohne zu überlegen, ohne an das Uebermaß der Demüthigungen und der Leiden zu den-

ken, denen er preisgegeben werden sollte. Es ward ihm Alles deutlich gezeigt, seine Liebe war zu Allem bereit; und um seinem Vater zu gefallen, hätte er sich, wenn ihm größere Peinen hätten auferlegt werden können, ihnen unterworfen. Wie vollbrachte er es? Nach seinem ganzen Umfange, ohne sich den geringsten Umstand entgehen zu lassen. Er trank mit Freuden den Kelch der Bitterkeit bis zum letzten Tropfen, und er gab mit seinem vollen Willen den Geist erst dann auf, nachdem Alles vollendet war. Es hat also die größte Liebe, die es je gegeben hat, Gott durch das größte Opfer geehrt.

So nun soll auch ich nach dem Maße meiner Fähigkeit lieben. Lieben heißt nicht, süße, aber unfruchtbare Empfindungen haben; es heißt nicht, schöne, aber unausgeführte Versprechungen geben; es heißt nicht, sich in Gedanken zu Opfern entschließen, die man nie vollbringt. So zu lieben, ist nicht schwer, oder vielmehr, man liebt nicht, wenn es nicht schwer fällt, und wenn man nicht will, daß es schwer falle. Lieben heißt, geben; und was? Alles, was die Liebe verlangt; es heißt, sich ungesäumt, gern, mit Freuden geben; es heißt, wünschen, daß sie mehr verlange, und nie mit dem zufrieden sein, was man gibt, wenn man mehr geben kann. Lieben heißt, nach dem Willen der Liebe Alles das leiden, was der Natur am Meisten widerstrebt: Peinen des Geistes, Peinen des Herzens, Peinen des Leibes; es heißt, so leiden, wie es der Liebe gefällt, indem man jedem andern Kreuze diejenigen vorzieht, welche sie erwählt hat, und nicht wir; indem man sie trägt, wie es ihr gefällt, ohne Linderung, ohne Trost weder von Seiten der Menschen, noch von Seiten Gottes; indem man sie so lange trägt, als es ihr gefällt, ohne sich über ihre Dauer zu beklagen, sollte sie auch bis zum letzten Seufzer ausgedehnt werden. So hat Jesus Christus geliebt. Liebe auch ich so? Will ich von nun an so lieben? Jede Liebe, die nicht beschaffen ist, wie die seinige, ist eine Scheinliebe.

Dritte Betrachtung.

1. Wenn ich, über meinen innern Zustand nachdenkend, fühle, daß ich nicht Liebe genug habe, um immer und einzig mit der Sache Gottes beschäftigt zu sein, um so für seine Ehre zu eifern, daß ich sehnlichst wünsche, alle Geschöpfe möchten ihn kennen, anbeten, lieben, ihm dienen, daß ich die Ehre mitempfinde, die ihm von den einen erwiesen, und die Schmach, die ihm von den andern zugefügt wird; wenn ich fühle, daß ich nicht Liebe genug habe, um in einer gänzlichen und beständigen Abhängigkeit von seiner Gnade leben zu wollen, um ihm gern alle die Opfer darzubringen, die er von mir verlangen kann, so kann ich die Schuld davon nur mir selber beimessen, und es wäre eine Art Gotteslästerung, auf Gott die Schuld zu werfen, wie wenn es nur auf ihn ankäme, daß ich ihn mehr liebe. Er hat mir seinen Sohn gegeben; das Herz seines Sohnes enthält die Fülle der göttlichen Liebe; es ist immer offen, immer zugänglich, immer gern bereit,

mich aufzunehmen, ich kann da die Liebe aus ihrer Quelle so oft und so reichlich schöpfen, als es mir gefällt. Ich darf nicht fürchten, daß sie versiege; ich bin versichert, daß ich wohl aufgenommen werde; je öfter ich hintrete, desto mehr wird sich dieses anbetungswürdige Herz für mich erweitern, desto mehr wird es mir seine Gesinnungen mittheilen. Bin ich nun nicht sehr strafbar, wenn ich immer kalt und gleichgiltig bleibe, da ich mich in jedem Augenblicke diesem Flammenherde nahen, da ich da bleiben kann, indem ich sogar eingeladen werde, indem ich mich gedrungen wird, dahin zu kommen, daselbst zu bleiben, und mich nie davon zu entfernen?

Wenn mir Gott befiehlt, ihn zu lieben, will er dann, daß ich mir diese Liebe selber gebe? Gewiß nicht; denn die Liebe kommt von ihm, und kann nur von ihm kommen; sondern er hat mich, indem er mir Jesum Christum gab, fähig gemacht, ihn so sehr zu lieben, als ich will, weil mir Jesus Christus nur deßhalb gegeben worden ist und so viel

Liebe nur empfangen hat, um sie mir mitzutheilen. Was habe ich also zu thun? Ich muß mich vor Allem demüthigen, mich schämen, mir lebhafte Vorwürfe machen, daß ich, obwohl mir die ganze Liebe Jesu zur Verfügung stand, dennoch fast keine in mir fühle, und daß ich so wenig gebeten habe, mich ihrer theilhaftig zu machen. Alsdann muß ich mit einer gewissen Scham, aber doch auch mit Vertrauen zu ihm gehen und ihn bitten, er möge mir meine bisherige Nachläßigkeit und Lauheit vergeben und mir gestatten, daß ich mein Herz aus dem unerschöpflichen Liebesschatze bereichere, den sein Herz besitzt. Nur das brauche ich, bittend, dringend, nicht ablassend, entschlossen, mich nicht abweisen zu lassen und auszuharren, zu thun; und meine Bitten werden über meine Wünsche erhört werden.

2. Da mir Jesus Christus zum Vorbilde gegeben worden ist, so bin ich schlechterdings verpflichtet, ihm nachzufolgen; und worin werde ich ihm nachfolgen, wenn ich ihm nicht in seiner

Liebe nachfolge? Damit muß ich beginnen, damit muß ich fortfahren, damit muß ich endigen. Denn jede Nachfolge Jesu Christi geht auf die Liebe zurück. Die Liebe ist der Anfang, der Beweggrund, das Ziel aller seiner Tugenden gewesen. Wenn ich, um sie mir besser anzueignen, sie zuerst genau kennen zu lernen suche, so habe ich ein kurzes und leichtes Verfahren, um sie gründlich kennen zu lernen. Ich darf nur die Liebe seinen Gedanken, seinen Gesinnungen, seinem Verhalten zum Grunde legen, und dann jedes Geheimniß, jeden Zug seines Lebens auf die Liebe beziehen. Ich werde mich dann nur nach der Aehnlichkeit mit ihm zu bestreben haben; denn ich will und soll sein Gleichniß werden. Die Liebe also sei der Grund des Gebäudes meiner Vollkommenheit; aber ich muß diesen Grund in dem ganzen Umfange und der Festigkeit legen, die er haben soll. Die Liebe gestattet keine Grenzen; die Liebe muß unerschütterlich sein und allen Angriffen trotzen. Sie muß stärker sein als der Tod, ihre Eifersucht unerbittlicher als die Hölle; das Wasser der Trübsale soll ihr Feuer nicht auslöschen können, und die Wogen der Versuchungen sollen nicht im Stande sein, sie zu verschlingen. (Hohel. 8, 6.) Das ist die Liebe, welche Jesus Christus mir zu geben bereit ist, wenn ich sie wünsche und ihn aufrichtig darum bitte; es liegt nicht einmal in seiner Macht, mir eine andere zu geben, weil es in der That keine andere gibt.

Habe ich einmal diesen Grund gelegt, so wird es mir leicht sein, das Gebäude aller Tugenden darauf zu errichten, deren Quelle die Liebe sein soll, und die sich nie sehr hoch erheben, nie Festigkeit haben und bei dem geringsten Stoße leicht zusammenfallen werden, wenn sie nicht auf dieser Grundlage ruhen. Welches wird aber die Höhe dieses Gebäudes sein, und welche Ausdehnung soll ich ihm geben? Diese Höhe muß bis zum Himmel reichen; Gott allein kennt das Maß; und wenn ich irgendwo eine Grenze setze, so bleibt das Gebäude unvollkommen.

Verstehst du das wohl, meine Seele?

Begreifst du, daß die Vollkommenheit, welche Gott von dem Christen verlangt, ein auf der Liebe errichtetes Gebäude ist, ein Gebäude, das alle Tugenden umfaßt und sie zu ihrer Vollendung bringt? Der Baumeister muß immer arbeiten, immer nachbessern, immer vervollkommnen; Gott kommt es zu, das Werk durch den Tod zu beendigen.

3. Werde ich aber den Muth haben, ein solches Gebäude zu unternehmen und es auszuführen? Die Liebe wird mir ihn geben. Was es Jesu Christo gekostet hat, um das seinige zu der unendlichen Höhe zu erheben, welche Gott von ihm verlangte, übertrifft unvergleichlich Alles, was es mir kosten wird. Hat er mit seinem Vater gerechnet? Hat er in Erwägung gebracht, was er zu leiden haben sollte? Erschrack er vor der Größe seiner Peinen und vor der unermeßlichen Last, die ihm auferlegt wurde? Nein; die Gluth seiner Liebe verzehrte das Alles wie Stroh; und, um auf ihn anzuwenden, was die Schrift von Jakob sagt, diese furchtbare Laufbahn von Lei-

den verschwand vor der Größe seiner Liebe. Hätte er mehr leiden können, so hätte er sich keinen Augenblick geweigert; und man kann versichern, daß seine Liebe, welche ihm seine übrigen Qualen leicht machte, selber seine heftigste Qual war. Doch die durch die Liebe verursachte Qual hat immer ihre Süßigkeit, so hart sie auch sonst sein mag; sie bildet einen Theil der Liebe selbst, und man könnte sie nicht von der Liebe trennen, ohne diese zu zerstören. Daher war Jesus Christus unter den Peinen, welche ihm die Liebe verursacht, oder welche er aus Liebe angenommen hat, friedvoll, zufrieden, glücklich.

Dasselbe wird auch bei mir der Fall sein, wenn ich liebe. Ich werde durch die Liebe eine Kraft bekommen, welche den Mühen und Peinen, den Hindernissen und Schwierigkeiten überlegen ist. Je mehr sich darbieten werden, desto größer wird mein Muth werden, um sie zu überwinden; und je größer sie sein werden, desto leichter wird er sie überwinden. Nichts ist gewisser; die ersten Kreuze, welche die leichtesten sind, erscheinen als die härtesten. Wenn die Liebe, noch schwach im Anfange, durch ihre Kämpfe und ihre Siege stark geworden ist, dann findet sie die schwersten und die bittersten Kreuze leicht und süß; statt ihretwegen zu klagen, statt zu wünschen, von ihnen befreit zu werden, wünscht sie neue und leidet sich nie genug. So ergreift und verzehrt das Feuer, welches sich langsam und schwer entzündet, wenn es bis zu einem gewissen Grade zugenommen hat, in einem Augenblicke die Stoffe, welche sich seiner Thätigkeit am Meisten widersetzen. Wir haben die Beweise davon in den Heiligen, welche aus Liebe in den Fußstapfen Jesu Christi wandelten. Die ersten Schritte auf der Laufbahn waren für sie die schwersten; wie sie weiter fortschritten, wandelten sie mit Freuden, sie liefen, sie flogen; die Liebe selbst trug sie mit der Schnelligkeit eines Pfeiles zum Ziele. Gleichwohl nahmen ihre Prüfungen mit ihrem Fortschritte zu.

Schluß.

Der Gebrauch der Communion.

Der heilige und öftere Gebrauch der Communion ist gewiß das wirksamste Mittel, um in uns die göttliche Liebe zu vermehren. Wenn jede Gnade durch sich selbst dahin strebt, entweder die Liebe zu erwecken, oder sie zu vermehren, wie weit mehr wird dann nicht der Urheber der Gnade selbst dahinstreben, der sich uns im Altarssakramente gibt. Es ist dieß vorzugsweise das Sakrament der Liebe. Es ist die herrlichste Erfindung der Liebe. Jesus Christus vereinigt sich da mit uns; einverleibt sich uns; er geht in uns über, um uns in sich übergehen zu lassen. Und was empfangen wir, indem wir ihn empfangen? Die Liebe in ihrer Quelle, die Liebe in ihrer Fülle, die Liebe, welche von dem Verlangen brennt, sich mitzutheilen, je nachdem sie die Herzen zubereitet findet. Wer mein Fleisch ißt und mein Blut trinkt, der bleibt in mir, und ich bleibe ihn ihm. (Joh. 5, 51.) Das heißt mit andern Worten, er bleibt in der Liebe, und die Liebe bleibt in ihm.

Welches muß aber die Verfassung des Herzens sein, damit die Communion in ihm die große Wirkung hervorbringen könne, zu welcher sie eingesetzt ist? Man sehe bei dem Empfange Jesu Christi nur die Liebe; man suche da nur die Liebe, und man wird sie finden. Die Liebe, bereite dich vor, sie führe dich in den Festsaal, und sie verlasse dich nicht, wenn du dich aus ihm entfernest. Du nimmst zu tausend Methoden deine Zuflucht, um mit Nutzen zu communiciren. Habe nur eine, welche in ihrer Einfachheit alle enthält und durch ihre Vortrefflichkeit alle übertrifft. Erkenne mit ebenso viel Aufrichtigkeit als Demuth, daß du nicht im Stande bist, eine so heilige Handlung, was du auch thun magst, würdig zu vollbringen. Ueberlasse dieß Geschäft der Liebe, empfiehl dich ihr, übergib ihr dein Herz. Beschäftige dich, aber einfach, still und freundlich, mit der Liebe, welche dir Jesus Christus da bezeigt, und mit derjenigen, welche er zum Danke von dir erwartet. Sage ihm, daß du ihn lieben willst, und daß du ihn nur empfangest, um ihn mehr lieben zu können.

Hüte dich aber, erstens, in der Communion einzig die Süßigkeit der Empfindungen der Liebe zu suchen. Die Kraft der Liebe, ihre Großmuth, ihre Uneigennützigkeit mußt du wünschen, die Sinnlichkeit der Eigenliebe darfst du nicht befriedigen. Zweitens, glaube nicht, daß dir die Liebe bloß für die Zeit der Communion gegeben werde. Du mußt bei deiner Rückkehr vom heiligen Tische mehr Liebe haben, als du bei deinem Hinzutritte hattest; du mußt folglich entschlossen sein, dich mehr gesammelt, mehr mit Gott vereinigt zu erhalten; du mußt achtsamer und getreuer gegen die Gnade, wachsamer über dich selbst, muthiger im Kampfe gegen dich und in der Gewalt, die du dir anthun sollst, liebreicher gegen den Nächsten, sanftmüthiger und geduldiger in seiner Ertragung, sorgfältiger in der Erfüllung deiner Standespflichten, großmüthiger in der Hingabe an Gott, stärker in der Ertragung aller Arten von Kreuze sein, die sich dir darbieten. Denn das Alles ist nur die in Ausübung gebrachte Liebe. Um nun diese verschiedenen Pflichten des christlichen Lebens, das nur ein Leben der Liebe ist, vollkommener erfüllen zu können, deßhalb gehst du mehr oder minder oft zur Quelle der Liebe, indem du dich durch den Empfang des anbetungswürdigen Leibes Jesu Christi nährest, stärkst, recht lebenskräftig machst. Dadurch, daß die Heiligen auf diese Art communicirten, diese Früchte durch die Communion bekamen, gelangten sie zur Vollkommenheit der Liebe; auch du wirst zu ihr gelangen, wenn du so verfährst, wie ich dir sage. Um es aber mit Erfolg thun zu können, ist vor Allem nöthig, daß du Gott ungetheilt und ohne Vorbehalt zu gehören wünschest, daß du entschlossen bist, ihm nichts zu versagen, und nicht die geringste wissentliche Beleidigung zu begehen, da du dich sonst täuschen würdest, und dein Herz dich Lügen strafen würde, wenn du sagtest, du wollest dich aus Liebe mit Jesus Christus vereinigen und du habest bei seinem Empfange keinen andern Beweggrund und Zweck.

Sagen wir ein Wort von der Anhörung der Messe und von den Besuchen des heiligen Sakraments. Was ist die Messe? Die Erinnerung, die Erneuerung, die Fortsetzung des blutigen Opfers auf dem Kalvarienberge, dieses großen Opfers der Liebe, wo sich Jesus Christus als Priester darbrachte und als Opferlamm verzehrt ward. Dasselbe geschieht auf eine unblutige Weise auf unsern Altären. Jesus Christus ist da wirklich Priester und Opferlamm; er bringt sich da seinem Vater in seinem und in unserm Namen mit derselben Liebe dar. Wie könnte man nun die Messe besser hören, als wenn man dabei mit dieser unaussprechlichen Liebe, weniger in Gedanken als in Empfindungen sich beschäftigt, als wenn man sich mit Jesus Christus und durch Jesus Christus Gott als Brandopfer darbringt, um von dem Feuer seiner Liebe verzehrt zu werden! Wenn wir ihm unser

Herz so darbieten, dann wird eine göttliche Flamme vom heiligen Altare ausgehen, welche es entzündet und verzehrt. Deßgleichen, welche Besuche können Jesu Christo in unsern Tabernakeln angenehmer sein, und welche andere erwartet er von uns als solche, die ihm aus Liebe, in der Absicht, unsre Liebe dadurch zu unterhalten und zu vermehren, abgestattet werden? Das mystische Leben Jesu Christi ist ganz ein Leben der Liebe; die Liebe allein hat ihn in diesen Zustand gebracht. Anerkennen wir also dieses Uebermaß von Liebe; betrachten wir ihn mit einem stillschweigenden Staunen, und bitten wir ihn, er möge uns vor sich so tief gedemüthigt erhalten, wie er selbst tief gedemüthigt vor seinem Vater ist. Wir können Jesu Christo nur eigennützige Besuche abstatten; wir sprechen zu ihm nur von unsern Bedürfnissen. Haben wir ein so großes als das, Gott zu lieben, und ihn immer mehr zu lieben? Empfinden wir dieses recht lebhaft; bestehen wir auf diesem, dringen wir auf dieses, stehen wir von diesem nicht ab. Dieß ist das wirksamste Mittel, um hinsichtlich aller übrigen erhört zu werden.

Sechster Tag.

Die Eigenschaften, die Wirkungen und die Kennzeichen der göttlichen Liebe.

Erste Betrachtung.

Ueber die Eigenschaften der göttlichen Liebe.

1. Die Liebe Gottes hat drei Haupteigenschaften, den Umfang, die Stärke, die Uneigennützigkeit. Vermöge der natürlichen Beschaffenheit des menschlichen Herzens, dessen Wünsche immer auf das Unendliche gerichtet sind, kennt die Liebe so wenig als die übrigen Leidenschaften Grenzen. Hat sie Grenzen, so werden sie ihr nicht vom Herzen gegeben, sondern von der Vernunft, oder vom Glauben, oder von dem Vorzuge, den ein Gegenstand in unsern Gedanken oder in unsern Neigungen vor einem andern hat. Der Liebe Gottes können nun aber weder die Vernunft, noch der Glaube, noch der Vorzug irgend eines andern Gegenstandes

mit Recht Grenzen setzen. Im Gegentheil, sowohl die Vernunft als der Glaube stimmen darin überein, alle Grenzen davon zu entfernen, und da die übrigen Gegenstände an sich selbst nichts sind, und nur in Bezug auf Gott geliebt werden dürfen, so können sie uns nicht berechtigen, seine Liebe zu beschränken. In Anbetracht Gottes, des unendlich liebenswürdigen Wesens, kann und soll also die Liebe, welche von selbst seiner Liebenswürdigkeit gleichzukommen strebt, in's Unendliche zunehmen, und sie wird nur durch die endliche Fähigkeit des Geschöpfes nothwendig beschränkt. Diese Art von Unendlichkeit gleicht jener der Zahl und des Maßes, welche, immer endlich bleibend, einer Vermehrung in's Unendliche fähig sind.

In Anbetracht dessen, welcher liebt, strebt die göttliche Liebe nur danach, immer größer zu werden; sie bleibt nie stehen; setzt sich kein Ziel vor; das Herz kann nicht sagen: Dabei will ich bleiben, ich will nicht stärker lieben als so. Die göttliche Liebe gibt Alles, oder will Alles geben, und behält nichts vor; sie leidet Alles, oder will Alles leiden, und nimmt nichts aus. Sie kennt keine schonende Rücksicht, keine menschliche Klugheit, sie folgert nicht, sie trifft keine Vorsichtsmaßregeln, sie fürchtet keine Folge. Geführt von einem Triebe, der stärker ist als die Vernunft, folgt sie getreulich diesem Triebe, den die Vernunft für blind hält, der aber an sich sehr hellsehend ist. Ihre höchste Weisheit ist die, bis zur Thorheit zu gehen. Hat denn nicht Jesus Christus seinen Vater bis zur Thorheit des Kreuzes geliebt, wie sich der Apostel ausdrückt? Ein Gott, der Mensch wird, der als Kind geboren wird, der alle Schwachheiten dieses Alters erfährt, der seinen Geschöpfen gehorcht, der seinen Lebensunterhalt durch die Arbeit gewinnt, der sich verachten, verleumden, verfolgen, mit Qual und Schmach überhäufen läßt, der endlich auf die schimpflichste Weise stirbt, um Gott, seinem Vater, zu bezeigen, wie sehr er ihn liebe, was ist das im menschlichen Sinne sonst als ein unbegreifliches Uebermaß von Thorheit? im göttlichen Sinne aber ist es die erhabenste Weisheit; ein

Gottmensch durfte nicht weniger lieben. Wenn ein leidenschaftlich Liebender dem Gegenstande seiner Liebe mit Freuden Vermögen, Ruhe, guten Namen, Gesundheit, selbst das Leben opfert, dann sagt man, dieß ist Thorheit; und man hat Recht, weil der Gegenstand solche Opfer nicht verdient. Man entsage aber der Welt, ihren Reichthümern, ihren Ehren, ihren Freuden um Gottes willen; man kreuzige für Gott sein Fleisch durch Kasteiungen aller Art; man bringe ihm, wenn er es verlangt, das Opfer der Gesundheit, des guten Namens, des Lebens; man gehe noch weiter und setze das Wohlgefallen Gottes über die eigene Seligkeit, so ist dieß keine Thorheit mehr; es ist eine übernatürliche Weisheit, die der Weisheit Jesu Christi mehr oder minder nahe kommt. Warum? Weil Gott alle diese Opfer verdient; weil man sie ihm schuldig ist, wenn die Liebe sie verlangt; weil es unmöglich ist, Etwas zu verlieren, wenn man Gott Alles gibt, da man ja dadurch den unaussprechlichen Besitz Gottes allein erwirbt.

2. Die zweite Eigenschaft der Liebe Gottes ist die Stärke. Und welche Stärke? Eine Stärke, welcher nichts widersteht, welche die Welt mit ihren Reizen und ihren Drohungen, den Teufel mit seinen Versuchungen verachtet, welche über die Weichlichkeit des Fleisches und die Verderbtheit der Natur triumphirt; eine Stärke, welche die heftigsten Leidenschaften bändigt, welche die eingewurzeltsten Gewohnheiten überwältigt, welche den eigenen Geist unterwirft und demüthigt, welche die Eigenliebe schwächt und zerstört; eine Stärke, welche gegen Gott selbst und die Prüfungen kämpft, durch die er eine Seele gehen läßt. Man betrachte bei den Märtyrern die Stärke der Liebe; man betrachte sie bei den Einsiedlern, den Mönchen und Nonnen, welche das strengste Leben gewählt und geführt haben; man betrachte sie bei so vielen berühmten Büßern, vor deren Abtödtungen aller Art die Einbildungskraft erschrickt, welche über unsre natürliche Schwachheit hinauszugehen scheinen; man betrachte sie bei jenen Aposteln und Missionären, welche,

von dem Eifer brennend, Jesum Christum abgöttischen, barbarischen, wilden Nationen zu predigen, durch keine Schwierigkeiten, durch keine Gefahren, durch keine Strapazen aufgehalten worden sind, und welche das Glück, ihr Blut für Jesus Christus vergießen zu dürfen, als den Lohn ihrer unermeßlichen Arbeiten betrachteten. Man betrachte sie endlich bei den innerlichen Seelen, welche die Liebe auf außerordentlichen Wegen, auf den rauhesten Pfaden des Kreuzes geführt hat, und welche durch äußerste Peinen, die nur Gott kennt, und die der menschliche Geist nicht zu schätzen vermag, die freiwilligen Opfer der Liebe gewesen sind.

Die Liebe hat nur Wirklichkeit, insofern sie stark ist. Wenn sie sich einschüchtern, abschrecken läßt, wenn sie vor dem, was sie thun oder leiden soll, zurückbebt, so ist sie schwach. Ich weiß es, daß sie stufenweise Stärke bekommt, und daß man von einer Seele nicht sagen kann, daß sie nicht liebe, oder daß sie gewisser Aeußerungen des Muthes oder der Geduld noch nicht fähig sei. Ein Kind kann für sein Alter sehr stark sein, obwohl es im Vergleiche mit einem erwachsenen Manne sehr schwach ist. Da aber Gott, der unendlich weise ist, das, was er von uns verlangt, nach unsrer gegenwärtigen Liebe einrichtet, so ist unsre Liebe schwach, wenn sie den täglichen Gelegenheiten nachgibt und die Wirksamkeit des heiligen Geistes nicht unterstützt; sie ist schwach, wenn sie in den kleinen Dingen nicht getreu ist, welche sich in jedem Augenblicke darbieten; sie ist schwach, wenn sie nicht standhaft ist, und wenn sie beständig vom Eifer zur Trägheit übergeht; sie ist schwach, wenn sie bei der geringsten Schwierigkeit unterliegt, und wenn sie das kleinste Hinderniß nicht überwinden kann; sie ist endlich schwach und zwar sehr schwach, wenn Gott von ihr Etwas verlangt, das sie ihm durchaus nicht gewähren will.

3. Die Uneigennützigkeit ist die dritte Eigenschaft der göttlichen Liebe. Es ist in der That wesentlich für die Liebe, uneigennützig zu sein, d. h. ihrem Gegenstande um seiner selbst willen, und nicht wegen des Guten, das man von ihm empfangen hat, oder das man von ihm

hofft, zugethan zu sein; solche Rücksichten sind der Liebe fremd; sie können sie wohl erwecken und vermehren, aber sie dürfen nicht ihr Zweck sein. Wenn ich Gott nur wegen seiner Gaben und seiner Belohnungen liebe, so liebe ich nicht eigentlich Gott, sondern die Gaben und die Belohnungen Gottes. Liebe ich Gott wahrhaft, so muß Gott an sich der Gegenstand meiner Liebe sein, ohne daß ich dabei an das denke, was er mir gibt, oder was er mir verspricht. Ich gebe zu, daß seine Wohlthaten und seine Verheißungen mich aufmuntern, seine Güte, seine Freigebigkeit, seine Großmuth anzuerkennen, zu bewundern und zu lieben. Allein diese Vollkommenheiten in Gott lieben, heißt ihn selber lieben. Ich gebe zu, daß, da die ewige Seligkeit nur der Liebe verheißen ist, diese Seligkeit und mein Verlangen, glückselig zu sein, für mich mächtige Beweggründe, zu lieben, sind; allein der Beweggrund der Liebe ist nicht der Gegenstand der Liebe. Es gibt also eine Liebe Gottes, welche wegen und in Folge der Dankbarkeit und der Hoffnung entsteht;

Gott aber an sich, als gut, als freigebig, als sich gern mittheilend betrachtet, ist eigentlich der Gegenstand meiner Liebe. Dieß ist klar, und es wäre leicht darzuthun, daß wir hinsichtlich der Liebe, die ein Mensch zu seines Gleichen hat, die Sache nicht anders verstehen

Unglücklicher Weise schleicht sich die Eigenliebe, welche nur ihren eignen Vortheil im Auge hat, in die Liebe Gottes ein, und befleckt durch ihre Beimischung die Reinheit derselben. Sie wendet unsre Blicke von dem Wohlthäter, dem Schöpfer, dem Vergelter ab und richtet sie auf die Wohlthaten, die Tröstungen, die Belohnungen hin; sie treibt uns an, zu sehr auf diese zu sehen, sie aus Selbstsucht zu suchen oder zu genießen, weil wir dabei unser Wohlsein finden, und Gott hauptsächlich in dieser Absicht zu dienen. Diese Eigenliebe ist nicht strafbar, wenn sie uns nicht von dem Gehorsame entfernt, der Gott gebührt, aber sie ist nicht rein.

Die Liebe Gottes duldet nun aber keine unreine Beimischung, und sie sucht sich aus allen Kräften von derselben zu befreien. Sobald sie sich daher eines Herzens bemächtigt hat, so bemüht sie sich, es von der Eigenliebe zu reinigen; sie schließt, bewahre Gott, den Beweggrund des Nutzens nicht aus, aber sie ordnet ihn edlern und höhern Beweggründen unter; sie unterwirft ihn dem Wohlgefallen Gottes, und gestattet nicht, daß wir ihn als Ziel unsrer Wünsche und als letzten Zweck unsrer Neigungen setzen. Wir können mit der gewöhnlichen Gnade unsre Liebe bis zu einem gewissen Grade der Reinheit bringen. Selbst die Ungewißheit, in der wir uns hinsichtlich unsers ewigen Looses befinden, ist ein Grund für uns, uns dem Willen Gottes zu überlassen und aus Liebe mit Allem zufrieden zu sein, was er nach seinem Wohlgefallen beschließt. Diese Zufriedenheit bezeigen Gott mehrere Personen in der Stunde des Todes. Er läßt zu, daß Andere furchtbare Versuchungen gegen die Hoffnung erfahren, und daß sie fälschlich der Ueberzeugung sind, sie seien verworfen; und sie bringen Gott durch eine äußerst große Anstrengung der Liebe das bedingte Opfer ihrer ewigen Seligkeit, indem sie fortfahren, ihm zu dienen, heroische Acte der Tugend zu wirken, für ihn zu leiden, einzig um seinetwillen, ohne auf eine fühlbare Weise unterstützt und von dem großen Beweggrunde der Hoffnung angetrieben zu werden, welche gleichwohl immer im Grunde ihres Herzens lebt und darin fester ist als je, aber gereinigt, vervollkommnet, und gleichsam von der Liebe verschlungen, welche gleich dem Feuer alle Tugenden gewisser Maßen in sich verwandelt. Ich habe es schon gesagt, und ich kann es nicht zu oft wiederholen: will eine Seele bei ihrem Ausgange aus dieser Welt geraden Wegs in den Himmel kommen, so ist durchaus nothwendig, daß ihre Liebe zu Gott ganz rein sei, und wenn sie auch keinen Fehler zu sühnen hätte, wenn sie der göttlichen Gerechtigkeit nichts schuldig wäre, so braucht sie, um durch das Fegfeuer gehen zu müssen, nur die Eigenliebe nicht gänzlich aus ihrem Herzen verbannt zu haben. Denn der Eigenliebe ist der Himmel verschlossen: jede Rücksicht auf den eignen Vortheil ist daraus verbannt. Man kennt da nur die Sache Gottes, nur seine Ehre und sein Wohlgefallen; man denkt da nicht an sich. Es erfordert dieß unser ernstestes Nachdenken.

Zweite Betrachtung.

Von den Wirkungen der Liebe Gottes.

1. Drei Dinge hängen von mir ab, und es steht mit dem Beistand der Gnade bei mir, einen rechten Gebrauch von ihnen zu machen: meine Gedanken und meine Absichten, meine Wünsche und meine Neigungen, meine Unternehmungen und meine Handlungen. Das ist die Wirkung, welche die Liebe Gottes hinsichtlich dieser drei Dinge hervorbringen wird; nicht als wenn sie mich mit einem Male zur Vollkommenheit führte, sondern indem sie mich allmählig zu ihr führt, und zwar um so schneller, je größer meine Liebe und je getreuer meine Mitwirkung sein wird.

Wenn ich Gott aufrichtig liebe, so werden die Gedanken und die Absichten meines Geistes hauptsächlich Alles das zum Zwecke haben, was ihn betrifft. Ich werde mich gern mit ihm beschäftigen; ich werde mit Freuden und mit all der Theilnahme, die er verdient, von ihm sprechen. Ich werde in mir seine heilige Gegenwart erhalten. Ich werde jeden unnützen Gedanken ferne halten, nnd ein solcher wird ein jeder für mich sein, der mich zerstreut und mich von Gott abwendet, indem er entweder einen lebhaften Eindruck auf mich macht, oder mich auch bloß ergötzt.

Wenn ich Gott aufrichtig liebe, so werden meine Wünsche und meine Neigungen ihm geweiht sein; ich werde nichts in meinem Herzen dulden, das es theilt; ich werde keinem Gegenstande gegen den Willen Gottes anhangen, keinem, der die Gewohnheit der Liebe in mir schwächt oder müssig sein läßt, keinem, der nicht dazu beiträgt, sie zu befestigen und zu vermehren. Bemerke diese drei Stufen: die erste flößt mir Abneigung vor jeder bösen oder gefährlichen Anhänglichkeit ein; die zweite hält mich von jeder eiteln und unnützen Anhänglichkeit fern; die dritte erhebt mich so sehr, daß ich durch die Liebe jede rechtmäßige und erlaubte Anhänglichkeit heilige.

Wenn ich Gott aufrichtig liebe, so werde ich mir nichts vornehmen, das nicht direct oder indirect nach seiner Verherrlichung strebt. Ich werde nichts thun, das ihm mißfallen kann; das ist ist nicht genug: ich werde mich bestreben, nichts zu thun, das nicht den Zweck hat, ihm zu gefallen. Kann die Liebe Gottes in mir sein, wenn sie nicht Alles beherrscht, wenn sie nicht Alles ordnet und leitet, wenn nicht Alles von ihr als seiner Quelle ausgeht und zu ihr als seinem Ziele zurückkehrt?

Denn ich verstehe unter Gott aufrichtig lieben, nicht, die Gewohnheit der Liebe haben, welche nur eine Neigung, zu lieben, ist. Das Kind hat sie durch die Taufe, und es liebt darum nicht. Ich verstehe darunter die Ausübung dieser Gewohnheit. Wenn du sie nicht ausübst, so liebst du nicht; wenn du sie wenig ausübst, so liebst du wenig. Uebst du sie oft aus, indem du immer wünschest, sie mehr auszuüben, und in dieser Hinsicht nie mit dir zufrieden bist, so liebst du viel; und wenn du immer so fortfährst, so wirst du immer mehr lieben.

2. Ich hänge von Gott in drei Dingen ab, worin ich ihm meine Liebe beweisen muß. Erstens in Allem, was zur natürlichen Ordnung der Vorsehung gehört. Wenn meine Liebe zu Gott aufrichtig ist, so werde ich Alles gutheißen, was er hinsichtlich meiner verfügt; ich werde von Herzen zufrieden damit sein; ich werde mich danach fügen; ich werde mich wohl hüten, darüber zu klagen, zu murren, vergeblich zu suchen, mich davon loszumachen. Es geht dieß weit und ist eine große und fortwährende Uebung der Liebe, besonders für die Christen, die in der Welt leben müssen. Woher kommen so viele innere Auflehnungen, so viele Klagen der Reichen wie der Armen, der Großen wie der Kleinen, der Gesunden wie der Kranken hinsicht-

lich der Zufälle des Lebens, der Uebel, der Mißgeschicke und Widerwärtigkeiten, denen jeder Stand ausgesetzt ist? Woher kommt es, daß ihre Wünsche fast immer im Widerspruche mit dem sind, was sie erfahren, und daß sie mit ihrem gegenwärtigen Zustande gewöhnlich unzufrieden sind? Es kommt von dem Mangel der Liebe her. Sie sollen Gott lieben, und sie werden ihn preisen für das, was sie sind und was ihnen widerfährt, und es wird immer nach ihrem Willen, der immer seinem Willen unterworfen ist, gethan werden. Bringt die Liebe diese Wirkung in mir hervor? Ich will sehen, wie es in dieser Hinsicht mit mir steht.

Zweitens; ich hänge von Gott in dem ab, was zu seiner übernatürlichen Vorsehung gehört, z. B. die äußern Mittel des Heils, welche je nach den Orten und den Zeiten zahlreicher oder seltener, mehr oder minder mir angemessen sind, welche mir bald gewährt, bald entzogen werden je nach den Anordnungen der Vorsehung; die innern Gnaden, deren Ertheilung mir unbekannt ist, und welche der heilige Geist in der Art und dem Maße austheilt, wie es ihm gefällt; die Versuchungen bald von dieser, bald von jener Art, mehr oder minder lang und heftig, die mich angreifen, wann Gott es zuläßt, und von denen mich Niemand außer ihm befreien kann; die geistlichen Kreuze, von denen das Leben des Christen voll ist, welche nicht von mir abhängen, und die mir auferlegt werden, damit ich mir selbst absterben soll; die Tröstungen, welche mir nicht zu Theil werden, wenn ich sie erwarte, und wenn ich ihrer am Meisten zu bedürfen glaube, und die mir so schnell wieder entzogen werden, wenn ich sie noch länger genießen möchte; endlich die verschiedenen Zustände und Wechselfälle, welche das geistliche Leben bilden. Die Liebe Gottes hat hier ein weites Feld der Ausübung, und bringt merkwürdige Wirkungen hervor. Sie lehrt mich, in dem, was meine Heiligung betrifft, vor Allem die Ehre Gottes im Auge zu haben, welche der große Zweck ist, den er sich dabei vorsetzt; zu glauben, daß er, weil er unendlich weise ist, die Mittel erwählt, welche für mich die passendsten und für meine gegenwärtigen Bedürfnisse die geeignetsten sind; daß er, da er mein Heil heißer und wirksamer will, als ich es selbst vermag, es herbeiführen wird, wenn ich mich hinsichtlich dessen, was sich darauf bezieht, auf ihn verlasse, und wenn ich nur getreulich seinen Absichten gemäß wirke; daß er, weil er unendlich mächtig und gut ist, selber die Mittel ersetzen kann und will, deren er mich nach seinem Rathschlusse beraubt, und daß er sie unfehlbar ersetzen wird, wenn ich mich auf ihn verlasse und ihn wirken lasse, ohne durch meine unruhige Geschäftigkeit in seinem Plane das Mindeste zu verrücken. Mit einem Worte, die Wirkung der Liebe besteht darin, daß sie mich zugleich heiligt und glückselig macht, indem sie mich ruhig, fest, unwandelbar unter der Leitung Gottes erhält.

3. Das Dritte, worin ich gänzlich und einzig von der übernatürlichen Vorsehung abhänge, ist meine endliche Beharrlichkeit und der Stand, in welchem

ich sterben werde. Hier nun bringt die Liebe die größte Wirkung hervor. Vor Allem beruhigt sie mich hinsichtlich der Ungewißheit meiner gegenwärtigen Lage, ob ich nämlich in der Gnade Gottes bin oder nicht; sie gibt mir die süße Zuversicht, mit dem heiligen Augustin sprechen zu dürfen: Mein Gewissen, o mein Gott, sagt mir unzweifelhaft, daß ich dich liebe. Dieses Zeugniß, das sich die Liebe im Innersten meines Herzens selbst gibt, ist schon ein unaussprechlicher Trost. Wenn ich Gott liebe, wenn ich dessen gewiß bin, darf ich dann nicht auch seiner Freundschaft versichert sein? Nur hinsichtlich meiner könnte ein Zweifel Raum haben; ich würde ihn nicht lieben, wenn ich von ihm nicht geliebt würde.

Ferner gestattet mir die Liebe keine Sorge, keine Unruhe hinsichtlich der Zukunft; sie untersagt mir eine eitle und gefährliche Wißbegierde; sie gebietet mir ein demüthiges und festes Vertrauen. Ja sie flößt mir eine großmüthige Hingebung ein, indem sie mir die innerste Ueberzeugung verschafft, daß, welches auch mein Loos in der Ewigkeit sein mag, ich, wenn ich Gott liebe, unmöglich unglücklich sein kann. Nichts kann mir nun aber weder in dieser noch in der andern Welt den Schatz der göttlichen Liebe entreißen als einzig und allein mein Wille selber; und hat diese Liebe einen gewissen Grad erreicht, so fühlt man, obwohl man sie schlechterdings immer nur durch seine eigne Schuld verlieren kann, ein unglaubliches Entsetzen bei dem bloßen Gedanken, man möchte je in diesen Verlust willigen. Die Versuchungen und die Prüfungen, die man glücklich bestanden hat, sind für uns eine fast sichere Bürgschaft, daß dieß Unglück nicht stattfinden werde. Nichts hindert also, mit dem heiligen Paulus auszurufen: Ich bin versichert, daß weder Tod noch Leben, weder Engel noch Mächte noch Gewalt, weder Gegenwärtiges noch Zukünftiges, weder Stärke, weder Höhe noch Tiefe, noch ein anderes Geschöpf es vermag, uns zu scheiden von der Liebe Gottes, die da ist in Christo Jesu, unserm Herrn. (Röm. 8, 38. 39.) Wann werde ich so sehr lieben, um eben so wahr als zuversichtlich auch so sprechen zu dürfen?

Dritte Betrachtung.

Von den Kennzeichen der Liebe Gottes.

Das von den Wirkungen der göttlichen Liebe eben Gesagte sind lauter Zeichen, an denen sie leicht an sich erkannt werden kann. Hier folgen noch andere, die noch deutlicher sind. Die Liebe, welche sich auf die äußern Acte der Religion beschränkt, und keine Empfindung im Herzen erweckt, verdient nicht den Namen Liebe; und wenn man ihre Gewohnheit hat, so ist dieß eine Gewohnheit, welche müssig und ohne Ausübung bleibt. Wie viele Christen kennen nur das mündliche Gebet, und beten nur mit den Lippen, ohne Aufmerksamkeit, mit Kälte und Gefühllosigkeit, wohnen auf dieselbe Art der Messe bei und nahen sich dem Richterstuhl der Buße und dem heiligen Tische, denken übrigens fast nie an Gott und an Jesus Christus! Können diese sagen, daß sie lieben? Können sie hoffen, lange Zeit die Gewohnheit der Liebe zu bewahren, da sie dieselbe ohne Thätigkeit lassen? und verlieren sie dieselbe nicht oft, manchmal ohne daran zu denken, wenn sie nur in Gedanken und in Wünschen sündigen? Sind sie nicht der Gefahr ausgesetzt, bei jeder Gelegenheit zu fallen? Wenn ich einst in diesem Zustande gelebt habe, wie sehr muß ich Gott nicht danken, daß er mich demselben entrissen hat, und welche Vorsichtsmaßregeln muß ich nicht ergreifen, um nicht mehr in ihn zu gerathen? Dieses Unglück widerfährt unmerklich den eifrigsten Seelen, wenn sie nicht auf ihrer Hut sind, wenn sie sich vernachläßigen, wenn sie nicht darauf bedacht sind, ihre Liebe zu unterhalten und zu beleben. Die Last der Natur zieht uns beständig zur Lauheit und Trägheit herab; man muß immer gegen sie kämpfen. Denn wenn man einmal nachgibt, so laüft man Gefahr, überwältigt zu werden, und der Fall wird immer schneller. Bewahre mich, mein Gott, vor dem, was so viele Andere erfahren haben, welche in deiner Liebe mehr Fortschritte gemacht hatten als ich. Mache mich aufmerksam und wachsam bei dem geringsten Zeichen der Erkaltung; in einer so wichtigen Sache muß mich Alles besorgt machen.

2. Die Liebe, welche sich auf die Empfindungen, die Betheuerungen beschränkt und nicht zu den Wirkungen übergeht, ist eine täuschende. Von dieser Art ist die Andacht, die sich nur mit dem Fühlbaren befriedigt, die sich dieses zu verschaffen sucht, die Gott beständig darum bittet, die sich aus Eigenliebe darin gefällt, wenn sie es hat, die trostlos ist, wenn sie es nicht hat, und die Alles aufgibt, wenn sie lange ohne dasselbe leben muß. Du hast das Gefühl der Liebe gern, weil es süß ist; du gehst davon fast nie zu den Wirkungen über, weil sie beschwerlich sind; du fürchtest die Prüfungen der Liebe, weil sie bitter sind. Heißt das lieben, wenn man immer bekommen, und nie Etwas geben

oder leiden will? Was würdest du von Jemand denken, der so liebte?

Der Teufel nimmt gar oft an einer solchen Andacht Theil; er äfft die Wirkungen der Gnade nach; er flößt falsche Gefühle ein, er legt falsche Süßigkeiten in die Seelen, welche zu begierig nach ihnen sind; und es gelingt ihm leicht, sie zu täuschen. Gott läßt es zu, um sie wegen ihrer Sinnlichkeit zu bestrafen. Sie täuschen sich auch selber, indem sie für übernatürliche Wirkungen halten, was nur Erzeugniß der Einbildungskraft ist, oder was von einer weichlichen Gemüthsart herrührt, die gleichsam gepreßt wird, um eine Thräne, eine Regung der Zärtlichkeit hervorzulocken.

Die fühlbare Liebe ist gut; Gott gibt sie, um uns an sich zu ziehen, um uns in den Anfängen zu unterstützen, wo wir so schwach sind, um unsre bösen Gewohnheiten auszurotten und uns zu ermuntern, uns heilige anzueignen. Da er aber nie das Gefühl wegen des Gefühls selbst gibt, und es nie bloß deßhalb gibt, damit man es genieße, so darf man sich auch nicht daran halten: noch weniger darf man es zur Richtschnur und zum Maß seiner Liebe zu Gott machen; denn das Gefühl hängt nicht von uns ab; es kommt und verschwindet, wie es Gott gefällt; und wenn es nicht die gehörigen Wirkungen hervorbringt, so kann es uns schaden.

3. Die wahre Liebe ist diejenige, welche Gott großmüthig und mit Freuden gibt, welche ihm immer mehr geben will, welche nicht befriedigt ist, so lange sie noch Etwas zu geben hat. Die wahre Liebe gibt das Theuerste, das sie hat, und das zu geben ihr am Schwersten fällt; sie gibt es ungeachtet aller Widerstrebungen der Natur und aller ihrer Versuche, es zurückzuhalten. Es genügt ihr, daß Gott seinen Wunsch zu erkennen gegeben hat, sie hat keine Ruhe, bis sie ihn befriedigt hat; wenn sie sich manchmal widersetzt, wenn sie nur theilweise gewährt, so macht sie sich Vorwürfe, und sie kann sich erst dann beruhigen, nachdem sie Alles mit freudigem Herzen hingegeben hat. Alsdann gibt sie sich

Beifall und preist sich glücklich als wegen eines Gewinnes, den sie gemacht hat. Der wahrhaft Liebende leidet für Gott gern von den Menschen, dem Teufel, von Gott selbst. Er leidet an seinem Vermögen, an seiner Ehre, seinem Leibe, seiner Seele. Er läßt sich von Allem entblößen, sich Alles entreißen, bis er, gänzlich entblößt, mit Wahrheit sagen kann: Du bist mein Gott, und du bist mein Alles.

Die Liebe ist ein Feuer, das reinigt, Alles zerstört, verzehrt, was der verderbten Natur und der Eigenliebe zuzuschreiben ist; sie ist ein Feuer, das sich nur von Opfern nährt, das freiwillige Opfer verlangt, und das bei dem Brandopfer den geringsten Raub haßt. Die Liebe ist süß in ihrem Anfange, stark und heftig in ihrem Fortschritte, gewaltsam und tyrannisch in ihrer Vollendung. Sie bittet zuerst sanft den Willen und gewinnt ihn durch ihre Reize; dann fordert sie von ihm gebieterisch Alles, was er ihr zu geben vermag. Endlich entreißt sie mit offner Gewalt das, worüber er nur verfügen kann, indem sie ihm eine so unmerkliche und so tiefe Zustimmung läßt, daß er sie nicht erkennen kann und meint, Alles geschehe ohne ihn.

Ich brauche nicht zu untersuchen, ob ich dieses Zeichen der Liebe in seiner ganzen Vollkommenheit habe, sondern, ob ich wenigstens die ersten Züge davon habe, und ob ich bereits einen Theil von diesem armseligen menschlichen Ich hingegeben habe, das sie ganz und gar haben will, und dessen Zerstörung sie ohne Erbarmen verfolgt. Nehmen wir uns keine Opfer vor, eh Gott sie verlangt; fassen wir aber mit seiner Gnade den Entschluß, ihm keines zu versagen.

Schluß.

Die Reinheit der Absicht.

Jedermann weiß es, daß die Absicht über die moralische Güte unsrer Handlungen entscheidet, daß, wenn die Absicht gerade und rein ist, die Handlung Gott angenehm ist, und zwar um so angenehmer, je gerader und reiner sie ist. Dieß hatte Jesus im Auge, wenn er sagte: Wenn dein Auge (welches die Absicht der Seele ist) einfältig ist, so wird dein ganzer Leib (alle deine Handlungen) erleuchtet sein; ist aber dein Auge schalkhaft, so wird dein ganzer Leib finster sein. (Matth. 6, 22. 23.)

Gleichwie die Liebe die Seele antreibt, ihre Absichten zu reinigen, so dient auch der Eifer, von unsern Absichten Alles zu entfernen, was ihre Reinheit befleckt oder vermindert, gar sehr dazu, unsre Liebe zu vermehren und zu reinigen; eben deßhalb prüfen sich die Herzen, welche wahrhaft von der Liebe Gottes durchdrungen sind, so sorgsam und so strenge hinsichtlich der Beweggründe ihrer Handlungen.

Die Absicht ist gerade, wenn sie sich Gott zum Ziel setzt und geradezu und ohne Umschweif auf ihn zustrebt. Sie ist es nicht, wenn sie sich, statt sich auf Gott zu richten, den Geschöpfen zuneigt. Die Absicht ist rein, wenn sie Gott um seiner selbst willen im Auge hat, wenn sie vor Allem auf seinen Willen und sein Wohlgefallen sieht, und wenn, sollte auch ein anderer Beweggrund, z. B. der Hoffnung, auf die Handlung einen Einfluß haben, dieser kein herrschender ist, so daß man nicht unterlassen würde, die Sache um Gottes willen zu thun, wenn auch der Beweggrund der Belohnung nicht vorhanden wäre. Die Absicht ist nicht rein, wenn der Beweggrund, Gott zu gefallen und seinen Willen einzig, weil es sein Wille ist, zu thun, nicht der herrschende ist, sondern irgend ein anderer eigennütziger Beweggrund über ihm steht, so daß ich die Handlung nicht vollbringen würde, wenn ich nicht einzig und allein das Wohlgefallen Gottes darin erblickte. Noch mehr ist sie unrein, wenn irgend ein Zweck der Eigenliebe im Hintergrunde ist, z. B. ein zeitlicher Vortheil, die eitle Ehre, der geheime Wunsch, den Geschöpfen zu gefallen.

Diese sinnlichen Beweggründe der Eigenliebe haben oft an den sonst an sich guten Handlungen der unvollkommenen Christen Theil, welche Gott nur schwach lieben und sich selber in hohem Grade suchen. Ihre Absicht ist selten gerade und wahrhaftig auf Gott gerichtet; sehr wenige von ihren Handlungen geschehen aus einem übernatürlichen Beweggrunde; und sie haben von Gott keinen Lohn dafür zu erwarten, weil sie dieselben nicht um seinetwillen vollbringen. Noch seltener ist ihre Absicht rein, und schleicht sich nicht Etwas ein, das ihren Glanz trübt und ihr viel von ihrem Werthe entzieht.

Es kommt manchmal vor, oder vielmehr es ist etwas sehr Gewöhnliches, daß man eine gerade und reine Absicht hat, wenn man eine Handlung beginnt, und daß nachher eine Nebenabsicht, eine geheime Rücksicht der Eigenliebe, ein eitles Wohlgefallen an sich selbst, ein Wunsch, sich die Achtung Anderer zuzuziehen, oder eine Freude darüber, daß man sie erlangt hat, hinzutritt. Die größten Heiligen sind nicht immer von solchen fehlerhaften Gedanken frei; allein sie widerstehen ihnen, sie verwerfen sie, sobald sie auftauchen, und sie machen sich wegen der geringsten Sorglosigkeiten in dieser Hinsicht Vorwürfe. Die Liebe lehrt sie zweierlei: erstens, in Allem, was sie thun, nur reine und Gottes würdige Absichten zu haben; zweitens, nicht zu dulden, daß nachher ein menschlicher, niedriger, eigennütziger, unvollkommener Beweggrund die Reinheit derselben beflecke. In diesen beiden Hinsichten prüfen sie beständig ihr Inneres; es besteht auch hierin die in Ausübung gebrachte Liebe Gottes, und sie wird dadurch außerordentlich vervollkommnet.

Am Meisten aber muß man seine Absicht hinsichtlich dessen reinigen, was sich direct auf Gott selbst und seinen Dienst bezieht. Man muß sich so sehr als möglich in seinen frommen Uebungen, in den christlichen Tugenden, die man ausübt, und in den leiblichen oder geistlichen Peinen, die man zu ertragen hat, vor Allem die Ehre Gottes, die Heiligung seines Reiches in uns und in dem Nächsten, die Erfüllung seines heiligen Willens vorsetzen, wie uns Jesus Christus in dem Gebete gelehrt hat, das wir so oft, und meistens mit so wenig Aufmerksamkeit hersagen. Ohne die Beweggründe der Furcht und der Hoffnung auszuschließen, welche die Liebe nicht beeinträchtigen, wenn sie ihr untergeordnet sind, muß man sich bestreben, daß in unsern Absichten immer die Liebe herrsche, daß sie zu dem Grad der Vollkommenheit gelange, von welcher der heilige Johannes spricht, welche die Furcht aus dem Herzen verbannt, und daß sie von der Hoffnung hinsichtlich der ewigen Seligkeit jede Absicht der Eigenliebe entferne. Ich soll Alles Böse in der Absicht fliehen, weil die Sünde eine Beleidigung gegen Gott ist, weil sie Gott im höchsten Grade mißfällt, und weil es nichts gibt, dem ich mich nicht lieber aussetzen soll, als ihm zu mißfallen; ich soll die Furcht der Kinder haben und mich mehr hüten, den himmlischen Vater zu erzürnen, als die Wirkungen seines Zornes zu erfahren. Das Gute soll ich hauptsächlich in der Absicht thun, weil Gott es mir gebietet, weil Gott es wünscht, weil, je heiliger ich sein werde, meine Vereinigung mit ihm um so inniger sein wird, ich ihm um so ähnlicher sein werde. In meinen Gebeten, meinen Communionen, in meinen übrigen Uebungen der Andacht oder der Abtödtung soll ich an meine eigne Heiligung erst nach der Ehre Gottes und seinem Wohlgefallen denken, so daß, indem ich mich selbst gänzlich aus dem Auge verliere, Gott Alles für mich ist, und ich Alles auf ihn beziehe.

Siebenter Tag.

Ueber die Uebung der Liebe Gottes.

Erste Betrachtung.

1. Wer den aufrichtigen Willen hat, Gott von seinem ganzen Herzen zu lieben, muß sich vor Allem Gott ganz und gar hingeben, damit er in ihm und mit ihm Alles thue, was ihm gefällt. Wenn man sich auf diese Weise Gott hingibt, so entsagt man sich gänzlich, um sich ganz seinen Händen zu überlassen, so will man nicht mehr sich selber gehören,

nicht mehr über sich verfügen, sondern sich der Gnade übergeben, um allen ihren Antrieben zu folgen, der göttlichen Vorsehung, um sich in alle ihre Anordnungen zu fügen, dem göttlichen Willen, damit er an uns vollkommen geschehe.

Diese Hingabe ist ein sehr großer Act der Liebe; wir sind seiner durch uns selbst nicht fähig, und es wird eine besondere Gnade Gottes erfordert, um ihn zu vollbringen. Allein die meisten selbst von den wahrhaft frommen Personen haben dieses Verlangen nicht wirklich und auf wirksame Weise; sie wollen sich geben, und sich doch auch behalten, Gott und sich selber gehören, der Gnade folgen, und doch auch nicht gänzlich der Natur entsagen.

Wenn man sich aber nicht zuvor Gott völlig, gänzlich, unwiderruflich gegeben hat, so kann man die Liebe nur in kurzen Zwischenräumen und nicht mit der Ununterbrochenheit ausüben, durch welche das Leben des Christen ganz ein Leben der Liebe wird. Wonach streben wir denn aber auf Erden, wenn wir nicht nach diesem Leben der Liebe streben? Bin ich denn nicht zu diesem Leben im Himmel berufen? Ist dieses Leben, welches meine Seligkeit bilden wird, nicht der einzige Gegenstand meiner Wünsche? Und ich sollte es nicht schon hienieden anfangen! O mein Gott, möge ich diese Betrachtung nicht beschließen, ohne mich dir so vollkommen gegeben zu haben, als du es wünschest, und als ich es zu deiner Ehre und zu meinem Heile wünschen muß.

2. Der Hauptgrund, warum man sich Gott auf solche Weise geben muß, wenn man auf den Weg der Liebe geführt werden will, ist, weil die Liebe ihre Quelle in Gott hat; weil sie von ihm zu uns kommt; weil er sie in dem Maße gibt, als man sich ihm gegeben hat; weil er ihre Ausübungen einflößt, die Gelegenheiten dazu verschafft, uns durch seine wirkende Gnade Acte der Liebe hervorbringen läßt und uns befähigt, durch die Liebe alle unsre Gedanken, alle unsre Wünsche, alle unsre Handlungen zu heiligen. Denn in diesem Allem vermögen wir nichts durch uns selber; es

ist nothwendig, daß uns Gott zuvorkomme, daß er zuerst handle, daß er uns beistehe, damit wir mitwirken können, daß er mit uns und mehr als wir unsre Mitwirkung erzeuge.

Damit nun aber Gott bewirke, daß wir so sehr lieben, als er wünscht, und als er uns dazu fähig machen kann und will, muß er nothwendig nach seinem Belieben über unser Herz verfügen, muß folglich dieses Herz ihm gehören, und muß er durch unsre unbedingte Hingabe an ihn der Herr unsrer Freiheit sein. Widrigen Falls beschränken wir ihn, setzen wir der Ausführung seiner Absichten mit uns Hindernisse entgegen; er will Etwas, und wir wollen es nicht. Ist dieß nicht bisher der Fall, und ist dieß nicht die einzige Ursache unsrer Sünden, unsrer Unvollkommenheit, unsrer geringen Fortschritte auf dem Wege der Liebe gewesen? Was haben wir Gott entgegengesetzt? Unsern eignen Willen. Und warum haben wir ihm denselben entgegengesetzt? Weil wir ihn ihm nicht gegeben haben, wie wir sollen. Es fanden Vorbehalte, Ausnahmen statt; wir verpflichteten uns nur bis zu einem gewissen Punkte, von dem an wir unsre eigne Freiheit haben wollten. Wir haben ihm endlich erlaubt, die Zweige des Ich abzuschneiden, uns aber den Stamm und die Wurzeln desselben vorbehalten. Das nun hat Gott in dem Werke unsrer Heiligung gehemmt. Gott will Alles haben, um frei in uns wirken zu können; er hat seine bestimmte Absicht; er wird sie ausführen, wenn wir uns in nichts widersetzen; und wir werden uns ihm in nichts widersetzen, wenn er unbedingt über unsern Willen verfügen kann, wenn wir uns in nichts mehr, sondern ganz und gar ihm gehören. Nichts ist klarer, nichts gewisser.

3. Man muß allerdings äußerst großmüthig sein, um sich auf solche Weise Gott zu geben; aber es ist auch eben so viel Muth und Treue nöthig, um sich nicht mehr zurückzunehmen. Denn es ist erstens leicht, sich überhaupt zu geben, es ist dieß mehr ein Versprechen als eine Gabe; wenn die Sache aber zu Ausführung kommen, wenn man wirklich auf das

Verlangen Gottes Alles verlassen soll, dann entsteht ein Kampf, dann fühlt man die ganze Schwierigkeit des Opfers. Die Natur möchte das wieder haben, was man gegeben hat, sie vermißt es schmerzlich; und wenn sie nicht Alles haben kann, so sucht sie wenigstens einen Theil zu behalten. Es ist nichts Geringes, ungeachtet der Trockenheiten, der Versuchungen, der Trostlosigkeiten, der scheinbaren Verlassenheit von Seiten Gottes im Gebete zu verharren, fortzufahren, ihm mit der größten Gewissenhaftigkeit zu dienen, jede Erleichterung von Seiten der Geschöpfe zu verwerfen, ohne Nachlaß die äußere und innere Abtödtung auszuüben: die der Sinne durch die Beraubungen und die Kasteiungen, die der Einbildungskraft, indem man sie ordnet und gefangen hält, die der Leidenschaften, indem man gegen sie kämpft und ihnen versagt, was sie verlangen, oder sie denjenigen preisgibt, wovor sie Furcht haben; die des eignen Geistes, indem man jedes Urtheil zurückhält, jeden Gedanken unterdrückt, den die Gnade untersagt, es gerne erträgt, daß ihn Gott mehrere Jahre hindurch in einem Zustande der Stumpfheit, der Finsterniß und der Blindheit erhalte; die des eignen Willens, indem man ihm in seinen Zuneigungen und Abneigungen zuwiderhandelt, und es gutheißt, wenn ihm Andere zuwiderhandeln, indem man ihm nie gestattet, daß er dem göttlichen Willen zuvorkomme, ihm widerstrebe oder von ihm abweiche, indem man fortwährend Opfer zu Opfern fügt, obwohl Gott nicht darauf zu achten scheint, ja vielmehr um so strenger sich zeigt, je mehr Liebe man ihm beweist, und seine unerbittliche Eifersucht die Eigenliebe in ihren letzten Schlupfwinkeln verfolgt. Ach, welcher Muth ist dann nicht nöthig um keinen Schritt zurückzuthun, um nicht still zu stehen, um Gott nicht theilweise das zu versagen, was man ihm im Ganzen gegeben hat!

Gott bedient sich zweitens rücksichtslos der Rechte, die man ihm über sich gegeben hat, und die ihm im Grunde gehören; er dehnt sie so weit aus, daß man selber darüber staunt, daß sie so weit gehen, und daß man fast versucht wird, die ganze Sache rückgängig zu machen. Allein es ist nicht mehr Zeit, und Gott gestattet nicht, daß diese unwürdige Reue in der Seele Raum gewinne, wenn sie während einer gewissen Anzahl von Jahren große Fortschritte macht. Man hat sich seiner Herrschaft unterworfen; er übt sie stufenweise in dem ganzen Umfange aus, wie es ihm beliebt. Man hat ihm seine Freiheit gegeben; er verfügt unumschränkt darüber und bringt sie, ohne sie zu zwingen, was der Natur des freien Willens widerspricht, durch seine Gnade dahin, daß sie Alles will, was er will, selbst das Härteste und Schmerzlichste. Er hält an ihrer Zustimmung fest und gibt nicht zu, daß sie dieselbe zurücknehme, wie sehr sie sich auch deßhalb zu bemühen scheint. Das ist die Tyrannei der Liebe, von der im Vorigen gesprochen worden ist: eine Tyrannei, deren Gewalt und Härte die Erfahrung allein erkennen lassen kann, und die man gleichwohl nicht ungern erfährt, indem das Herz mitten unter den Auflehnungen der Natur beständig spricht: Reiße ab, zerstöre, verbrenne nach deinem

Belieben, o Liebe, und schone mich nicht.

Zweite Betrachtung.

1. Die Seele, welche sich Gott gegeben hat, darf in nichts mehr über sich selbst verfügen. Gott kommt es zu, Alles zu ordnen, Alles zu leiten sowohl hinsichtlich des Aeußern als des Innern. Sie möchte keinen Plan bilden, nichts unternehmen, was es auch sei, nichts von selber in ihrer Lebensweise ändern, ohne Gott zu befragen, und ohne sich so viel als möglich von seinem Willen zu versichern. Sie weiß nämlich, daß nur ein, oft an sich unscheinbarer Schritt nöthig ist, um die Ordnung der Absichten Gottes mit ihr zu zerstören, in der Alles zusammen und von einander abhängt. Eine Veränderung des Wohnorts, eine Reise, die angenommene oder verweigerte Aufnahme einer Person, ein gegen die Absicht Gottes geschlossener oder aufgelöster Bund, mehr ist nicht nöthig, damit sie mit den traurigsten Folgen für ihre Voll-

kommenheit und oft auch für ihr Heil von dem Plane der Vorsehung abweiche. Man kann in der That im Leben vieler Heiligen bemerken, daß ihre vollkommene Bekehrung und ihre Heiligung von gewissen äußern Umständen abgehangen sind, welche von der Vorsehung herbeigeführt wurden und an sich gleichgiltig zu sein schienen. Noch weit mehr ist nöthig, daß die Seele hinsichtlich ihres Innern von der Gnade abhänge, und daß sie Gott alle Freiheit lasse, sie nach seinem Gutdünken zu behandeln. Es kommt nicht uns zu, uns zu heiligen, wir verstehen nichts davon, Gott heiligt uns; wir haben ihn nur zu unterstützen und seine Wirkungen nicht zu stören. Unterscheiden wir deßhalb sorgfältig, was einzig von Gott, und was auch von uns abhängt. Einzig von Gott hängen ab der Zustand unsers Gebetes, die Tröstungen, die Trockenheiten, die Versuchungen, die verschiedenen innern Prüfungen. In diesem Allen muß man Gott handeln lassen, mit dem Zustande zufrieden sein, in den er uns bringt, man darf, wenn er beschwerlich ist, sein Ende, und wenn er angenehm ist, seine Fortsetzung nicht wünschen. Auch von uns hängen ab die Abtödtung, besonders die innere, die Ausübung der Tugenden nach den Umständen, die Sorgfalt, in unsrer Sammlung nicht gestört zu werden, unsern Frieden zu bewahren, und gegen das Stand zu halten, was ihn stören könnte. Um in diesem Allem getreu zu sein, dürfen wir keine Anstrengungen, keine Kämpfe scheuen.

2. Da Gott seine Diener zur Leitung der Seelen aufgestellt hat, ihnen dazu seine Gnaden und seine Erleuchtungen ertheilt und will, daß man sich an sie wende, und sich nicht anmaße, sich selbst leiten zu können, so muß man, sobald man sich ihm in der Absicht gegeben hat, auf dem Wege der heiligen Liebe zu wandeln, ihn um einen Mann nach seinem Herzen bitten, um einen Mann, der die Wissenschaft mit dem Eifer vereinigt, um einen innern Mann, der, selbst vom Geiste Gottes geführt, geeignet ist, die Seelen nach eben diesem Geiste zu leiten. Diese Leiter sind zum Unglücke in der

Kirche Gottes sehr selten, doch gibt es ihrer, und es liegt uns ob, zu beten, damit uns ein solcher zu Theil werde. Hüten wir uns wohl, selber eine so zarte und so wichtige Wahl treffen zu wollen; wir sind dazu nicht fähig; wir wären sehr der Gefahr ausgesetzt, uns zu täuschen; und wir verdienten es auch, uns zu täuschen. Gott hat für uns diese Wahl von aller Ewigkeit getroffen; und wenn wir seine Vorsehung wirken lassen, so wird er die Dinge so leiten, daß wir den Mann finden, welchen er uns bestimmt hat; eine innere Stimme wird uns sagen, daß es dieser ist, und der Erfolg wird uns bald davon überzeugen.

3. Wenn man auf Gott hört, so wird er uns selber einsprechen, wie wir uns gegen den Leiter unsrer Seele zu verhalten haben. Die nähere Ausführung nähme zu viel Zeit in Anspruch, und kann auch nicht der Gegenstand einer Betrachtung sein. Der Hauptpunkt ist, daß man diesen Mann mit dem Auge des Glaubens ansieht, wie wenn er Jesus Christus selber wäre, und innigst

überzeugt ist, daß, wenn wir ihn so betrachten, und uns dem gemäß verhalten, Gott nie zulassen wird, daß wir einem von den zahllosen Uebelständen ausgesetzt werden, denen die Leitung sowohl durch die Menschen als durch den Teufel ausgesetzt ist, welcher das Werk Gottes aus allen Kräften zu vereiteln sucht. Nach diesem erfordert die Leitung durchaus Dreierlei von uns: die Oeffnung des Herzens, das Vertrauen und den Gehorsam. Wir dürfen unserm Führer nichts verbergen, was ihm dazu dienen kann, uns genau kennen zu lernen und sicher zu führen. So lange er von unsrer Gewissenhaftigkeit in dieser Hinsicht, von unsrer Offenherzigkeit und Aufrichtigkeit nicht überzeugt sein kann, ist er unruhig, zweifelt er, weiß er nicht, was er thun soll, kann er uns zu keinem Entschlusse verhelfen und uns nicht rathen, wie es erforderlich ist. Unsre eigne Ruhe verlangt, daß wir ein vollkommnes Vertrauen zu ihm haben, daß wir uns nicht erlauben, über seine Entscheidungen nachzugrübeln, und anderer Meinung zu sein als er. Er kann sich wohl täuschen;

aber wir dürfen nicht voraussetzen, daß er sich täusche; und täuscht er sich wirklich, so betrifft es entweder nicht Dinge von Bedeutung, oder sein Irrthum währt nicht lange, oder Gott läßt nicht zu, daß er uns schade. Was den Gehorsam betrifft, so ist es einleuchtend, daß er in allen den Fällen durchaus unerläßlich ist, wo keine offenbare Sünde stattfindet, daß es die Zeit verlieren hieße, wenn man ihn nicht auf der Stelle bewiese. Wenn der heilige Geist innerlich wirkt und der Gehorsam äußerlich förderlich ist, dann wird man sicher auf dem Wege der Liebe Fortschritte machen.

Dritte Betrachtung.

1. Man hat in der Ausübung der göttlichen Liebe noch drei wichtige Regeln zu befolgen, welche den Inhalt dieser Betrachtung bilden sollen. Die erste ist, daß man sich kein Urtheil über das Verhalten anmaße, welches Gott gegen uns beobachtet. Sobald man sich ihm gegeben hat, ist man seiner unendlichen Majestät

die Ehrfurcht schuldig, daß man ihn nicht um den Grund frage, warum er uns auf diese oder jene Weise behandle; man ist es seiner unendlichen Weisheit schuldig, überzeugt zu sein, daß er sich in seinen Maßregeln zur Sicherung seiner Verherrlichung und unsrer Heiligung nicht vergreift, und man ist es seiner unendlichen Güte schuldig, zu glauben, daß die Strenge, welche er gegen uns ausübt, für uns nothwendig ist und unser wahres Wohl zum Zwecke hat. Wenn wir uns Gott geben, was bieten wir ihm dann dar? Uebel, die er heilen soll, die wir aber nur unvollkommen kennen, deren tiefe Ursache wir nicht wissen, Uebel, die uns lieb sind, wenigstens in ihrem Anfange, und von denen wir befreit zu werden fürchten. Müssen solche Kranke sich hinsichtlich ihrer Heilung nicht unbedingt einem Arzte überlassen, dessen Wissenschaft, dessen Weisheit, dessen Güte ohne Grenzen sind? Dürfen sie sich wundern, daß er Uebel in ihnen entdeckt, welche ihrer Kenntniß entgingen, daß er ihre Tiefe ergründet, Feuer und Eisen dagegen anwendet, sie mit der Wurzel zu vertilgen sucht, und kann ihm dieß gelingen, ohne daß wir viel dabei zu leiden haben? Ertragen wir den Schmerz der Operation, halten wir die Augen fest auf die Mittel gerichtet, welche er anwendet, und erwarten wir das Ende, um über sein Verfahren zu urtheilen.

Der Weg der Liebe ist ein Weg des Glaubens, folglich dunkel und finster; und eben das bildet sein Verdienst. Man wandelt blindlings darauf, ohne zu wissen, wo man ist, und wohin uns Gott führt. Die Vernunft begreift da nichts, und man muß sie vom Anfang bis zum Ende aufopfern. Erst am Ziel der Laufbahn werden wir die Gründe der verschiedenen Zustände klar einsehen, durch welche uns Gott gehen ließ.

Wenn Abraham, als ihm Gott befahl, ihm seinen Sohn zu schlachten, dieses Kind der Verheißung, von welchem einst der Messias abstammen sollte, über diesen dem Naturgesetze anscheinend so sehr widerstrebenden Befehl nachgegrübelt, wenn er es versucht hätte, diesen Befehl mit den Weissagungen in Uebereinstimmung zu bringen, welche ihm gegeben worden waren, wenn er die väterliche Zärtlichkeit zu Rathe gezogen, wenn er endlich Gott gefragt hätte, was dieser Sohn begangen habe, um eine so grausame Behandlung zu verdienen, und was er selber sich habe zu Schulden kommen lassen, um diese Grausamkeit nun ausüben zu müssen, so hätte sein großes Opfer, dieses Opfer, das für Gott so verherrlichend, in seinen Augen so wohlgefällig war, daß er ihn auf der Stelle dafür belohnte, indem er ihm mit einem Schwure die Versicherung seines besondern Schutzes und Segens erneuerte, nicht stattgefunden, Abraham hätte sich des herrlichen Namens Vater der Gläubigen unwürdig gemacht, er wäre von dem Wege des Glaubens abgewichen, auf dem er bisher gewandelt, er hätte seine Vollkommenheit nicht erreicht, und wir wissen nicht, welche traurigen Folgen sein Ungehorsam aus eiteln und falschen, aber sehr verführerischen Vernunftgründen hätte haben können.

2. Derselbe Grund, welcher uns jede Beurtheilung des Verhaltens Gottes gegen uns untersagt, gestattet uns auch nicht, uns selbst zu beurtheilen, durch unser eignes Nachdenken unsern Zustand gründlich kennen lernen, wissen zu wollen, ob wir Fortschritte machen, ob Gott zufrieden mit uns ist. In allen solchen Gedanken und unruhigen Blicken auf uns selbst liegt immer viel Eigenliebe; und wir laufen obendrein eine offenbare Gefahr, uns zu täuschen, indem wir uns entweder aus Eigendünkel schmeicheln oder aus Kleinmuth zu nachtheilig von uns urtheilen. Begnügen wir uns mit zwei Zeugnissen, die für uns nicht verdächtig sein können, mit dem Zeugnisse Gottes in den Augenblicken, wo wir mit ihm allein sind, und mit dem Zeugnisse unsers Leiters. Gott unterläßt nie, im Nothfalle der Seele so viel Zuversicht zu geben, als erforderlich ist, damit sie aufrecht erhalten werde und fortschreiten könne. Wenn er ihr nicht selbst diese Zuversicht gibt, so geschieht es, weil sie nicht nöthig ist, und

weil er will, daß sie sich auf denjen'gen verlassen solle, der seine Stelle vertritt. Manchmal bittet man Gott aus Einfalt um Versicherungen; dazu ermuntert er aber dann selber und gewährt gern die Bitte. In den meisten Fällen aber wird man durch eine unruhige Wißbegierde, durch einen Mangel an Hingebung, durch das Widerstreben dazu angetrieben, das man fühlt, sich zu vergessen und sich selbst zu verlieren. Eben deßhalb belästigt man auch beständig den Leiter hinsichtlich der Aufklärung über unsern Zustand und nöthigt man ihn, hundertmal Dasselbe zu wiederholen.

In den Anfängen hat man diese Versicherungen nicht nöthig und denkt man nicht daran, sie zu verlangen; der süße Friede, den man genießt, und der uns beinahe nicht verläßt, gestattet uns keinen Raum zum Zweifel, ob wir gut mit Gott stehen. Wenn er sich aber eine Zeit lang entfernt, wenn die Trockenheiten, die Versuchungen, die innern Trostlosigkeiten eintreten, dann fängt man an, zu fürchten, man sei nicht auf dem guten Wege, man prüft sich ängstlich, man sucht einen klaren Blick in seinen Zustand zu bekommen, d. h. man scheut sich, den dunkeln und schmalen Pfad des Glaubens und der reinen Liebe zu betreten. O wie gefährlich ist es alsdann, sich beurtheilen zu wollen, da man in diesen Augenblicken der Unruhe so geneigt ist, vielmehr auf die Einbildungskraft, auf die Eigenliebe und den Teufel als auf die Vernunft, auf den Leiter und auf Gott selber zu hören! Befolge als unverletzliche Regel, dich unter keinen Umständen zu beurtheilen. Diese Regel wird dein Friede und deine Sicherheit sein. Sie ist an sich unfehlbar, und Gott segnet sie immer.

3. Die dritte Regel ist, keine Gefahr, keine Versuchung, keine scheinbare Verlassenheit von Seiten Gottes zu fürchten. Ich weiß, daß es leichter ist, diese Regel aufzustellen, als sie zu befolgen. Gleichwohl muß man sich großmüthig dazu entschließen und darauf rechnen, daß mit dem Beistande Gottes der gute Wille unüberwindlich ist. Was thut nicht der

Teufel im Einverständnisse mit der Eigenliebe, um uns vom Wege abzubringen! Er zeigt uns nur Abgründe, nur Sünden und Freveleien; er bemüht sich, uns die Stütze unsers Führers zu entziehen, indem er uns gegen ihn einnimmt und uns glauben macht, er bringe uns in's Verderben. Was hat eine Seele zu thun, welche, von schrecklichen Versuchungen bedrängt, sich eben so stark einbildet, sie habe eingewilligt, wie wenn sie fast schon davon überzeugt wäre? Ich habe es schon gesagt, daß sie nicht auf ihr eigenes Urtheil achten, sondern sich an das des Leiters halten sollte. Das ist aber nicht hinreichend; sie muß sich über diese Einbildung hinwegsetzen, sie verachten, sich es zum Gesetze machen, sie mit noch mehr Nachdruck als die Versuchung selbst von sich zu weisen, welche für sie weniger gefährlich ist. Was der Leiter auch sagen mag, man ist nicht immer völlig beruhigt, und er verordnet, man solle kommuniziren. Nun bemächtigt sich die Furcht, man möchte einen Frevel begehen, des Geistes, und erfüllt mit Schaudern. Dennoch muß man so viel Muth haben, um dieser Furcht zum Trotze zu gehorchen, welche stufenweise bis zum Augenblicke der Communion zunimmt. Allerdings verschwindet sie sogleich, nachdem man Jesum Christum empfangen hat, und läßt uns frei und ruhig mit ihm sein; allein wie schwer, besonders in den ersten Malen fällt dieser Schritt nicht! Wenn man nachgibt, so hat der Teufel, was er will, er bekommt Herrschaft über den Willen, und man wird ihm dann immer nachgeben, oder ihn am Ende doch überwinden müssen.

Was ist ferner zu thun, wenn uns der Versucher die Einbildung beibringt, unser Führer bringe uns in's Verderben? Man muß sein Vertrauen zu ihm verdoppeln und endlich, wenn es sein muß, diesen großen Entschluß fassen: Nun denn, er bringe mich in's Verderben, wenn ich nur gehorche. So äußerst gewagt dieser Entschluß zu sein scheint, so gibt es doch keinen andern, um über den Teufel zu triumphiren;

und zu diesem äußersten Entschlusse will Gott eben eine edle Seele führen, welche sich der Liebe überlassen hat. Alsdann bestätigt sich der Ausspruch Jesu Christi: Wer seine Seele um meinetwillen verliert, der wird sie finden. (Matth. 16, 25.) Wollte man sie dagegen dadurch retten, daß man auf seine erhitzte und verwirrte Einbildungskraft hört, daß man die Communion unterläßt, daß man einen andern Leiter wählt, so würde man vom Pfade der Liebe abweichen, man würde der Vollkommenheit unter dem Vorwande, sein Heil zu sichern, entsagen und sich vielleicht der Gefahr aussetzen, wirklich verloren zu gehen.

Gott treibt nur diejenigen Seelen zu diesen äußersten Schritten, mit welchen er große Absichten hat. Eben aber weil er mich antreibt, mich ihm aus Liebe gänzlich zu überlassen, darf ich nichts voraussehen, nichts ausnehmen, und muß ich zu Allem bereit sein. Ja, mein Gott, ich willige zum Voraus ein, wenn dieß dein Wohlgefallen ist, den Boden unter den Füßen zu verlieren, nicht mehr zu wissen, was ich bin und was ich sein werde, wenn ich nur durch dieses Opfer zur Reinheit deiner Liebe gelange.

Schluß.

Die innere Abtödtung.

Die innere Abtödtung ist nichts Anderes als die Ausübung der beständigen Selbstverleugnung, welche Jesus Christus von seinen Jüngern verlangt; und gleichwie die Liebe allein zu ihr ermuntern kann, so ist sie auch von allen Mitteln das kürzeste und wirksamste, um uns in der heiligen Liebe zu fördern. Alles in uns widersetzt sich der Liebe Gottes; man muß also gegen sich kämpfen und sich in Allem entsagen. Dieser Krieg, den man gegen sich selber unternimmt, ist ein langer, er endigt nur mit dem Leben; er ist peinlich, man muß immer über sich wachen, immer gegen sich kämpfen, und darf der Natur nie einen Frieden, nie einen Waffenstillstand gönnen; er ist sehr schmerzhaft; man entreißt sich nicht selber, ohne äußerst zu leiden, ja es ist nicht einmal möglich, vorauszusehen oder zu berechnen, was man leiden wird; allein es gibt nun einmal kein Mittelding, man muß sich gänzlich entsagen, oder man setzt, wenn man der Selbstentsagung Grenzen setzt, der Erfüllung des großen Gebotes der Liebe Grenzen.

Wenn übrigens die innere Abtödtung an sich selber andauernd und abschreckend ist, so ist sie in ihren Wirkungen sehr lieblich und sehr tröstend. Was ist lieblicher als zu sehen, daß die Liebe Gottes in uns in dem Maße zunimmt, als wir uns zerstören! Was ist tröstender als sich sagen zu können: Die Liebe Gottes fand in mir jenes Hinderniß; ich habe es entfernt, es besteht nicht mehr! Die heidnische Weltweisheit stellte nichts Größeres, Schöneres, Beglückenderes auf, als sich über seine Leidenschaften zu erheben und sich zum Herrn seiner selbst zu machen; und in der That, die Vernunft zeigt uns sowohl die Nothwendigkeit als das Vortheilhafte, sich selbst zu gebieten. Die christliche Weisheit erhebt den Menschen weit höher, und gleichwie sie viel schwerere Wege von ihm verlangt, so läßt sie ihn auch schon in diesem Leben kostbarere Früchte pflücken. Nein, keine Glückseligkeit auf Erden ist mit jener des Christen vergleichbar, dem es nach langen Kämpfen gelungen ist, der göttlichen Liebe eine friedliche Herrschaft in seinem Herzen zu sichern, indem er ihr seine Feinde unterwirft, welche seine Leidenschaften, das Temperament, der eigne Geist, der eigne Wille sind. Dieser Christ findet in sich keinen Widerstand mehr gegen das Gute, er fühlt sich vielmehr dazu angetrieben, er fühlt gar keine Schwierigkeit dabei; es fällt ihm nicht schwer, sich vor dem Bösen zu bewahren, da ihm der Abscheu davor gleichsam zur andern Natur geworden ist; er ist vollkommen frei, weil er nur mehr von der Gnade abhängt, der er sich nicht im Mindesten mehr widersetzt. Gleichgiltig und abgestorben für alles Uebrige, lebt er nur mehr in Gott, hat er nur mehr Sinn für die Sache Gottes. Was soll man nicht zu thun und zu leiden bereit sein, um einen so glücklichen Zustand zu genießen!

Und man bemerke, dieses Glück beginnt von dem Augenblicke an, wo man sich ernstlich der innern Abtödtung widmet; es nimmt in dem Maße zu, als man Fortschritte darin macht; es erreicht seinen höchsten Grad, wenn man es darin zur möglichen Vollkommenheit gebracht hat. Man braucht also nicht zu warten, um den Lohn seiner Mühen zu empfangen; denn der Genuß folgt unmittelbar auf die Arbeit.

Fügen wir hinzu, daß die Liebe, welche die Abtödtung gebietet, die Kraft hat, sie zu versüßen; wenn sie auch Anfangs nicht ihre ganze Strenge beseitigt, so vermindert sie dieselbe doch nach und nach, und endlich bringt sie es dahin, daß man liebt, wovor man zuvor erschrack. Diese Liebe hat ihre trostvollen Augenblicke, welche so köstlich sind, daß man sich hoch darüber freut, sich durch seine Abtödtung gleichsam ein Recht auf sie erworben zu haben; und wenn die

Zeit der Süssigkeiten vorüber ist, so hat die Liebe eine solche Stärke, daß sie ohne Mühe über den heftigsten Widerstand der Natur triumphirt.

Uebrigens setzt uns Gott nur nach und nach den Feinden aus, gegen welche wir zu kämpfen haben. Er zeigt sie uns nicht alle auf einmal; er stellt uns zuerst denjenigen gegenüber, welche am Leichtesten zu überwinden sind, und er hält die furchtbarsten bis zu der Zeit zurück, wo wir bereits kriegsgeübt sind. Er vermehrt den Beistand in dem Maße, als der Kampf schwieriger wird, so daß die letzten Siege leichter zu erringen sind als die ersten.

Endlich kämpfen nicht eigentlich wir, sondern die Gnade kämpft für uns. Gott stellt sich an unsre Spitze, und wirft unsre Feinde vor uns nieder. Er verlangt von uns nur einen entschlossenen Willen, nur, daß wir uns mit dem Schwerte des Geistes bewaffnen und uns mit dem Schilde des Glaubens bedecken.

O mein Gott, die Abtödtung erschreckt

nur die Feigen, und sie sind nur feige, weil sie sich auf sich selbst stützen und kein Vertrauen zu dir haben. Auch ich bin es bisher gewesen, aber ich will es nicht mehr sein. Ich bin entschlossen, Alles in mir anzugreifen, was sich deiner Liebe widersetzt. Du weißt, in welchem Maße du die Liebe von mir erwartest; ich kann es nur durch ein gleiches Maß der Selbstentsagung erfüllen. Mein Entschluß ist gefaßt; aber ich vermag Alles nur durch dich. Unterstütze, stärke meine Schwachheit; ich fange sehr spät an; entschädige mich für so viele verlorne Jahre; du kannst es, du willst es; es wird meine Schuld sein, wenn du mir einst den Vorwurf zu machen hast, daß ich dich nicht in der Zeit geliebt habe, und daß ich dich in der Ewigkeit nicht so sehr liebe, als du es wünschest, und ich sollte.

Achter Tag.

Ueber die Eigenliebe.

Erste Betrachtung.

Nach so vielen Betrachtungen über die Liebe Gottes sind wir nun im Stande, die Eigenliebe zu kennen und die Nothwendigkeit, sie zu hassen und zu zerstören, deutlich einzusehen.

Jedes vernunftbegabte und der Glückseligkeit fähige Wesen liebt sich nothwendig selber. Wenn es in sich seine Vollkommenheit und seine Glückseligkeit findet, so ist die Liebe, die es zu sich hat, eine Liebe des Wohlgefallens. Das ist die Liebe, welche Gott zu sich selber hat, und er allein kann sich so lieben. Ein Wesen dagegen, das aus nichts erschaffen worden, das einem andern Wesen verdankt, was es Vollkommenes hat, und das sich seine Glückseligkeit nicht selber verschaffen kann, findet in sich offenbar keinen Grund, sich mit einer Liebe des Wohlgefallens zu lieben, und kann sich nur insofern mit Recht und wirklich lieben, als es denjenigen liebt, von welchem es Alles hat, was es ist, von welchem es seine Glückseligkeit erwartet, und welcher folglich sein höchstes Gut ist. Das ist die Liebe, welche ich zu mir nicht bloß haben darf, sondern soll, indem ich einzig Gott anhange, der an sich unendlich liebenswürdig, die Quelle alles Guten in mir ist, und dessen Besitz allein mich glückselig machen kann. Kein Geschöpf hat ein Recht, sich auf eine andere Weise zu lieben. Die wohl verstandene und wohl geordnete Selbstliebe ist nicht die Eigenliebe.

Die Eigenliebe besteht darin, daß sich das Geschöpf, indem es einen Blick des Wohlgefallens auf sich wirft, um seiner selbst willen liebt, ohne sich auf Gott zu beziehen, ja vielmehr Gott auf sich beziehen will. Diese Liebe ist offenbar unordentlich, und sie ist in uns der Grund eines jeden Lasters und einer jeden Sünde.

Sie ist der Feind der Liebe Gottes, ihr Feind in Allem, ihr unversöhnlicher

Feind. Gott will durchaus von uns an sich selbst und um seiner selbst willen geliebt werden; er hat dieses Recht, und Niemand kann es ihm streitig machen. Er kann nicht zugeben, daß sich das Geschöpf an sich und um seinetwillen liebe. So wie es sich selber liebt, wird es strafbar in seinen Augen, weil es dadurch die Liebe beeinträchtigt, die es ihm schuldig ist; und wenn es in seiner Selbstliebe bis zur Widerspenstigkeit und zum offnen Ungehorsame geht, so wird es verbrecherisch und des Hasses Gottes würdig, weil es sich mehr liebt als ihn und sich ihm vorzieht. Dieß nennt der heilige Augustin die bis zur Verachtung Gottes getriebene Selbstliebe; während man in der Liebe Gottes bis zur Selbstverachtung gehen soll. Die Eigenliebe ist also dem großen Gebote der Liebe Gottes geradezu entgegengesetzt. Wenn sie sich ihm nur in unbedeutenden Dingen widersetzt, und wenn diese Widersetzung nicht mit voller Ueberlegung stattfindet, so ist dieß eine läßliche Sünde oder mindestens eine Unvollkommenheit. Wenn sie sich ihm in bedeutenden Dingen mit Vorbedacht und voller Ueberlegung widersetzt, so ist es eine Todsünde. Und da Gott wesentlich jede Sünde haßt, so haßt er auch wesentlich die Eigenliebe, welche ihre Ursache ist, und sobald er sie in einem Geschöpfe, so heilig es auch sonst sein mag, bemerkt, so läßt er es seine Gegenwart so lange nicht genießen, bis es gänzlich davon gereinigt ist.

2. Da die Eigenliebe der Feind der Liebe Gottes ist, so ist sie nothwendig auch der Feind der rechtmäßigen und wohl geordneten Liebe, die wir zu uns selbst haben sollen. Die Vernunft und der Glaube vereinigen sich, um es uns zur Pflicht zu machen, unser wahres Gut, unser höchstes und einziges Gut zu lieben; beide lehren uns, daß dieses Gut Gott ist. Und der Glaube lehrt mich ferner, daß ich, wenn ich ihn in diesem Leben so liebe, wie er es mir befiehlt, ihn ewig sehen, lieben, besitzen werde, was meine höchste Glückseligkeit bilden wird. Da nun aber die Eigenliebe meine Zu-

neigung auf mich richtet, der ich mein Gut für mich nicht bin und nicht sein kann, so hält sie mich ab, mein Höchstes und einziges Gut zu lieben; sie setzt mich der Gefahr aus, für immer seines Genusses beraubt zu werden, und es ist gewiß, daß ich es wirklich nie genießen werde, so lange in mir ein Keim der Eigenliebe vorhanden ist. Es gibt also kein wichtigeres Geschäft in der Welt für mich, als mich gänzlich von ihr frei zu machen, weil meine Seligkeit davon abhängt.

3. Die Eigenliebe, unter diesem doppelten Gesichtspunkt als Gottes und mein Feind betrachtet, ist höchst hassenswürdig, und gleichwie weder Gott noch ich einen andern Feind haben, so ist sie auch der einzige Gegenstand, welcher eigentlich seinen und meinen Haß verdient. Warum haßt Gott die Sünde? und warum soll ich sie hassen? Weil sie der Sprößling der Eigenliebe ist. Warum ist die Hölle ein Ort der Qual und des Entsetzens? Weil sie die Strafe für die Eigenliebe ist. Warum übt Gott im Fegfeuer die Strenge seiner Gerechtigkeit

gegen Seelen aus, welche er liebt, und welche ihn lieben? Weil er in ihnen noch Spuren der Eigenliebe sieht, und er wird ihrer so lange nicht schonen, bis sie gänzlich davon gereiniget sind.

Die gesunde Vernunft hat die Eigenliebe immer verworfen, wie man aus den Schriften der heidnischen Philosophen ersieht, obwohl sie ihre Beschaffenheit und Unordnung nicht genau erkannten.

Die Religion macht es uns zur Pflicht, gegen sie zu kämpfen, und aus allen unsern Kräften an ihrer Zerstörung zu arbeiten. Die ganze christliche Sittenlehre bewegt sich um diesen einzigen Punkt. Diese strenge und unerläßliche Pflicht, welche sie mir auferlegt, ist für mich der entscheidendste Grund, sie zu bewundern, zu lieben, mich ihr zu unterwerfen. Sie wäre nicht göttlich diese Moral, sie wäre keine Freundin des Menschen, sie wäre falsch und verfehlte ihren Zweck, welcher darin besteht, Gott die Ehre zu sichern, die ihm gebührt, und mir die Seligkeit, die ich nur von ihm hoffen kann, wenn sie mit der Eigenliebe einen Vertrag einginge, wenn sie mich berechtigte, sie nur im Mindesten zu hegen, kurz, wenn sie mir nicht geböte, sie zur Ehre Gottes und zu meinem Wohle auf's Alleräußerste zu verfolgen.

Zweite Betrachtung.

1. Die Eigenliebe hat ihre Quelle in der gänzlichen Unvollkommenheit des Geschöpfes, welche nichts Anderes ist als eine Fähigkeit, sich zu schätzen, indem es sich die Güter aneignet, welche es von Gott bekommen hat, und sich zu lieben, indem es sich in dem Genusse dieser Güter wohlgefällt und nach seinem Belieben über sie verfügt. Seit der Sünde ist das, was eine bloße Fähigkeit im unschuldigen Geschöpfe war, ein heftiger Hang geworden, der sich in uns schon in der zartesten Kindheit offenbart und schon eine große Stärke erlangt hat, ehe wir noch im Stande sind, ihn zu bemerken und ihm zu widerstehen. Kaum ist die Vernunft erwacht, so fühlt sie seine Unordnung und seine Ungerechtigkeit, sie schämt sich seiner, sie sieht, wie häßlich

er ist; statt sich aber zu bemühen, ihn zu bändigen, ist sie nur darauf bedacht, ihn zu verbergen, und bald sucht sie, selbst verführt und verblendet, ihn zu rechtfertigen. Uebrigens ist sie zu schwach, ihn zu überwinden, und wenn sie in einem Punkte über ihn triumphirt, so geschieht es nur, um ihm in einem andern wichtigern Punkte nachzugeben, so daß die Siege, welche sie über die grobe Eigenliebe erringt, einer andern feinern Eigenliebe zum Vortheil gereichen. So verachteten die heidnischen Weisen die Güter der Erde aus Stolz, und schätzten sich um so mehr, je tugendhafter sie waren, indem sie die Erwerbung der moralischen Tugenden als ihr eigenes Werk betrachteten, und ein Laster nur dadurch schwächten, indem sie ein anderes Laster stärkten. Viele weltlich gesinnte Christen machen es noch immer eben so. Die Vernunft allein vermag mit der Eigenliebe nicht fertig zu werden, wenn sie nicht von der Gnade mächtig unterstützt wird, und sie muß dabei die Vollkommenheit des Christenthums ernstlich im Auge behalten. Ich werde das Alles gern zugeben, wenn ich nur ein wenig über mich selbst nachdenken will. Wenn ich mich in irgend einer Hinsicht von der Eigenliebe geheilt habe, wem danke ich dieß, meinen natürlichen Betrachtungen und meinen menschlichen Urtheilen? Keineswegs. Wenn mir noch Vieles von der Eigenliebe übrig bleibt, und unvergleichlich mehr als ich weiß, ist etwas Anderes die Ursache davon als meine geringe Aufmerksamkeit, womit ich auf die Gnade höre, und meine geringe Treue, womit ich ihr folge? Seit wann habe ich angefangen, wahrzunehmen, daß die Eigenliebe in meinen Gedanken und meinen Empfindungen, in meinen Absichten und meinen Handlungen herrscht? Seitdem ich den Entschluß gefaßt habe, Gott besser zu dienen und mit seinem Beistande strenger über mich zu wachen. Ich hätte noch viele andere Wahrnehmungen gemacht, wenn ich mich ihm unbedingt hingegeben hätte; ich hätte eine größere Fülle von Erleuchtungen bekommen, um mich kennen zu lernen, und mehr Stärke, um mich zu überwinden.

2. Die Eigenliebe theilt sich in zwei Zweige, deren einer der eigene Geist, und der andere der eigene Wille ist. Der eigene Geist macht mich auf meine Vortrefflichkeit eifersüchtig; der eigene Wille läßt mich nach der Unabhängigkeit streben. Der eigene Geist treibt mich nicht bloß an, mich Andern vorzuziehen; er treibt mich auch in tausend Fällen an, mein Urtheil dem Urtheile Gottes vorzuziehen, bald zu widersprechen, wenn er mir gebietet, Etwas zu glauben oder zu thun, bald seine Vorsehung im Einzelnen oder überhaupt, in dem, was sie thut oder zuläßt, zu tadeln. Wenn auch der Vorzug, den ich meinem eigenen Urtheil gebe, nicht immer bis zum Verbrechen geht, so ist er doch nie zu entschuldigen, und er kann nur von einem unerträglichen Stolze herrühren, einem Stolze, den ich fast in allen meinen Gedanken entdecken würde, wenn ich sie unter den Augen Gottes mit seinem Lichte und nach den Vorschriften des Evangeliums prüfte. Der eigene Wille sucht in Allem zu herrschen; er kann nichts leiden, was ihm

widerspricht; er wird aufgebracht gegen die göttlichen Gebote, welche ihn gefangen nehmen, gegen die Anordnungen der Vorsehung, welche nicht mit seinen Wünschen und Plänen übereinstimmen, er möchte Gott sich unterwerfen, und er beugt sich nur gezwungen unter seine Herrschaft. Er versagt ihm Alles, was er ihm ungestraft versagen zu können meint, und es ist viel, wenn er vor seinen furchtbarsten Drohungen weicht. Der eigene Geist und der eigene Wille haben die Hölle bevölkert; der eigene Geist und der eigene Wille haben Gott genöthigt, für uns aus Güte die reinigenden Flammen des Fegfeuers anzuzünden; ohne dieß wäre der Himmel fast allen Christen verschlossen; denn es gibt fast keinen, in welchem der eigene Geist und der eigene Wille gänzlich erstorben sind.

Schließen wir daraus, daß wir die Eigenliebe im eigenen Geiste und im eigenen Willen angreifen müssen, indem wir jenen unter dem Geiste Gottes gefangen nehmen und diesen dem göttlichen Willen nicht bloß in den wesentlichen und streng verbindlichen Punkten unterwerfen, sondern unbedingt in allen Dingen. Streben wir vor Allem nach zwei Tugenden, nach der Demuth und dem Gehorsame. Die Demuth unterdrückt den Eigendünkel, die Eitelkeit und die Anmaßung des Geistes; der Gehorsam beugt die Starrheit des Willens und gewöhnt ihn an das Joch der Autorität. Diese Tugenden sind die zwei Hauptzweige der innern Abtödtung, und in jeder wahrhaft demüthigen und unterthänigen Seele ist die Eigenliebe gänzlich oder fast gänzlich überwältigt. Dieß beweist uns, welchen beträchtlichen Vorzug die innere Abtödtung vor der äußern hat. Diese greift direct nur das Fleisch an, dessen Auflehnungen zu verhindern ihr nicht immer gelingt, und sie kann nicht bloß neben dem Stolze des Geistes und der Unfolgsamkeit des Willens bestehen, sondern sie trägt auch manchmal zu ihrer Verstärkung bei. Die Beispiele davon sind nicht selten. Die innere Abtödtung dagegen richtet alle ihre Schläge gegen die Eigenliebe und vermindert durch ihre Unterdrückung auch die Herrschaft der Sinne, deren Empörung nur eine demüthigende Strafe für die Empörung des Geistes gegen Gott ist.

3. Die Liebe Gottes und die Eigenliebe sind gleichsam zwei Gewichte in einer Waage, die sich um den Vorrang streiten. Das eine kann sich nicht senken, ohne daß sich das andere erhebt, und nur wenn man von dem einen Etwas hinwegnimmt, kann man zuletzt dem andern das Uebergewicht geben. Die sicherste Regel, welche man haben kann, um zu erkennen, ob die Liebe Gottes in uns herrscht und bis zu welchem Grade sie in uns herrscht, ist, daß man beobachtet, wie wir uns gewöhnlich hinsichtlich der Eigenliebe verhalten, ob wir ihr nicht Vorschub leisten, wenn wir sie wahrnehmen, ob wir sorgfältig alle ihre Regungen beobachten, ob wir allen ihren Schleichwegen und Kunstgriffen nachspüren, ob es uns behagt, wenn Gott sie demüthigt, sei es durch sich selbst, oder durch die Menschen, oder durch die Versuchungen des Teufels. Man liebt Gott recht, wenn man voll Verachtung und Haß gegen sich selbst ist,

und wenn man sich wenig daraus macht, ob man von Andern geachtet und geliebt wird oder nicht. Denn das menschliche Herz kann nicht ohne Liebe sein, und sobald man sich nicht selbst mit jener von Jesus Christus verworfenen Liebe liebt, so ist dieß ein sicherer Beweis, daß man Gott liebt. Ich weiß es, die Eigenliebe ist so fein, daß man immer der Gefahr ausgesetzt ist, sich hinsichtlich dessen zu täuschen, was sie betrifft. Man kann daher auch keine vollkommene Gewißheit hinsichtlich der größern oder geringern Herrschaft haben, die sie noch über uns hat. Doch die gerade und einfache Seele verläßt sich, ohne sich durch zu vieles Nachdenken zu beunruhigen, was eine Wirkung der Eigenliebe wäre, in diesem so wichtigen Punkte auf Gott: sie bittet ihn, er möge sie nicht schonen, und ihr Kraft geben, um sich selbst nicht zu schonen; sie untersucht friedlich in seiner Gegenwart die Falten ihres Herzens, und bei dem geringsten Mangel, bei der kleinsten Unvollkommenheit, die ihr das göttliche Licht entdeckt, schreitet sie sogleich verbessernd ein, indem sie sich als schuldig erkennt und Gott um die Gnade, sich zu bessern, bittet.

Dritte Betrachtung.

1. Die grobe Eigenliebe, welche uns schweren Fehltritten aussetzen würde, ist leicht wahrzunehmen, wenn man nur einige Furcht Gottes hat; das Gewissen sagt uns bestimmt genug, wie strafbar es ist, sich so sehr zu lieben, daß man die ausdrücklichen Gebote des Herrn nicht beachtet. Man müßte fast gar keinen guten Willen haben, wenn man es versuchen wollte, die so weit getriebene Eigenliebe zu rechtfertigen, und es würde dieß doch nicht gelingen; das Gewissen würde gegen uns auf die Seite Gottes treten, und wir würden uns vergebens bemühen, ihm Stillschweigen zu gebieten.

Wenn man sich aber wegen der schweren Sünden Vorwürfe macht, sich derselben anklagt, ja sie durch die Buße sühnt, so geht man doch nicht zur Ursache zurück und greift das Uebel nicht in seiner Wurzel an. Daher kommen die Rückfälle und die immer nahe Gefahr des Rückfalls. Es ist nicht möglich, genau den Punkt zu bezeichnen, wie weit man in dem Kriege gegen die Eigenliebe gehen muß, um sich gänzlich vor der Todsünde zu bewahren. Eben deßhalb kommen diejenigen, welche sie absichtlich hinsichtlich der Dinge schonen, die ihnen unbedeutend zu sein scheinen, fast immer mit der Zeit so weit, sie auch hinsichtlich wirklich bedeutender Dinge zu schonen. Darum hat Jesus Christus den furchtbaren Ausspruch gegen die Lauen gethan: Weil du weder kalt noch warm, sondern lau bist, so werde ich dich aus meinem Munde ausspeien. (Offenb. 3, 16.) Ich entziehe dir die Gewohnheit meiner Liebe, und endlich wirst du sie ganz verlieren. Dieß Unglück ist immer für einen Christen zu fürchten, welche Fortschritte er auch gemacht haben mag, wenn er absichtlich die Eigenliebe in einem Punkte schont, wo er sie auf das Geheiß Gottes angreifen soll. Saul hatte im Anfange seiner Regierung den Geist Gottes; die Schrift sagt, daß er ein anderer Mensch geworden war. Er verschonte zum Theil die Amaleciter und ihre Heerden, die er zu vernichten Befehl bekommen hatte. Der göttliche Geist zog sich von ihm zurück, und er wurde rettungslos verworfen. Das Beispiel ist schlagend; die Eigenliebe ist der Amalec, den uns Gott bis zur gänzlichen Vertilgung zu verfolgen befiehlt. Wenn wir in irgend einer Hinsicht schonend gegen ihn verfahren, so werden wir mit dem Loose Sauls bedroht.

2. Die feine Eigenliebe, aus welcher wir eine Unzahl läßlicher Sünden begehen, die wir oft nicht wahrnehmen, welche unsern Geist mit tausend Vorurtheilen hinsichtlich der Beschaffenheit und der Pflichten der christlichen Heiligkeit erfüllt, welche in unserm Herzen Neigungen, natürliche Widerstrebungen, Anhänglichkeiten, wissentliche Abneigungen unterhält, die uns das Evangelium zu unterdrücken und zu verbannen befiehlt, welche uns, wenn auch nicht in der Un-

ordnung, doch in der Unachtsamkeit und Unvollkommenheit leben läßt, diese Eigenliebe ist nicht so leicht zu erkennen, so geschickt weiß sie sich zu verkleiden, so gewandt ist sie, sich zu entschuldigen oder gar zu rechtfertigen. Die meisten Christen achten nicht darauf und kennen die Eigenliebe fast nur aus ihren Wirkungen; sind diese Wirkungen nicht beträchtlich, so denken sie gar nicht daran, daß sie in ihnen wohnt und ihr ganzes Verhalten beherrscht. Wie viele fröhnen der Eigenliebe, ohne es auch nur zu ahnen; Alle diejenigen, welche mit ihnen leben, bemerken es; sie allein haben keine Ahnung davon. Wie viele Menschen werden von ihrem eigenen Geiste, von ihrem Temperamente regiert, sind übermäßig eifersüchtig auf ihr Ansehen, sind Sclaven ihres eigenen Willens, dem sie Andere unterwerfen! Man sage ihnen, daß sie hierin der Eigenliebe folgen, und daß die Natur bei ihnen beständig die Oberhand über die Gnade bekommt; sie werden es nicht zugeben oder, wenn sie es auch zugeben, doch erwiedern, sie seien nun einmal so, und es hänge nicht von ihnen ab, sich anders zu machen. Die Aufrichtigsten werden gestehen, daß sie nicht glauben, daß man im Kriege gegen sich selber so weit gehen müsse, und daß sie zu einem solchen Unternehmen nicht den Muth haben. Man muß ihn gleichwohl haben diesen Muth, man muß Gott inständig darum bitten, man muß den Versuch machen und darf sich nicht abschrecken lassen, wenn man will, daß in uns die heilige Liebe an die Stelle der Eigenliebe trete.

3. So scharfsinnig, so zartfühlend man auch sei, so sorgfältig und strenge man auch die Regungen seines Herzens beobachte, um zu erkennen, was von der Eigenliebe herrührt, so wird man sie doch nie vollkommen kennen lernen, wenn man nicht hinreichend vom göttlichen Lichte erleuchtet ist; lernte man sie auch kennen, so hätte man doch nicht die Kraft, um in Allem gegen sie zu kämpfen und sie aus ihren letzten Schlupfwinkeln zu vertreiben, wenn uns nicht Gott diese Kraft gibt. Um aufrichtig dieses Licht und

diese Kraft zu wünschen, um sie zum Inhalt unsrer inbrünstigsten Gebete zu machen, um sie in dem Maße anzuwenden, wie wir sie bekommen, muß man entschlossen sein, aus allen Kräften das Gebot der Liebe Gottes zu erfüllen, muß man sich der Leitung der Gnade überlassen und entschlossen sein, ihr unbedingt zu folgen. Wo sind die Christen, welche diesen edeln Entschluß gefaßt haben? Wie klein ist ihre Zahl! Möchte ich doch so glücklich sein, zu ihnen zu gehören, o mein Gott! und möchte dieß der Gewinn dieser stillen Zurückgezogenheit sein!

Ich weiß ferner wohl, daß es mir mit allem meinem guten Willen, mit allen meinen Sorgen und Bemühungen nicht gelingen wird, die Eigenliebe gänzlich abzutödten. Diese gänzliche Abtödtung, welche die Vollendung der Heiligkeit ist, ist ein Werk, das dir vorbehalten ist, und an das du nur durch die Prüfungen die letzte Hand legest. Es wäre vermessen von mir, sie herauszufordern, da ich nicht im Stande bin, die kleinste zu bestehen. Hast du mir aber, o mein Gott, um diesen Feind deiner Liebe in mir zu zerstören, eine Prüfung bestimmt, so verleihe mir die Gnade, daß ich sie annehme, wenn sie da ist, und sie bis an's Ende ertrage. Lasse vor Allem nicht zu, daß ich mich ihrer unwürdig mache, und daß ich deine Absichten mit mir durch deu Mangel an Treue in der Mitwirkung mit deinen Gnaden und durch meinen geringen Muth, mir Gewalt anzuthun, vereitle.

Schluß.

Die Kreuze.

Die Kreuze sind das große Mittel, welches Gott selbst anwendet, um in uns die Eigenliebe zu zerstören, und seine Liebe zu vermehren und zu reinigen, während wir selber für diese zwei Zwecke mit den Mitteln wirken, die er uns an die Hand gegeben hat. Die **Kreuze** vollenden das Werk; ohne sie bliebe es unvollendet. Der Grund davon ist klar. Das Ich kann sich nicht selbst den Tod geben, der Schlag muß von einer andern Seite herkommen, und das Ich, indem es ihn bekommt, sich ganz leidend verhalten. So lange ich handle, lebe ich; ich mag mich abtödten, so viel ich will, es wird mir doch nicht gelingen, mich durch meine eigenen Bemühungen geistlich abzutödten. Ich kann mich von allen Dingen losmachen, an denen ich festhalte, aber mich selber entzweizuspalten und mich mir zu entreißen, das steht nicht in meiner Macht. Gott muß dieses Geschäft übernehmen, er muß auf mich wirken, und das Feuer seiner Liebe muß das Opfer verzehren.

Es gibt so viele Arten von Kreuzen, daß es unmöglich ist, sie aufzuzählen, und dieselben Kreuze sind einer unendlichen Mannigfaltigkeit fähig. Sie sind je nach dem Temperamente, den Umständen, dem Grade verschieden. Die einen sind einfach schmerzhaft, die andern sind demüthigend, wieder andere vereinigen mit dem Schmerze die Demüthigung. Die einen greifen den Menschen in seinen Gütern, in den Personen, die ihm theuer sind, in seiner Gesundheit, in seiner Ehre, in seinem Leben selbst an. Die andern greifen ihn in seinen geistlichen Angelegenheiten, in dem, was den Zustand seines Gewissens betrifft, in dem, was sich auf sein ewiges Heil bezieht, an, und diese sind ohne Vergleich die angreifendsten, die zerstörendsten und die am Schwersten zu ertragenden. Es gibt solche, welche von den Menschen kommen, andere, welche vom Teufel kommen, und wieder andere, deren Urheber Gott ist. Alle haben Wirkungen, welche die innere Abtödtung nicht hervorzubringen vermag, und ohne sie darf man nicht hoffen, zu einem ausgezeichneten Grade der Heiligkeit gelangen zu können.

Die Kreuze haben zwei große Vorzüge hinsichtlich der Zerstörung der Eigenliebe. Der erste ist, daß sie nicht von unsrer Wahl herrühren. An denjenigen, welche wir uns selbst auferlegen, z. B. die Kasteiungen, hat immer die Eigenliebe einen Antheil. Unser Wille, mit dem wir sie ergreifen, unterstützt uns in ihrer Ertragung, und wir finden ein feines Selbstwohlgefallen dabei, welches bewirkt, daß wir uns aus ihnen ein Verdienst bei Gott machen. Ich, sagen wir gleichsam zu ihm, gebe dir dieß. Ich beraube mich dieses Gegenstandes, ich ertrage jenen ganz freiwillig aus Liebe zu dir. Ich bin nicht dazu verbunden; es ist eine reine Großmuth von mir, welche dir nur wohlgefällig sein kann. Nicht so verhält es sich mit den Kreuzen der Vorsehung. Sie fallen uns auf die Schultern, wenn wir am Wenigsten daran denken. Weit entfernt, sie zu wählen, fühlen wir uns im Anfange angeregt, sie von uns zu weisen; nur ungern entschließt sich der Wille dazu, sich ihnen zu unterwerfen, weil er sich ihnen nicht entziehen kann. Die Seele ist also nicht versucht, eine Unterwerfung als ein Verdienst vor Gott anzusehen, welche gewisser Maßen das Werk der Nothwendigkeit ist. Im Gegentheil, sie wird gewöhnlich durch ihren geringen Muth, durch die Ungeduld, die Klagen, das Murren, welches ihr entschlüpft, und deren sie sich nach so vielen Betheuerungen, die sie Gott gegeben hat, schämt, gedemüthigt. Ferner, weil diese Kreuze nicht von ihr erwählt sind, so findet sie in sich keine Kraft, um sie zu ertragen; sie ist genöthigt, demüthig zu Gott ihre Zuflucht zu nehmen, von ihm allein ihre Stütze zu erwarten, und seiner Gnade zu huldigen, wenn sie nicht unterlegen ist. Die Eigenliebe hat also hier keinen Grund, sich zu rühmen.

Der zweite Vorzug der Kreuze ist, daß Gott, mag er sie nun selber schicken oder zulassen, immer die empfindliche Stelle trifft, und das Eisen so tief einsenkt, als nöthig ist, um die Eigenliebe an dieser Stelle zu tödten; daß er dieselbe kreuzigende Operation fortsetzt oder verstärkt, bis er seinen Zweck erreicht hat. Wenn wir ihn also wirken lassen, und wenn der Wille nicht widerstrebt, während er wirkt, so ist der Erfolg gewiß. Was deutlich beweist, daß Gott die empfindliche Stelle in's Auge faßt, daß er sie kennt, und daß wir sie nicht kennen, ist, weil wir gewöhnlich jedes andere Kreuz lieber hätten als das, welches uns jetzt beugt, weil da Alles die Natur verwundet und empört, und weil sie aus Verzweiflung laut aufschreit, oder weil das Uebermaß ihres Schmerzes sie stumm macht. Hier also mußte der Schlag stattfinden, weil die Natur hier in ihrem vollen Leben ist, weil die Eigenliebe dadurch zerstört wird, und weil sie, wenn es in ihrer Macht gestanden hätte, den Schlag überall anderswohin gerichtet hätte, wo sie weniger zu leiden gehabt hätte. Dieß hinsichtlich der gewöhnlichen Kreuze.

Was die übrigen betrifft, welche viel seltener sind und eine besondere Absicht Gottes andeuten, so kann von ihnen hier nur gesagt werden, daß sich Gott dieser Kreuze, welche hauptsächlich in furchtbaren Versuchungen gegen die Reinheit, den Glauben, die Hoffnung und die Liebe bestehen, bedient, um selber den Krieg gegen die Eigenliebe zu führen, daß er sie mit einer unversöhnlichen Heftigkeit überall verfolgt, wohin sie sich flüchtet, daß er sie nirgends Fuß fassen läßt, und daß er sie endlich gänzlich aus einem Herzen verbannt, welches ganz ihm gehören will.

Da die Kreuze die große Vernichtungsgeißel der Eigenliebe und das wirksamste Mittel sind, um in einer Seele das Reich der göttlichen Liebe zu begründen, so ist es meine Pflicht, sie zu schätzen, sie zu lieben, sie zu wünschen, wenn Gott mich dazu ermuntert, sie wenigstens im Frieden zu erwarten, sie mit Unterwerfung anzunehmen, sie mit Geduld und Hingebung zu tragen und hienieden meine Glückseligkeit darein zu setzen, Gott durch diesen großen Zug der Aehnlichkeit mit Jesus Christus zu verherrlichen. Möge er dazu seine Gnade verleihen.

Beigabe.

Die Hingabe seiner selbst an Gott.

Die Absicht Gottes ist, daß der Christ, sobald er den Gebrauch der Vernunft hat, sich ihm mit der ganzen Fülle seines Herzens hingebe, weihe, aufopfere, und so das Opfer bestätige, das er ihm mit sich in der Taufe dargebracht hat. Wenige Christen bringen Gott, wenn sie im Stande sind, sich zu kennen, und wenn sie anfangen, nachzudenken, Gott diese ganze Gabe ihrer selbst dar. Die meisten, selbst derjenigen, welche sich Gott weihen, wissen ihr ganzes Leben lang nicht, was es heißt, sich auf solche Weise Gott zu geben; wenn man zu ihnen davon spricht, und ihnen vorschlägt, diese Gabe zu vollbringen, da dieß für den Christen etwas Wesentliches ist, so behagt ihnen dieses nicht, und sie können sich zu diesem großen Opfer nicht entschließen, das alle andern in sich begreift.

Man entwirft sich einen Plan zu einem gottergebenen Leben nach seinen eigenen, nicht nach den Gedanken Gottes, einen Plan, dem gemäß man sich wohl der Gnade bis zu einem gewissen Punkte unterwerfen, sich aber von ihr nicht unbedingt und in allen Dingen beherrschen lassen will. In Allem, was nicht ausdrücklich verboten ist, oder dem man sich nicht freiwillig unterworfen hat, hält man sich für berechtigt, über sich selbst zu verfügen, und meint man, Gott wolle uns nicht so sehr beschränken, daß wir in unserm Verhalten ganz und gar von ihm abhängen.

Wenn ihrer Wenige sind, welche Gott diese Gabe ihrer selber vollkommen darbringen, so ist die Anzahl derer noch geringer, welche in diesem so wichtigen Geschäfte bis an's Ende beharren. Nachdem sie sich Gott gegeben haben, nehmen sie sich bald wieder zurück und lassen sich mehr oder minder vom eigenen Geiste und von der Eigenliebe leiten. Es fällt der Natur zu schwer, um standhaft in der Abhängigkeit von Gott zu bleiben;

sie entzieht sich allmählig dem Joche, heute in dieser, morgen in jener Sache; manchmal schüttelt sie es gänzlich ab. Deßhalb gehen so viele Seelen verloren, kommen so viele andere erst in den Himmel, nachdem sie ein langes und furchtbares Fegfeuer ausgestanden haben, und ist die Zahl der Heiligen so klein. Unter Heiligen verstehe ich diejenigen, welche in jeglichem Lebensalter, mögen sie nun immer ihre Unschuld bewahrt, oder sie verloren, ja eine Zeit lang in der Gewohnheit der Sünde gelebt haben, sich endlich Gott ernstlich hingaben und die Absichten der Vollkommenheit, die er mit ihnen hatte, nach ihrem Vermögen erfüllten.

Von allen Gegenständen der christlichen Moral ist dieser ohne Widerrede der wichtigste; er ist der Grund des ganzen Gebäudes; mit ihm muß man den Anfang machen; widrigen Falls kann man wohl nicht ein wahrer Jünger Jesu Christi sein. Man kann also in diesen Gegenstand nicht tief genug eingehen, der, wohl begriffen, uns das Verständniß von allem Uebrigen geben wird. Bitten wir

Gott, er möge uns selbst hierüber erleuchten, und lesen wir mit einem wißbegierigen Herzen die folgenden Betrachtungen.

I.

Was heißt es, sich Gott geben?

Sich Gott geben, heißt, ihm alle seine Gedanken, seine Neigungen, alle seine Handlungen weihen, so daß der Geist sich nur mehr mit ihm und mit den Gegenständen beschäftigt, an die wir nach seinem Willen in jedem Augenblicke denken sollen, daß das Herz nur ihn, und die Geschöpfe um seinetwillen, der Ordnung gemäß, die er selbst eingeführt hat, liebt, daß Alles, was man thut, Alles, was man leidet, auf ihn bezogen wird, und daß seine Verherrlichung, sein Wohlgefallen unser letzter Zweck und unsre Hauptabsicht sind.

Sich Gott geben, heißt, auf seine Selbstleitung Verzicht leisten, um in Allem von der Gnade geleitet zu werden; heißt, keinen eigenen Willen mehr in irgend Etwas haben, und nur wollen, was Gott will; heißt, ihm unsre Freiheit übergeben, damit er selbst darüber verfüge und sie nach seinem Wohlgefallen leite.

Der Christ, welcher sich Gott gegeben hat, gehört nicht mehr sich selber; er hat kein Recht mehr auf sich selber; er überläßt sich den Händen Gottes und derer, welche seine Stelle vertreten; er möchte sich keinen Wunsch erlauben, nicht das Geringste unternehmen, keinen Schritt thun aus eigener Regung. Mit einem Worte, er hat sich der Herrschaft Gottes übergeben; er hat immer die Augen auf ihn gerichtet, um seinen Willen zu erkennen; er ist immer bereit, ihn zu thun, ohne darüber nachzudenken, ohne eine Entschuldigung anzuführen, ohne ihm seine Neigungen oder seinen natürlichen Widerstand entgegenzusetzen. Eine so große Abhängigkeit ist im ersten Augenblicke abschreckend, und scheint die Seele auf eine unerträgliche Weise zu beschränken. Wir werden in der Folge sehen, wie Gott sein Joch zu erleichtern weiß, und wie die Liebe es köstlich macht.

II.

Gründe, sich gänzlich Gott zu geben.

Erster Grund.

Es ist nichts billiger.

Prüfen wir also, ohne uns von eiteln Einbildungen zurückschrecken zu lassen, welche durch die Erfahrung widerlegt werden, vor Allem die Gründe, aus welchen wir uns Gott gänzlich hingeben sollen. Diese Gründe sind unzählig; es wäre zu weitläufig, sie alle anzuführen: ich will mich daher auf die wichtigsten beschränken.

Ist es nicht durchaus billig, daß ich mich demjenigen ganz und gar und ohne Vorbehalt hingebe, der mich aus nichts erschaffen, und mir in jedem Augenblicke das Dasein erhält, das er mir gegeben hat, der mein erster Anfang und mein letztes Ende, mein höchstes Gut ist, von dem ich Alles bekommen habe, von dem ich Alles erwarte, und ohne den ich unmöglich glückselig sein kann? Wozu bedarf Gott meiner? Zu nichts. Ich mag dasein, oder nicht, ich mag mich ihm geben, oder nicht, er ist darum nicht minder selig. Warum verlangt er also, daß ich ganz ihm gehören soll? Weil es die Ordnung so haben will; weil mir Gott nicht gestatten kann, daß ich mein eigener Herr sei, oder mich einem andern hingebe als ihm. Wenn ich das Recht haben will, über mich nach meinem Belieben zu verfügen, so bin ich im äußersten Grade anmaßend; ich entziehe Gott ein Gut, das ihm gehört; wenn ich mich irgend einem Andern hingebe, so kann dieß nur ein Geschöpf sein, dem ich mich nicht geben, und das mich nicht nehmen kann ohne Ungerechtigkeit und ohne Gott die allergrößte Schmach anzuthun, diejenige nämlich, ihm irgend Etwas vorzuziehen.

Wenn es aber billig ist, daß ich Gott gehöre, so ist es auch billig, daß ich ihm in Allem und für immer gehöre: in keiner Sache, zu keiner Zeit kann ich mich seiner Herrschaft entziehen. Sein Recht erstreckt sich auf Alles, was ich bin, in welchem Stande, in welchen Verhältnissen ich mich auch befinden mag. Er hat mich erschaffen, und er konnte mich nur für sich erschaffen. Ich mißbrauche meinen Geist, wenn ich ihn in einer andern Absicht beschäftige, als um ihn kennen zu lernen; ich mißbrauche mein Herz, wenn ich es nicht ermuntere, ihn mit allen seinen Neigungen zu lieben; ich mißbrauche meine Freiheit, wenn ich mich ihrer zu etwas Anderem bediene als dazu, mich zu entschließen, ihm in allen Dingen zu gefallen; ich mißbrauche alle Fähigkeiten meiner Seele und meines Leibes, wenn ich von ihnen nicht einen seinen Absichten entsprechenden Gebrauch mache. Es ist nicht genug, daß ich ihn nicht beleidige, ich muß mich auch bestreben, ihm wohlgefällig zu sein, und folglich in allen Fällen seinen Willen zu thun. Meinem Belieben ist nichts überlassen, so wenig als dem Belieben der Engel und der Seligen. Hat uns Jesus Christus nicht gelehrt, daß wir zum himmlischen Vater sprechen sollen: Dein Wille geschehe auf Erden wie im Himmel? Gibt es einen Augenblick, einen Fall, wo der Wille Gottes im Himmel nicht geschieht? Wir müssen uns also bestreben, ihn eben so vollkommen und so beständig auch auf Erden zu erfüllen. Der ganze Unterschied, der zwischen den Seligen und uns stattfindet, ist, daß sie nicht mehr vom Willen Gottes abweichen können, weil sie durch ihren Stand unwandelbar an ihn gefesselt sind, und daß wir hienieden immer das unglückliche Vermögen haben, davon abzuweichen. Uebrigens aber ist es eine eben so unerläßliche Pflicht für uns als für sie, keine andere Richtschnur zu haben, als den göttlichen Willen.

Ich mag daher meine Vernunft und mein Gewissen, ich mag meine Religion und meinen Glauben zu Rathe ziehen, ich mag betrachten, was Gott an sich ist, und was er in Bezug auf mich ist: Alles macht es mir zum Gesetze, mich gänzlich Gott und Gott allein hinzugeben; Alles vereinigt sich, um mich zu lehren, daß dieß meine erste und meine größte Pflicht ist.

III.

Zweiter Grund.

Ich kann nur glücklich sein, wenn ich mich Gott gebe.

Da Gott mein höchstes Gut ist, so kann es für mich sowohl in diesem als im andern Leben nur durch meine Vereinigung mit ihm eine Glückseligkeit geben. Welche andere Vereinigung kann ich aber hienieden, wo ich ihn nur durch den Glauben kenne, mit Gott haben, als wenn ich mich ihm hingebe, um mich nie mehr von ihm zu trennen, als wenn ich ihm meinen Geist und mein Herz weihe, um durch die Gleichförmigkeit der Gedanken und der Neigungen nur Eins mit ihm zu bilden? Denn in dieser Gleichförmigkeit besteht die Vereinigung der Geister. Er hat mir die Urtheilsfähigkeit und die Freiheit gegeben, damit ich, indem ich erkenne, was er ist, und in welchem Verhältniße ich zu ihm stehe, in Folge einer erleuchteten Wahl einzig und unwandelbar ihm anhange. Seine Absicht ist gewesen, daß diese Gabe meiner selbst als eine freiwillige für ihn verherrlichend und für mich verdienstlich sei, d. h. daß ich, wenn ich ihn durch eine vorzugsweise Liebe verherrliche und schon in diesem Leben durch diese Liebe glückselig zu sein beginne, verdiene, ihn ewig im Himmel zu verherrlichen und dort in der Vollendung meiner Liebe die Vollendung meiner Glückseligkeit zu finden.

Daher spricht er in der Schrift zu mir: Mein Sohn, gib mir dein Herz (Prov. 12, 26). Alles, was er von mir will, beschränkt sich auf diese Gabe, welche wirklich Alles in sich begreift, die einzige ist, auf die er eifersüchtig ist, und ohne welche Alles, was ich ihm gebe, nichts für ihn wäre. Gib mir dieß Herz, das ich für mich gemacht habe, das ich allein erfüllen kann, das durch seine innigsten Wünsche nur nach mir seufzt, und das den Frieden und die Glückseligkeit außer mir nicht finden kann. Es gehört mir, und zwar nur mir; und das eben bildet seine Größe und seinen Adel, daß jedes andere Wesen außer mir zu klein für es ist. Nicht zu seinem eigenen Vortheile verlangt es Gott von uns, sondern zu unserm. Er bedarf unser nicht; wir können ohne ihn nicht bestehen. Er ist unendlich glückselig durch sich selber: ich aber kann nie ohne ihn glückselig sein.

Kann ich mir selber meine Glückseligkeit bilden? Nein, ich sehe in mir nur

Dürftigkeit; und das wundert mich nicht, weil ich nur ein aus Nichts erschaffenes Geschöpf bin. Können die übrigen Geschöpfe und alle Güter der Welt zu meiner Glückseligkeit beitragen? Auch nicht. Es sind aus dem Nichts erschaffene Wesen wie ich, an sich eben so arm wie ich. Wenn ich sie auch alle und für immer besäße, so wäre mein Herz darum doch nicht minder leer, bedürfte des wahren, des höchsten Gutes, welches kein anderes als Gott ist, nicht minder und hätte nicht minder ein Verlangen danach. So lange dieses Herz Gott nicht ganz und gar gehört, hat es keine Ruhe, es verlangt, es vermißt immer Etwas. Voll dagegen, freudig, ruhig ist es, wenn es Gott besitzt; es ist nicht der Sorge unterworfen, die an einem Jeden, der seine Glückseligkeit nicht in Gott sucht, nagt, ihn verzehrt. Immer aber wird das menschliche Herz Gott nur insofern besitzen, als Gott es besitzt; Gott wird sich ihm nur in dem Maaße geben, als es sich Gott gibt. Alles für Alles.

IV.

Dritter Grund.

Ich habe nur den gegenwärtigen Augenblick, um über mich zu verfügen.

Möchte ich doch nicht sagen: Ich werde mich Gott geben, wann es mir beliebt; es drängt mich nichts, ich habe noch Zeit genug, um mich zu entschließen. Eine solche Sprache ist eben so falsch als unsinnig. Sie ist falsch; denn ich habe nur die Zeit des gegenwärtigen, so kurzen, so ungewissen Lebens. Ich verfüge nicht über einen Monat, über einen Tag, über eine Stunde; ich habe nur den gegenwärtigen Augenblick in meiner Gewalt. Wenn ich nicht in diesem Augenblicke meinen Entschluß fasse, werde ich ihn in dem folgenden Augenblicke fassen können? Werde ich dann noch im Leben sein? In diesem Augenblicke fordert mich die Gnade dringend auf; wenn ich sie zurückweise, wird sie dann nicht auch mich verlassen? Steht sie mir deßhalb zu Gebote, damit ich sie benütze, wann es mir beliebt? Wird die Sache morgen für mich leichter sein als heute? Wenn ich sie verschiebe, so werde ich sie vielleicht nie ausführen. Ist es übrigens nicht! unsinnig, von einem Tage auf den andern zu zögern, um den einzigen Weg zu betreten, der zur Seligkeit führt? nicht zu thun, sobald uns Gott dazu auffordert, was man nicht gethan zu haben später bereuen wird? Warum soll ich mich in den Fall setzen, einst mit dem heiligen Augustin sagen zu müssen: Ich habe sehr spät angefangen, dich zu lieben, so alte Schönheit, *so* neue Schönheit; ich habe sehr spät angefangen, dich zu lieben? Ach! jetzt schon, wo ich mich dir gebe, o mein Gott, habe ich mir diesen Vorwurf zu machen. Warum sollte ich ihn durch neue Zögerungen vergrößern und ihn mir bitterer machen? Wie schmerzlich ist dieser Vorwurf für ein Herz, das die göttliche Liebe verwundet hat. Wenn er uns die Gnade erweist, das unsrige zu verwunden, so wollen wir uns doch augenblicklich ergeben, und mit Dankbarkeit die süßeste der Wunden empfangen. Gewiß, wir wissen es nicht, wie ungerecht wir gegen uns handeln, wenn wir zögern, uns gänzlich Gott zu ergeben.

V.

Vierter Grund.

Ich kann Gott nicht anders verherrlichen, als wenn ich mich ihm gebe.

Gott hat mich zu seiner Verherrlichung erschaffen; dieß ist der erste Zweck, den er sich vorgesetzt hat; und dieß ist auch der erste, den ich in seinem Dienste im Auge haben muß. Auf welche andere Weise aber kann ich ihn verherrlichen, als wenn ich mich ihm gänzlich gebe?

Nicht das, was ich aus eignem Antrieb zu seiner Verherrlichung thue, verherrlicht ihn, sondern das, was er selbst in mir und durch mich thut. Er will von mir nur eine unbedingte Hingebung, eine unbedingte Bereitwilligkeit, zu gehorchen, einen grenzenlosen Gehorsam, der, indem er ihm nichts versagt, sich ihm in nichts widersetzt, ihn seine Herrschaft nach seinem Belieben über mich ausüben läßt. Er wird durch mich so sehr verherrlicht, als er will, wenn er mich immer in seiner Hand hält, und wenn er mich immer mit Allem gleichförmig findet, was er will. Ob ich große Dinge für ihn thue, ob ich nur kleine thue, das ist ihm gleichgiltig, wenn ich nur thue, was er will. Sein Wille allein gibt den Dingen Werth, er schätzt sie nur in dieser Hinsicht. Die Handlung, durch welche man sich ihm unbedingt gibt, ist eigentlich die einzige, welche ihn verherrlicht; alles Uebrige ist nur die Folge und die Ausführung davon und schöpft sein Verdienst aus dieser Quelle. Wenn ich mir die Verherrlichung Gottes nur im Mindesten angelegen sein lasse, kann ich dann nur einen Augenblick zögern, um ihn durch die gänzliche Hingabe meiner selbst zu verherrlichen?

Ferner, Gott hat besondere Absichten mit einer jeden Seele: diese ist bestimmt, ihn auf die eine, und jene, ihn auf die andere Weise zu verherrlichen. Die Wahl der Art und Weise kommt nicht uns zu; Alles, was von uns abhängt, besteht nur darin, daß wir unsrer Bestimmung vollkommen entsprechen. Ich kenne seine

Absichten mit mir nicht: aber ich weiß gewiß, daß sie nur dann erfüllt werden, wenn ich mich ihm gänzlich hingebe. Er erwartet von mir diese Hingabe, um mir seine Absichten zu offenbaren; denn wenn er sie mir früher entdeckte, so würde ich nicht einwilligen, oder wenn ich auch einwilligte, so hätte ich doch nicht den Muth, sie zu erfüllen. Jesus Christus gab dem heil. Paulus die großen Absichten, die er mit ihm hatte, erst dann zu erkennen, als er, unterwürfig und zu Allem bereit, zu ihm sprach: Herr, was willst du, daß ich thun soll? Wenn wir das Leben der Heiligen mit Aufmerksamkeit lesen, so werden wir bemerken, daß er sich hinsichtlich dessen, was er von ihnen wollte, erst dann erklärte, nachdem sie sich ihm gegeben hatten. Welch ein Unglück wäre es für mich, wenn ich, weil ich mich Gott nicht gegeben, lebte und stürbe, ohne seine Absichten mit mir erfüllt, ja auch nur gekannt zu haben!

VI.

Fünfter Grund.

Ich kann mich nur auf diese Weise heiligen.

Dieß Unglück wäre um so größer, als meine Heiligung gänzlich davon abhängt, daß ich Gott verherrliche. Ich werde ein Heiliger sein, wenn ich ihn ganz so verherrliche, wie er es von mir erwartet; ich werde nicht zur Heiligkeit gelangen, vielleicht sogar mein Heil gefährden, wenn ich mich nicht in den Stand setze, Gott zu verherrlichen, wie er es wünscht, indem ich mich ihm gänzlich hingebe. Unser Herr zeigte einst der heil. Theresia den Platz, den sie in der Hölle eingenommen hätte, wenn sie nicht den Absichten der Heiligung entsprochen hätte, die er mit ihr hatte. Vielleicht bin ich dazu bestimmt, entweder ein großer Heiliger, oder ein Verworfener zu werden. Wenn es aber auch einen dritten Fall gäbe, und ich keine Gefahr für mein Heil liefe, wäre ich nicht ein Feind meiner selbst, wenn ich nicht nach der ganzen Heiligkeit strebte, zu der ich berufen bin, und zu der ich nur gelangen kann, wenn ich mich gänzlich Gott ergebe?

Wenn ich Glauben habe, so darf ich nichts über die Heiligkeit setzen oder auch nur damit vergleichen, welche für mich der Grund aller gegenwärtigen und künftigen Glückseligkeit ist. Durch die Hingabe meiner selbst an Gott betrete ich nun aber den Weg der Heiligkeit, und ich kann ihn nur dadurch betreten. Denn welcher Zustand kommt der Heiligkeit näher, als wenn man sich ganz und gar den Händen Gottes überläßt, damit er selbst uns heilige? Gott ist eben so der einzige Heiligmacher als der einzige Heilige; alle Heiligkeit des Geschöpfes ist das Werk Gottes. Er beginnt sie, er setzt sie fort, er vollendet sie. Alles, was er von mir verlangt, ist, daß ich mich seiner Leitung überlasse, seinem Werke kein Hinderniß entgegensetze, sondern es durch meine Mitwirkung fördere. Er wird also um so erfolgreicher daran arbeiten, wenn ich ihn unbedingt zum Herrn meines Willens mache; denn auf meinen Willen erstreckt sich diese Arbeit hauptsächlich. Was thue ich, indem ich mich Gott gebe? Ich gebe zum Voraus eine allgemeine Zustimmung zu Allem, was er für geeignet hält, in mir zu meiner Rechtfertigung zu thun; und so lange diese Zustimmung besteht, ist es klar, daß sie sich auf alle besondere Wirkungen der Gnade in mir erstreckt. So lange diese Zustimmung nicht wiederrufen wird, wirkt Gott frei und ohne Unterbrechung auf mich, um entweder meine Fehler zu bessern, oder um mich zur Ausübung der Tugenden zu befähigen, oder um meine Absichten zu reinigen: die Gnade bekommt täglich mehr Herrschaft über die Natur; der alte Mensch wird zerstört, der neue erbaut; das Werk schreitet fort und gelangt endlich zu der Vollkommenheit, welche ihm Gott geben will. Was könnte ihn in seiner Arbeit hindern, wenn ich mich nicht widersetze? Ich kann mich immer wieder zurücknehmen, es ist wahr; allein Gott hält, wenn er meine Aufrichtigkeit und meine Großmuth sieht, mich auf der Hut gegen mich selbst, er treibt mich an, mich immer mehr auf ihn zu stützen, mich gänzlich ihm anzuvertrauen; und er lenkt den Willen so gut, daß er nichts so sehr fürchtet, als wieder Herr seiner selbst zu werden und sich der Leitung Gottes zu entziehen.

VI.

Das Gebot, Gott zu lieben, kann nur auf diese Weise erfüllt werden.

Das sind gewiß schon wichtige Gründe, um uns Gott gänzlich hinzugeben. Es gibt aber noch andere, die nicht minder dringend sind. Ich bin verpflichtet, Gott von meinem ganzen Herzen, mit meinem ganzen Gemüthe, mit meiner ganzen Seele, aus allen meinen Kräften zu lieben. Dieß ist das erste und das größte der Gebote. Wie aber kann ich ihn so lieben, wenn nicht mein ganzes Herz, mein ganzes Gemüth, meine ganze Seele, alle meine Kräfte seiner Liebe geweiht sind? wie kann ich sie ihr anders weihen, als wenn ich mich selbst ganz und gar hingebe? Man erwäge diesen Grund wohl; er ist klar und entscheidend. Man sieht, die Sache ist schlechterdings nicht anders möglich.

Das Gebot der Liebe Gottes verpflichtet zu zwei Dingen: erstens, daß man jede Beleidigung Gottes, sie sei groß oder klein, vermeide und sich wissentlich nichts erlaube, was ihm nur im Mindesten mißfallen könnte; ja daß man so sehr als möglich gegen die geringsten Fehler, die aus der ersten Regung und aus Ueberraschung entstehen können, auf der Hut sei; zweitens, daß man seinem Stande und den Umständen gemäß alle Tugenden, welche Gott von uns verlangt, und in der ganzen Vollkommenheit ausübe, in der er es verlangt; daß man ihm in Allem zu gefallen suche und keine Beschwerden, keine Opfer berücksichtige, um ihm wohlgefällig zu werden. Dieß Gebot begreift, wenn man es in seinem ganzen Umfange nimmt, wie man muß, sowohl hinsichtlich dessen, was es verbietet, als dessen, was es gebietet, offenbar in sich, daß man alles Böse fliehen und alles Gute thun muß. Ist es aber möglich, aufrichtig und standhaft entschlossen zu sein, alles Böse zu fliehen und alles Gute zu thun, wenn man sich nicht Gott völlig und unwiderruflich gegeben hat?

Der Christ darf sich nichts erlauben, was in ihm nur im Mindesten die Liebe vermindern kann, und er muß dagegen nach Allem streben, wodurch sie vermehrt werden kann. Er ist mehr oder minder schuldig, wenn er Ursache ist, daß die Freundschaft Gottes gegen ihn geringer wird; er ist es ferner, wenn er aus Nachlässigkeit, aus Trägheit, aus Gleichgiltigkeit zur Vergrößerung einer so kostbaren Freundschaft nicht Alles beiträgt, was von ihm abhängt. Dieß ist gewiß nicht zweifelhaft; wird man aber je diese zwei Pflichten erfüllen und sich zu ihrer Erfüllung befähigen, als wenn man sich selbst Gott gänzlich und unbedingt hingibt?

Gott, der allein seine heilige Liebe in uns legen, der sie allein vermehren kann, ist ganz gewiß bereit, uns alle die Gnaden zu gewähren, die wir nöthig haben, um den Schatz der Liebe zu bewahren und zu vergrößern; allein er gibt uns diese Gnaden, ohne welche wir nichts vermögen, nur in dem Maße, als wir uns ihm geben. Er macht den Anfang; aber wir müssen mitwirken, sonst fährt er nicht fort; und wenn wir gegen ihn zurückhaltend sind, so zwingen wir ihn gleichsam, die Wirkungen seiner Güte gegen uns zu beschränken. Wenn er durch seinen heiligen Geist die Liebe in unsre Herzen ausgegossen hat, so ist die erste Wirkung, die er von uns erwartet, die Gabe unsrer selbst. Er bezeigt uns seine Liebe nur, um die unsrige zu erwecken; und je größer die Beweise sind, die er uns davon gibt, eine desto größere Erwiederung erwartet er von uns. Es ist also einleuchtend, daß diese Gnaden immer nur so sehr zunehmen werden, als wir es durch unsere Mitwirkung verdienen, und daß diese Mitwirkung nie vollkommen sein wird, wenn unsre Hingabe es nicht ist.

Der Liebe Gottes eine Grenze setzen, einen Vorbehalt hinsichtlich ihrer haben wollen, heißt schnurstracks der Natur dieser Liebe zuwider handeln, welche ihrem Gegenstande gemäß wesentlich unendlich ist und nur durch das endliche Fassungsvermögen des Herzens, welches liebt, beschränkt werden kann. Allein dieses Fassungsvermögen kann immer größer werden: es hat kein anderes bestimmtes Maß als dasjenige, welches Gott nach seinem Wohlgefallen setzt; ich aber kann es nicht bestimmen. Ich muß Gott ohne Maß lieben, d. h. mit der ganzen Fähigkeit meines Herzens, und diese ist immer der Ausdehnung fähig. Ich werde ihn aber nie ohne Maß lieben, wenn ich ihm nicht ohne Maß angehöre, und nie mit der ganzen Fähigkeit meines Herzens, wenn es ihm nicht gänzlich geweiht ist.

Wenn es uns möglich wäre, Gott unendlich zu lieben, wie er sich selbst liebt, so wären wir verpflichtet, ihn so zu lieben, weil es diese Liebe allein ist, die seiner unendlichen Vollkommenheit entspricht, und wir haben diese Pflicht nur deßhalb nicht, weil wir nicht im Stande sind, sie zu erfüllen. Wir müssen ihn also so sehr lieben, als wir eben mit seiner Gnade vermögen, welche uns immer dargeboten wird, um ihn immer mehr zu lieben. Es ist also die Absicht Gottes, daß unsre Liebe unaufhörlich größer werde, und daß wir nie zufrieden mit uns sein sollen, wie wenn wir ihn schon genug liebten, da wir ihn ja in jedem Augenblicke mehr lieben können. Was heißt aber lieben sonst, als sich dem Gegenstande hingeben, den man liebt? Das Eigenthümliche der Liebe ist, daß sie Alles das gibt, was sie geben kann; sie ist unvollkommen, so lange sie sich irgend Etwas vorbehält, und das Herz, welches wahrhaft Gott gehört, kann nicht zufrieden sein, wenn es sich den kleinsten Vorbehalt vorzuwerfen hat.

Je tiefer man in die Liebe Gottes eindringt, desto mehr wird man sich überzeugen, daß die Pflicht, welche uns auferlegt ist, nur durch eine gänzliche Hingabe unserer selbst erfüllt werden kann. Das Herz fühlt sich nur wohl, wenn es diese Hingabe vollbracht hat; bis dahin kann es gewöhnlich nicht den Genuß Gottes haben, keine Annehmlichkeit, keinen vollkommenen Frieden in seinem Dienste finden. Bedenken wir also diese Sache recht, und unser innerer Zustand wird uns sagen, ob wir Gott gänzlich gehören oder nicht.

VIII.

Das Beispiel Jesu Christi macht es uns zum Gesetze, uns Gott hinzugeben.

Wir sind als Christen verpflichtet, in die Faßtapfen Jesu Christi zu treten, d. h. ihm nachzufolgen. Unser Heil hängt von dieser Nachfolge ab. Das Evangelium spricht sich hierüber an vielen Stellen bestimmt aus; und der heil. Paulus versichert von allen Auserwählten, daß sie bestimmt sind, dem Bilde des Sohnes Gottes gleichförmig zu werden. In der That, das Wort ist nur Fleisch geworden und hat nur unter uns gewohnt, um uns als Vorbild zu dienen.

Worin aber ist er hauptsächlich unser Vorbild? In seiner gänzlichen Hingebung an Gott, seinen Vater. Das ist der Hauptpunkt unsrer Aehnlichkeit mit ihm; dieß ist der erste und der größte Zug, auf den sich alle übrigen beziehen. Die Hingebung Jesu Christi ist nun aber eine durchaus vollkommene gewesen; sie ist im ersten Augenblicke seines Lebens begonnen worden; sie ist nie widerrufen oder durch die mindeste Zurücknahme geschwächt worden; und sie ist bei seinem letzten Seufzer am Kreuze vollendet worden. Er kannte den ganzen Willen, den der himmlische Vater hinsichtlich seiner hatte; er stimmte ihm bei, er unterwarf sich ihm unbedingt, so streng er auch sein mochte, und er erfüllte ihn nach seinem ganzen Umfange. Was ist das Leben Jesu Christi sonst als eine fortwährende und ununterbrochene Erfüllung der Pflicht, die er sich bei seiner Ankunft in der Welt selbst auferlegt hatte.

Dasselbe muß verhältnißmäßig auch beim Leben des Christen der Fall sein. Sobald er sich kennt und weiß, daß ein Christ nur ein Jünger und Nachfolger Jesu Christi ist, so muß er sich gleich ihm unbedingt dem Willen Gottes unterwerfen, es sich zur Pflicht machen, ihn zu erfüllen, ohne je davon abzuweichen, und ihm bis zum Tode getreu bleiben. Er muß innigst überzeugt sein, daß alle seine Schritte gezählt sind, daß ihm seine ganze Laufbahn vorgezeichnet ist, daß Alles, was er während seines Lebens zu thun oder zu leiden hat, von der Vorsehung angeordnet ist, und daß er auf dieser Laufbahn nur mehr unter der Leitung Gottes fortzuwandeln hat. Ein Christ, welcher nicht Gott geweiht ist, ist kein Christ im Herzen, was er auch sonst äußerlich sein mag. Ein Christ, der nur bedingungsweise Gott geweiht ist, wie es fast alle sind, ist ein unvollkommener Christ, ein schwacher Nachfolger Jesu Christi. Wenn man so häufig diesen Begriff vom christlichen Leben nicht hat, so kommt dieß daher, weil man es nicht in seiner Quelle, in der Lehre und dem Beispiele Jesu Christi betrachtet.

IX.

Die im Evangelium vorgeschriebene Selbstverleugnung ist mit der Hingabe seiner selbst an Gott Einsunddasselbe.

Jesus Christus hat gesagt: Wenn mir Jemand nachfolgen will, so verleugne er sich selbst, und nehme sein Kreuz auf sich, und folge mir nach. (Matth. 16, 24.) Das sind die zwei Bedingungen, die er von einem Jeden verlangt, der ihm nachfolgen will: er muß sich selbst verleugnen, und sein Kreuz tragen. Diese zwei Bedingungen setzen aber voraus und enthalten in sich die Hingabe seiner selbst an Gott, und sie sind eigentlich nur die Vollbringung derselben. Sich selbst entsagen in dem Sinne, wie Jesus Christus es meint, heißt, sich den Händen Gottes überlassen, damit er aus uns Sündern und Unvollkommenen Gerechte und Vollkommene mache; heißt, ihm alle unsere Fähigkeiten überlassen, damit er sie reinige; heißt, auf unsre Selbstleitung gänzlich verzichten, damit er uns, indem er uns selbst durch seine Gnade führt, zu einer seiner würdigen Heiligkeit erhebe. Der Christ verleugnet sich nur selbst, um sich Gott hinzugeben; sobald er sich selbst verleugnet hat, gehört er nicht mehr sich, sondern Gott; und die Bethätigung der Selbstentsagung besteht nur darin, daß man gegen Alles in sich kämpfe und es zerstöre, was uns hindert, vollkommen Gott zu gehören. Man muß also die Laufbahn der Nachfolge des Erlösers durch einen allgemeinen Act der Selbstentsagung betreten, welcher der Hingabe seiner selbst entspricht, und dann zu den besondern Selbstverleugnungen fortschreiten, welche Gott allmählig verlangt, indem wir uns gänzlich selbst absterben, um nur mehr in ihm zu leben.

Eben so heißt, sein Kreuz nehmen und es tragen, täglich als aus der Hand Gottes alle Peinen, die Widersprüche, die Demüthigungen hinnehmen, welche uns irgend woher, von Gott, von den Menschen oder vom Teufel wiederfahren; heißt, sich nicht darüber beklagen, sondern sie mit Ergebung, mit Geduld, mit Liebe dulden. Dieses kann man nicht thun, wenn man nicht anerkennt, daß Gott das Recht hat, nach seinem Wohlgefallen über unsre Person und über Alles zu verfügen, was uns gehört, und wenn man sich nicht in dem gewöhnlichen Zustande der Aufopferung befindet, worin sich Job befand, wenn er sagte: D e r H e r r h a t e s m i r g e g e b e n, d e r H e r r h a t e s mir genommen; Alles ist nach dem Wohlgefallen des Herrn geschehen; der Name des Herrn sei gebenedeit. Ist es möglich, so zu sprechen und zu denken, ein mitten unter Trübsalen aller Art unterworfenes und friedliches Herz zu haben, wenn man sich Gott nicht völlig und aufrichtig gegeben hat mit dem Willen, sich nie zurückzunehmen, in welchem Stande man sich auch befinden mag? Ist es nicht einleuchtend, daß bei den Kreuzen unsre Klagen, unser Murren, unsre Widerstrebungen ihre Quelle in dem eigenen Geiste, in der Eigenliebe, mit einem Worte, in einer Natur haben, welche nicht geheiligt ist, und welche noch in sich selbst und für sich selbst lebt? Man darf also ja nicht glauben, man folge Jesu Christo auf dem Wege der Selbstentsagung und des Kreuzes nach, wenn man noch nicht begonnen hat, sich gänzlich Gott hinzugeben.

X.

Der Name Kinder Gottes auferlegt uns die Pflicht, uns ihm hinzugeben.

Wir sind als Christen die Kinder Gottes; wir empfangen in der Taufe die Gnade der göttlichen Kindschaft, und das Merkmal dieser Kindschaft ist unauslöschlich, und wir übernehmen damit die heilige Verpflichtung, als Kinder Gottes zu leben. Denn dieses Merkmal würde zu unsrer Verdammniß gereichen, wenn wir es durch unser Betragen verleugneten. Nun aber erklärt der heil. Paulus, daß diejenigen die Kinder Gottes sind, welche vom Geiste Gottes geleitet werden. (Röm. 8, 14.) Die andern haben ihren Namen zwar, aber sie erfüllen ihre Pflichten nicht, wenn nicht der Geist Gottes sie leitet.

Der Geist Gottes ist ein Geist der Liebe, ein Geist der Gnade, ein übernatürlicher Geist, der uns über uns selbst erhebt, der uns in andere Menschen verwandelt, und uns in unsern Gedanken, in unsern Neigungen, in unsern Handlungen Gott gleichförmig macht. Dieser Geist Gottes, der eben so sanft als mächtig ist, thut uns keine Gewalt an; er führt uns nur in soferne, als wir uns von ihm führen lassen wollen. Soll uns also der Geist Gottes in allen unsern Schritten sowohl innerlich als äußerlich führen, so müssen wir uns Gott hingegeben haben, wir müssen ihm alle Macht über unsern Willen übergeben haben, und wir müssen ihn über uns ganz nach seinem Wohlgefallen verfügen lassen. Wenn wir noch uns selbst gehören, wenn wir noch ein Recht haben wollen, uns in irgend einer Sache selbst zu leiten, wenn wir uns dem Geiste Gottes im Mindesten widersetzen, so ist es nicht wahr, daß er uns in Allem leitet, und wir handeln in den Dingen nicht als Kinder Gottes, worin nicht seine Wirksamkeit die unsrige leitet. Das ist eine unleugbare Folgerung der Lehre des Apostels.

Bemerken wir ferner, und es ist dieß eine sehr wichtige Bemerkung, daß wir, gleichwie wir als Menschen und vernunftbegabte Wesen in Allem der Vernunft folgen müssen und uns nie Etwas erlauben dürfen, was sie nicht billigt, eben so auch als Christen in Allem dem Geiste Gottes folgen müssen und nie von ihm abweichen dürfen. Jede innere Regung, jede äußere Handlung, die der Geist Gottes nicht als die seinige erkennt, ist bei einem Christen verdammlich, oder verdient wenigstens kein Lob, und ist ihm zum Heile gänzlich unnütz. Wie viele Werke sind nach dieser Richtschnur, welche unbestreitbar ist, für den Himmel verloren, wie viele Stunden sind im Leben der meisten Christen leer! Woher kommt diese Nutzlosigkeit, dieser unermeßliche Verlust so kostbarer Augenblicke? Daher, weil sie sich nicht Gott hingegeben haben, um in Allem von seinem Geiste geleitet zu werden.

XI.

Die Heiligung unsrer gewöhnlichsten Handlungen auferlegt uns dieselbe Pflicht.

Der heil. Paulus, aus welchem Jesus Christus sprach, macht es allen Christen zur Pflicht, in Allem zur Verherrlichung Gottes zu handeln und so ihre gewöhnlichsten Handlungen zu heiligen, welche rein thierisch sind, z. B. das Essen und das Trinken. Das heißt, er gebietet ihnen, in Allem übernatürliche Absichten zu haben und die niedrigsten und irdischsten Handlungen, denen uns unser Zustand unterwirft, durch die Heiligkeit unsrer Beweggründe zu erhöhen. Aber es ist nicht möglich, so zu handeln, wenn nicht Gott gewöhnlich der Gegenstand unsrer Absicht ist, wenn er nicht der unumschränkte Herr unsers Geistes und unsers Herzens ist. Außerdem ziehen uns die Dinge der Erde, welche so stark auf unsre Sinne und auf unsre Einbildungskraft wirken, und unsere Leidenschaften so lebhaft erregen, an sich, wenden uns von unserm Ziele ab und treiben uns an, sie wegen des mit ihrem Genusse verbundenen Vergnügens zu suchen. Wenn sie uns auch nicht zu Verbrechen fortreißen, so beflecken sie uns wenigstens durch unzählige geringe Fehler; sie lassen uns oft Gott und die Würde unsrer Bestimmung aus dem Auge verlieren, damit wir uns dem Zauber der Nichtigkeit überlassen, damit wir uns zu sehr mit den Bedürfnissen und den Bequemlichkeiten des Leibes und mit dem beschäftigen, was der Sinnlichkeit, der Eitelkeit, dem Vorwitze schmeichelt.

So lange man nicht gänzlich Gott gehört, nimmt man diese Menge von Unvollkommenheiten nicht wahr, welche sich in unsre Handlungsweise einschleichen und, indem sie sich an unsre Seele wie der Staub anhängen, ihre Reinheit und Schönheit besudeln. Nur bei dem göttlichen Lichte werden sie wahrnehmbar, und erkennt man, wie sehr sie uns schaden, welches nur den Seelen in dem hiezu nöthigen Maße mitgetheilt wird, von denen Gott völlig Besitz genommen hat. Wenn Gott in uns herrscht, so duldet er nie, daß wir in den kleinsten Dingen in einer Absicht handeln, die seiner nicht würdig ist und sich nicht auf seine Verherrlichung bezieht; er läßt es nie ungerügt, wenn wir uns verfehlen, und er treibt uns, indem er von der ganzen Herrschaft seiner Gnade Gebrauch macht, an, täglich auf eine vollkommenere Weise zu handeln. Gott beginnt aber seine

Herrschaft in uns nur von dem Augenblicke an, wo wir uns ihm gänzlich hingeben, um keine andere Liebe mehr als die seinige, keine andern Angelegenheiten als die seinigen, keine andere Absicht mehr als diejenige, ihm zu gefallen, zu haben. Bis dahin ist man blind hinsichtlich des christlichen Lebens überhaupt und Alles dessen, was es in sich begreift; man bildet sich nur falsche Vorstellungen davon, von denen man nicht abkommen will; man fühlt keine Lust dazu, man übt es nicht aus, ja man spottet unter dem niedrigen und gefährlichen Vorwand, das Heil sei nicht wesentlich dabei betheiligt, derer, welche es ausüben und es predigen, und man hat eine geheime Abneigung vor ihnen.

XII.

Die Nothwendigkeit, sich Gott hinzugeben, ist im Vaterunser enthalten.

Jesus Christus hat mit seinem eignen Munde das Gebet gelehrt, welches jeder Christ an Gott richten soll, und er hat alle die Bitten darein gelegt, die er stellen soll. Es gibt Wenige, die es nicht wenigstens zweimal des Tages, Morgens und Abends sprechen. Aber begreifen sie es? Sprechen sie es aus dem Grunde des Herzens? Ueben sie auch aus, was es enthält? Bei den Meisten ist das nicht der Fall; denn um dieses Gebet zu verstehen, um es zu lieben und auszuüben, muß man gänzlich Gott gehören.

Ich sage nur, kann man Gott Vater nennen, kann man im Herzen die Empfindungen haben, die dieser Name darin erwecken muß, kann man sich, wie man soll, als Kind gegen einen solchen Vater benehmen, wenn man ihm nicht gänzlich geweiht ist? Erwägen wir recht alle Eigenschaften und alle Rechte des Namens Vater hinsichtlich Gottes; erwägen wir alle Pflichten, welche uns die Ehrfurcht, die Liebe, die Dankbarkeit, die Abhängigkeit gegen ihn als seinen Geschöpfen und seinen Kindern auferlegen, und urtheilen wir selbst, ob es nicht die erste und unerläßlichste von unsern Obliegenheiten ist, ihm unwiderruflich unser Herz zu geben.

Wir bitten ihn vor Allem, daß sein Name geheiligt werde, d. h. daß diesem unaussprechlichen Namen alle Ehre erwiesen werde, die ihm gebührt. Und von wem erwiesen werde? Von allen vernunftbegabten Geschöpfen, und hauptsächlich von uns selber. Unser ganzes Leben soll also nur eine fortwährende Heiligung des Namens Gottes, ein fortwährendes Verlangen sein, daß er von den übrigen Menschen geheiligt werde. Der Eifer für seine Ehre soll uns verbrennen, soll uns Angesichts so vieler Unwürdigkeiten, die ihn verunehren, beständig verzehren. Die Hingabe unsers Herzens kann uns allein solche Gesinnungen verschaffen; und wenn es wenige Christen gibt, die sie haben, so kommt dieß daher, weil es sehr Wenige gibt, die ihm aufrichtig ihr Herz gegeben haben? Welches ist übrigens die Ehre, die Gott von uns erwartet? Diese ist es, daß wir ihn in Allem und über Alles lieben sollen. Gott, sagt der heilige Augustin, wird nur durch die Liebe geehrt; alle seine Gebote beziehen sich und gehen auf die Liebe zurück. Und was ist die Liebe sonst, als die Hingabe des Herzens und die Folgen dieser Hingabe?

Wir bitten ihn zweitens, daß sein Reich komme. Was sonst für ein Reich, als das Reich der Liebe? und wo sonst will es Gott errichten, als in unserm Herzen? Dieses Reich soll im Himmel vollendet werden, aber es muß auf Erden beginnen. Und kann es in einem Jeden von uns anders als durch die Hingabe unsers Herzens beginnen? Gott regiert in uns nur insofern, als er Herr unsers Willens ist; er herrscht nur über alle unsre Neigungen, wenn sie in einer einzigen enthalten sind, deren Gegenstand er ist. Sein Reich gründet sich nur auf den Ruinen der Eigenliebe, seiner Hauptfeindin; und nur wenn wir unser Herz Gott unbedingt hingeben, fassen wir den wirksamen Entschluß, die Eigenliebe gänzlich daraus zu verbannen, indem wir selbst, von der Gnade unterstützt, uns bestreben, sie zu verbannen, und es dann Gott überlassen, diesen seinen Feind gänzlich zu vernichten.

Wir bitten endlich, daß der Wille

Gottes auf Erden geschehe, wie er im Himmel geschieht. Heißt das nicht mit andern Worten ihn bitten, daß ihm unsre Herzen eben so vollkommen gehören mögen wie die Herzen der Seligen? daß er bei uns ebenso wenig wie bei ihnen irgend ein Widerstreben gegen Alles, was ihm wohlgefällig ist, finden möge? Daß wir in der Ausführung seines ganzen Willens eben so eifrig, eben so gehorsam, eben so uneigennützig sein mögen? Ist unsre Seele nicht in dieser Verfassung, wenn wir diese *Bitte* thun, dann ist es klar, daß wir die Absicht Jesu Christi nicht erfüllen, und daß wir zu dem himmlischen Vater nicht beten, wie wir zu ihm beten sollen; wir sprechen die Worte aus, aber sie kommen nicht aus dem Herzen; und wie könnten sie aus dem Herzen kommen, wenn es nicht Gott geweiht ist? Diese so heiligen Bitten sind nur Lügen in unserm Munde, wenn wir Gott versagen, was er zur Heiligung seines Namens, zur Gründung seines Reiches, zur Erfüllung seines Willens von uns verlangt. Prüfen wir uns ernstlich hierüber, und fürchten wir, so lange wir uns Gott nicht gänzlich dargebracht haben, wir möchten das Vaterunser zu unsrer Verdammniß sprechen.

XIII.

Die Absichten Gottes mit uns setzen zu ihrer Ausführung die Hingabe unser selbst voraus.

Ein anderer Grund, der sehr geeignet ist, uns zu dem Entschlusse, uns gänzlich Gott hinzugeben, zu bewegen, ist dieser. Es ist nach den Grundsätzen des Glaubens unzweifelhaft, daß Gott einen jeden von seinen Auserwählten zu einem gewissen Grade der Herrlichkeit bestimmt hat; daß er ihn folglich zu einem gewissen Maße der Heiligkeit beruft; daß er ihm eine gewisse Menge von Gnaden bereitet hat, welche sich immer auf die entscheidende Gnade der endlichen Beharrlichkeit beziehen; endlich daß er alle Umstände und alle Ereignisse seines Lebens vorausgesehen und nach dieser Bestimmung eingerichtet hat. Aber es ist einleuchtend, daß es, um diesen Grad der Herrlichkeit zu erlangen, um dieses Maß der Heiligkeit zu erfüllen, um diese Kette von Gnaden nicht zu zerreißen, um von dieser Anordnung der Vorsehung nie abzuweichen, nothwendig ist, daß wir unser Herz in dem entscheidenden Augenblicke gänzlich Gott geben, wo er uns dringend auffordert, es ihm zu geben; denn er verlangt es nur von uns, um seine erbarmungsvollen Absichten mit uns erfüllen zu können. Wenn wir es ihm versagen, so bleiben seine Absichten unerfüllt, und wir gehen vielleicht verloren. Man versagt Gott aber sein Herz, wenn man es ihm nur theilweise, unter gewissen Bedingungen, mit gewissen Vorbehalten geben will. Diese Bedingungen und diese Vorbehalte sind für Gott eine wahre Verweigerung; denn wenn er unser Herz verlangt, so verlangt er es unbedingt und ganz und gar.

Wie viele Christen aller Stände, selbst die Heiligsten, sind in der Ungnade Gottes gestorben, weil sie ihm diese Gabe ihres Herzens versagt hatten! Wie Viele haben sich klägliche Fälle vorzuwerfen gehabt, von denen sie sich nur sehr schwer wieder aufrichten konnten, ohne daß sie je die gewisse Zuversicht, Gott habe sie ihnen vergeben, haben konnten! Wie Viele haben in der Unvollkommenheit, in der Lauheit, in Unruhen und Aengsten des Gewissens gelebt, indem sie es vermieden, in sich einzugehen und es nie wagten, sich zu sagen, daß sie bei Gott gut stehen, weil sie ihm nicht Alles gewährten, was er von ihnen wünschte! Welche Qual ist für einen Christen eine solche Ungewißheit hinsichtlich seiner größten und theuersten Angelegenheiten!

XIV.

Der beste Gebrauch, den man von seiner Freiheit machen kann, ist, sie in die Hände Gottes zu legen.

Wir wissen es Alle, daß unsre Vollkommenheit, unser Heil von einem guten Gebrauche unsrer Freiheit abhängen. Wir wissen es ferner, daß wir sie in jedem Augenblicke mißbrauchen können, daß uns ein kleiner Fehler zu einem größern führen und so stufenweise unsre Verwerfung vollenden kann. Wir sind im äußersten Grade schwach, dieß können wir nicht leugnen; wir sind von Versuchungen umgeben und durch den Hang unsers Herzens immer zur Sünde geneigt. Die Gnade Gottes steht uns allerdings immer zur Seite, um uns vor dem Falle zu bewahren, oder um uns nach unserm Falle wieder aufzurichten; allein nur zu häufig folgen wir der Gnade nicht, und eben dieß macht uns strafbar. Die Freiheit ist uns gegeben, um uns zu retten, und die Meisten wenden sie nur zu ihrem Verderben an.

Woher kommt ihnen dieses Unglück, und welches ist die erste Ursache davon? Dieses: sie haben nie ihren freien Willen den Händen desjenigen übergeben, der ihn allein sicher leiten und verhindern kann, daß er weder zur Rechten noch zur Linken abweiche. So lange wir selber die Herren davon bleiben wollen, so lange wir selber darüber verfügen wollen, werden wir immer in der nahen Gefahr sein, ihn übel anzuwenden, und wenn auch dadurch nicht immer unser Verderben herbeigeführt wird, so gelangen wir doch nie zur

Heiligkeit. Wenn wir aber, demüthig unsre Blindheit und unsre Schwachheit anerkennend, Gott bitten, er möge uns leiten, wenn wir entschlossen sind, für uns selber in keinem wichtigen Punkte Etwas zu thun, wenn wir ihn fragen, um seinen Willen zu erkennen, und wenn wir warten, bis sich dieser Wille erklärt entweder durch innere Andeutungen oder durch äußere Zeichen, alsdann haben wir keinen Mißbrauch unsrer Freiheit zu fürchten; nicht mehr wir sind für uns verantwortlich, sondern Gott ist es; und der Eifer, womit er für seine Verherrlichung sorgt, die zärtliche Liebe, die er zu uns hat, werden uns vor jeder Klippe bewahren und uns unfehlbar in den Hafen der ewigen Seligkeit führen.

Wie können wir, überzeugt von dieser Wahrheit, wie wir es sein sollen, einen Augenblick anstehen, Gott die Leitung unsrer Freiheit anzuvertrauen? wie wagen wir es, von selber nur einen einzigen Schritt zu thun, irgend Etwas zu unternehmen, wovon wir nicht wissen, welche Folgen es für unser Heil haben wird?

Diese Unternehmungen, sagt man, haben nichts Böses an sich, es ist nicht einzusehen, wie das Gewissen dadurch beschwert werden kann. Dieß mag sein; allein man weiß doch nicht, was für die Seele daraus folgen kann, man weiß nicht, ob diese Lebensweise, diese Verbindung, diese Reise, diese Veränderung der Wohnung nicht eine Gelegenheit zur Sünde, nicht die Quelle der Verkehrung der Grundsätze und der Sitten sein wird. Bei den ersten Schritten, die man auf dem Wege macht, zeigt sich kein Abgrund; es ist aber vielleicht doch einer da; Gott sieht ihn, und er würde davor bewahren, wenn man entschlossen wäre, keinen Schritt zu thun, ohne ihn zu fragen.

Aber wie! fährt man fort, hat mir Gott die Freiheit gegeben, damit ich keinen Gebrauch davon machen und beständig abhängig bleiben soll? Soll ich also durchaus nicht frei handeln können? Gott hat dir die Freiheit gegeben, damit du sie zu seinem Dienste verwendest, und folglich ihm damit huldigest und sie immer in der Abhängigkeit von seinem Willen erhaltest. Er hat dich nicht frei gemacht, damit du dich von ihm unabhängig machen, sondern daß du freiwillig und aus eigner Wahl von ihm abhängig sein sollst. Er gibt dir die Rechte zu erkennen, die er über dich hat, ein Bedürfniß, von ihm abhängig zu sein, die Vortheile, welche dir daraus erwachsen, die Gefahren, welche du läufst, wenn er dich nicht immer an der Hand führt; und nun stellt er dir die Wahl frei. Mußt du nicht zugeben, daß es der beste Gebrauch ist, den du von deiner Freiheit machen kannst, wenn du sie nach den Absichten Gottes anwendest, und sie ihm weihest, damit er sie durch seine Vorsehung und durch seine Gnade leite? Und dieß ist durchaus keine Sclaverei; es besteht vielmehr die volle Freiheit der Kinder Gottes darin. Du kannst in Allem über dich verfügen, aber eben nur nach dem Wohlgefallen Gottes, und sobald du dich ihm hingibst, wirst du auch nur wollen, was er will. Eine Knechtschaft ist dieß allerdings, aber eine Knechtschaft der Liebe, die Knechtschaft der Engel und der Heiligen im Himmel, die Quelle ihrer Glückseligkeit; auf eine andere Weise wirst du auch nie weder in diesem noch im andern Leben glückselig sein.

XV.

Die Hingabe seiner selbst an Gott ist der Schlüssel des Evangeliums.

Es muß uns Allen im höchsten Grade daran liegen, das Evangelium recht zu verstehen, weil es die Richtschnur unsrer Sitten ist, nach der uns auch Jesus Christus, der sie uns vorgeschrieben hat, richten wird. Diese Richtschnur begreift zwei Dinge in sich, die Lehre Jesu Christi und seine Beispiele, welche ihre getreue und untrügliche Auslegung sind. Nie aber werden wir weder diese Lehre noch diese Beispiele recht verstehen, und noch weniger sie liebgewinnen und uns ihre Befolgung zur Pflicht machen, wenn wir nicht damit anfangen, uns ernstlich Gott hinzugeben. Der Grund davon ist klar: in dem, was Jesus Christus gethan und gelehrt hat, ist Alles übernatürlich; Alles geht über unsern natürlichen Verstand hinaus; und wir können das Verständniß nur insofern davon haben, als uns die Gnade erleuchtet. Allein Gott erleuchtet unsern Geist nur in dem Maße, als wir ihm denselben unterwerfen, und er ihn für seine Einsprechungen folgsam findet. Er wird also nur unvollkommen erleuchtet, so lange er nicht gänzlich vom Geiste Gottes abhängig ist. Eben deßhalb haben so wenige Christen, so wenige Priester, so wenige Klosterleute eine gründliche Kenntniß von der christlichen Moral. Selbst die Heiligen verstanden sie nicht eher, als bis sie sich Gott hingegeben hatten. Der heilige Augustin gesteht dieses in seinen Bekenntnissen. Zu wie vielen, sonst sehr geschickten Lehrern könnte man hinsichtlich der evangelischen Moral nicht sagen, was Jesus Christus zu Nicodemus sagte: Du bist ein Meister in Israel, und weißt das nicht (Joh. 3, 10.)? Eine unwissende, eine schlichte Frauensperson könnte euch darin Unterricht ertheilen.

Ferner, diese Moral, welche unser natürlicher Verstand nicht begreift, kämpft gegen unsre natürlichen Neigungen; der

Stolz und die Eigenliebe haben die äußerste Abneigung davor. Wer sich nur ein wenig selber zu kennen bestrebt, kann dieß nicht leugnen, und eben deßhalb findet das Herz keinen Geschmack daran, und erfindet man so viele falsche Gründe, um ihrer Befolgung auszuweichen. Welches ist aber das einzige und wirksame Mittel, um diese Unlust und diese Abneigung zu überwinden? Kein anderes als dieß, sich gänzlich von den Geschöpfen und von sich selbst loszumachen, um sich gänzlich Gott zu überlassen. So lange man sich dazu nicht entschlossen hat, wird man die christliche Moral immer als ein beschwerliches Joch betrachten, als eine schwere Last, die man sich zu erleichtern sucht. Man finde dagegen nur eine einzige Gott aufrichtig ergebene Person, welche es nicht fühlt und es nicht öffentlich bekennt, daß das Joch Jesu Christi voll Süßigkeit und seine Last leicht ist! Die Liebe nämlich macht ihr Alles leicht und süß, und mit dieser Liebe erfüllt sie Gott zum Lohne dafür, daß sie ihm ihr Herz gegeben hat.

Der Ausübung der christlichen Moral

sind endlich unsre Kräfte nicht gewachsen. Wenn wir sie auch vollkommen kennen, wenn wir uns auch auf's Lebhafteste von ihr angezogen fühlen, so haben wir doch eine besondere Gnade nöthig, um sie auszuüben zu können, um vor den Schwierigkeiten nicht zurückzuschrecken, um die Hindernisse zu überwinden und bis an's Ende in dem Kriege gegen uns auszuharren. Wem gewährt nun aber Gott diesen besondern Beistand? Etwa den trägen, lauen Seelen, welche ihm nur aus Furcht, verloren zu gehen, oder aus Rücksichten eines Miethlings dienen, welche gewisser Maßen mit ihm streiten und ihm so wenig als möglich geben, kurz, welche sich selber mehr als Gott lieben? Nein, dieser Beistand ist den offenen, geraden, großmüthigen Seelen vorbehalten, welche sich Gott ohne alle Bedingung hingegeben haben und ihm ungetheilt gehören wollen. Was kann Gott demjenigen versagen, der sich ihm ganz gegeben hat, der entschlossen ist, Alles zu thun, Alles zu leiden, um ihm zu gefallen, der sich seiner Leitung überläßt und ihm sein ganzes

Recht über sich übergeben hat? Das Verständniß des Evangeliums, die Freude an ihm und die Fähigkeit, es auszuüben, sind also die gewisse Frucht der Hingabe seiner selbst an Gott.

Haltet hier ein wenig inne, Christen, und denket über das nach, was ihr eben gelesen. Habet ihr bisher schon solche Betrachtungen angestellt? Haltet ihr sie für wahr, für richtig, für wichtig, für entscheidend für euer ewiges Heil und selbst für euere gegenwärtige Glückseligkeit? Wenn dieses der Fall ist, so danket Gott dafür; nachdem ihr aber seine Stimme vernommen habet, so verhärtet euer Herz nicht. Bringet ihm dieses Herz dar, das er von euch verlangt, und das ihm zu weihen euch so viele Gründe auffordern.

XI.

Welches die Eigenschaften der Hingabe seiner selbst an Gott sein müssen.

Welche Eigenschaft muß aber diese Hingabe seiner selbst an Gott haben? Ich habe sie in den Merkmalen der wahren Andacht und im zweiten der geistlichen Grundsätze ausführlich beschrieben. Man kann sie da nachlesen, doch ist dieß nicht nothwendig. Jedermann kann leicht begreifen, daß diese Hingabe von der Art sein muß, wie Gott sie verdient, wie er sie wünscht, oder vielmehr wie er sie von jedem Christen durch das Gebot, das er ihm gibt, ihn zu lieben, verlangt, wie er sie endlich von einem Jeden insbesondere fordert. Er erklärt sich durch seine Einsprechungen darüber; man darf nur bereitwillig sein, auf die Gnade zu hören, und entschlossen, ihr getreulich zu folgen. Sie muß mit dem ganzen Umfange und der ganzen Aufrichtigkeit des Herzens geschehen. Sie muß eine gänzliche, unbedingte, unwiderrufliche sein: eine gänzliche, so daß gar nichts ausgenommen wird; eine unbedingte, so daß gar keine Bedingung stattfinden darf; eine unwiderrufliche, so daß sie alle Augenblicke des Lebens bis zum letzten Seufzer begreift.

Geben wir uns also Gott so sehr als möglich, wie er sich selbst uns in der Ewigkeit geben will: ganz und gar, für immer, mit einer unbegreiflichen Liebe. Ist es zu viel, daß wir, die wir Gott Alles verdanken, die wir nur recht lieben, insofern wir Gott lieben, die wir nur durch seinen Besitz glückselig sein können, ist es zu viel, sage ich, daß wir ihm in dem kurzen Zeitraume des gegenwärtigen Lebens gehören, da er sich verpflichtet hat, uns die ganze Ewigkeit hindurch zu gehören?

Geben wir uns Gott, wie sich Jesus Christus, unser Vorbild, seinem Vater gegeben hat. Die Hingebung des Erlösers ging so weit, als sie gehen konnte; dasselbe soll auch verhältnißmäßig bei der unsrigen der Fall sein. Jesus Christus hatte die Fülle der Gnade in sich, und er hat auch die Fülle der Hingebung gehabt. Die unsrige soll gleichfalls der Gnade entsprechen, die wir empfangen. Mehr verlangt Gott nicht; aber er will auch nicht weniger; er erwartet, daß seine Gnade ihre volle Wirkung habe.

Geben wir uns Jesu Christo, wie Jesus Christus sich uns gegeben hat. Er h a t m i c h g e l i e b t, können wir mit dem heiligen Paulus sagen, u n d s i c h f ü r mich preisgegeben! (Gal. 11, 2.). Wem hat er sich preisgegeben? Allem, was die Gerechtigkeit Gottes von ihm verlangte, um mich der Hölle zu entreißen und mir die Pforte des Himmels zu öffnen. Mit welcher Liebe hat er sich preisgegeben! wer könnte es ausdrücken, oder es nur begreifen? Was erwartet er dafür von mir? Daß ich ihn liebe, und daß ich mich ihm hingebe. Er hat sich nicht bloß einmal am Kreuze für uns dargebracht; er bringt sich noch immer alle Tage auf unsern Altären dar; er gibt sich uns, er vereinigt sich mit uns, er einverleibt sich uns in dem Sakramente des Altares, so oft wir uns dem heiligen Tische nahen. Kann ich weniger thun, als ihm Alles zu geben, was ich bin, da er mir Alles gibt, was er ist, sein Fleisch, sein Blut, seine Seele, seine Gottheit?

XVII.

Von den Vortheilen der Hingabe seiner selbst an Gott.

Sehen wir nun, welches die Vortheile dieser Hingabe für uns sind. Im Allgemeinen kann man davon sagen, daß sie unermeßlich sind, und daß sie Alles übertreffen, was der menschliche Geist zu begreifen vermag.

Was nun erstens das Zukünftige betrifft, so ist es gewiß, daß kein Verhältniß zwischen der Glückseligkeit der Auserwählten überhaupt und der Glückseligkeit der Seele stattfinden wird, welche sich hienieden Gott unbedingt hingegeben hat. Denn Gott belohnt im Himmel weniger die guten Werke als die Bereitwilligkeit des Herzens und die Liebe, welche man zu ihm gehabt hat. Es hängt nicht von uns ab, Großes für Gott zu thun, aber es hängt von uns ab, ihn viel zu lieben. Welches wird also der Lohn einer Seele sein, die Gott, indem sie sich ihm vollkommen hingegeben hat, so sehr liebte, als er es wünschte, so sehr, als sie Gnaden dazu bekam, so sehr, als ihr Herz fähig dazu war? Hat der Christ nach einer solchen Hingabe, wenn sie alle erforderlichen Bedingungen gehabt hat und ungeachtet der bei der menschlichen Gebrechlichkeit unvermeidlichen Fehler standhaft ausgeübt worden ist, zu welcher Zeit, und auf welche

Weise er auch sterben mag, zu fürchten, daß er durch das Fegfeuer werde gehen müssen? Nein, er wird geraden Weges in den Himmel eingehen, welcher der reinen Liebe geöffnet ist, und durch seine Hingabe befindet er sich ja auf diesem Wege der reinen Liebe, auf dem er immer fortschreitet, wenn er sich nicht im Geringsten zurücknimmt. Welchen Schatz von Verdiensten sammelt er sich nicht in jedem Augenblicke und durch die geringste seiner Handlungen wegen der Reinheit und Lobenswürdigkeit seiner Gesinnungen! Ohne den Beweggrund seines eignen Vortheils auszuschließen, denkt er doch nicht gewöhnlich daran, hat er ihn nicht im Auge, so beschäftigt ist er mit Gott und mit seiner Liebe. Aber je mehr er sich selber vergißt, desto mehr denkt Gott an ihn und nimmt sich vor, zu belohnen, was er einzig für ihn gethan hat. Gott, welcher die Liebe selber ist, kennt sich gewiß in Liebe, und er wird mit einer unaussprechlichen Freude alle seine Reichthümer einer Seele mittheilen, welche ganz Liebe für ihn gewesen ist.

Hinsichtlich des gegenwärtigen Lebens gibt es keine glückseligere Lage als die einer Seele, welche sich ganz Gott gegeben hat.

Das Gegentheil zu denken, ist ein Irrthum, der für Gott eben so beleidigend, als für die Frömmigkeit verderblich ist; ein Irrthum, der durch die Erfahrung und durch das Zeugniß aller Heiligen ohne Ausnahme widerlegt wird. Es gibt nicht einen Einzigen, der es nur einen Augenblick bereut hat, sich Gott geweiht zu haben, und der nicht gewünscht hätte, inniger mit ihm vereinigt zu sein und ihn mehr zu lieben. Und wem soll man denn sonst glauben als ihnen? Wenn übrigens unsre Vereinigung mit Gott unsre Glückseligkeit im Himmel bildet, warum sollte sie dieselbe nicht auch auf Erden bilden? Ist Gott unser höchstes Gut in diesem Leben weniger, als er es in dem andern sein wird? Nur der Teufel, von der Eigenliebe unterstützt, stellt uns die Unannehmlichkeiten des innerlichen Lebens so groß vor, um uns davon abzuwenden. Hüten wir uns recht, darauf zu achten, womit er unsre Einbildungskraft zu bestürmen sucht, und vergessen wir nie, daß er Gottes und unser Feind ist. Er will uns verderben, und er will uns noch mehr abhalten. Gott durch unsre Hingebung zu verherrlichen.

XVIII.

Erster Vortheil.

Für das gegenwärtige Leben. Die moralische Versicherung des Heiles.

Um näher in die Sache einzugehen, so besteht der erste Vortheil, den uns diese Hingabe hienieden verschafft, darin, daß sie unser Heil so sehr sichert, als dieß möglich ist. Sie gibt uns allerdings keine ganz unzweifelhafte Gewißheit, weil wir nie für uns selber gut stehen können, aber sie erhält uns in dieser Hinsicht in einem Vertrauen und in einer Ruhe, die nichts erschüttern kann. Man sagt sich selber: Ich bin in den Händen Gottes; kann ich umkommen, wenn ich mich nicht davon entferne? Kann mich die gan

Hölle seiner allmächtigen Hand entreißen? Mein Heil ist mein Geschäft eben so sehr als das Geschäft Gottes. Mir liegt ob, ihn zu lieben, nur daran zu denken, daß ich ihm gefalle und ihm gehorche. Gott liebt mich, der Glaube lehrt es mich; ich liebe ihn, mein Gewissen gibt mir ein Zeugniß davon, dem ich nicht mißtrauen kann. Er wird mir beistehen, daß ich in seiner heiligen Liebe beharre, so lange ich ihm getreu bleibe. Was mir auch widerfahren mag, so lange ich die Liebe Gottes bewahre, werde ich glückselig sein und darin mein Paradies finden.

Gewisse innere Prüfungen ausgenommen, ist hinsichtlich der Gewißheit des Heiles dieß der gewöhnliche Zustand der Seele, die sich Gott gegeben hat. Statt aber durch diese Prüfungen schwankend zu werden und den Muth zu verlieren, soll man vielmehr dadurch gestärkt werden, so daß die Seelen, welche wegen der schwarzen Einflüsterungen des Versuchers sich einbilden, verworfen zu werden, in den Augenblicken der Ruhe, die ihnen diese furchtbaren Versuchungen lassen, hinsichtlich ihres ewigen Heiles beruhigter sind, als andere und, wenn sie von ihnen befreit sind, auch nicht die mindeste Unruhe mehr in dieser Hinsicht haben. Der Zweck dieser Versuchungen ist nach der Absicht Gottes kein anderer, als daß sie gereinigt und zu einem Opfer ihrer selbst ermuntert werden sollen, das dem Opfer Jesu Christi, als er von seinem Vater am Kreuze verlassen ward, nahe kommt. Nachdem sie es aber dargebracht haben, auferstehen sie zu einem neuen Leben, wo sie zum Voraus gewisser Maßen die Wonnen des Himmels genießen.

XIX.

Zweiter Vortheil.

Die Befreiung von aller Gewissenspein.

Der zweite Vortheil dieser Hingabe ist, daß sie uns vor jedem Scrupel, vor jeder Angst, vor jeder Qual des Geistes, vor jedem beunruhigenden und Kummer verursachenden Nachdenken über uns selbst bewahrt oder uns davon befreit. Welches auch sonst die Ursachen dieser Qualen des

Gewissens sein mögen, die hauptsächlichste ist doch immer diejenige, daß die Seele, welche sie erfährt, nicht gänzlich Gott geweiht ist. Ich berufe mich in diesem Punkte auf die aufrichtigen Personen, ohne mich hier in einen nähern Beweis einzulassen. Nichts ist so ledig, so frei, so heiter, so fröhlich als das Gewissen einer Seele, welche ganz Gott gehört. Sie wandelt mit Sicherheit dahin, ohne so schüchtern um sich zu sehen, wo sie gehe, weil sie nicht von selber wandelt, sondern weil Gott sie führt und an der Hand hält. Wenn sie einen falschen Schritt thut, so weist er sie wieder zurecht; wenn sie fällt, so hebt er sie wieder auf; wenn sie an einer gefährlichen Stelle vorüber kommen soll, so trägt er sie auf seinen Armen. Die bloße Rückkehr zu ihrem Geliebten, wenn sie ein wenig abgewichen ist, gibt ihr den Frieden des Herzens wieder; sie richtet einen zärtlichen Blick auf ihn, um zu sehen, ob er betrübt sei; diesen Blick kann er nicht ertragen, er beruhigt sich sogleich wieder, er vergibt ihr, betrachtet sie wieder mit Wohlgefallen und behandelt sie zärtlicher als zuvor, so daß sie selbst über das Uebermaß seiner Güte erstaunt und nicht umhin kann, auszurufen: *Wie gut ist gegen Israel Gott, gegen die, so rechten Herzen sind!* (Ps. 72.)

XX.

Dritter Vortheil.

Die Vertraulichkeit mit Gott.

In der That, und dieß ist der dritte Vortheil, von dem Augenblicke an, wo sie sich Gott hingegeben hat, scheint es, daß seine furchterregenden Eigenschaften in ihren Augen verschwinden, und daß sie nur mehr diejenigen sieht, welche sie einladen, ihn zu lieben und ihr ganzes Vertrauen auf ihn zu setzen. Die furchtbaren Wahrheiten der Religion, welche vorher einen so lebhaften Eindruck auf sie gemacht hatten, und welche sie kaum zu betrachten wagte, erschüttern sie nicht mehr; die tröstenden Wahrheiten, welche ihr Muth und Stärke verleihen, werden ihre Freuden, und sie betrachtet sie mit einer unendlichen Lust. Sie sieht Gott nicht mehr als einen

Herrn, als einen Richter, als einen Rächer an, sondern als den besten der Väter, als den zärtlichsten Bräutigam, als den innigsten Freund. Sie spricht mit einer heiligen Vertraulichkeit mit ihm, sie unterhält ihn von ihren Angelegenheiten, sie anvertraut ihm ihre Leiden, ja sie hat manchmal die Kühnheit, ihm sanfte Vorwürfe zu machen, die er so wenig übel nimmt, daß er sie vielmehr mit Wohlgefallen anhört; kurz man möchte glauben, die Liebe mache ihn zu ihres Gleichen. Man muß es erfahren haben, um zu wissen, wie leicht, wie frei, wie süß dieser Herzensverkehr mit Gott ist. Der heilige Verfasser der Nachfolge nennt ihn eine ganz erstaunliche Vertraulichkeit.

XXI.

Vierter Vortheil.

Der innere Frieden.

Sie genießt viertens einen tiefen und unwandelbaren Frieden, nicht bloß in den Anfängen, wo Gott sie mit Wonnen erfüllt, sondern auch in der Folge, wenn er sie mit Prüfungen und Kreuzen heimsucht. Alsdann ist ihr Friede allerdings minder fühlbar, aber er ist darum nur inniger und beständiger. Wenn sie leidet, so ist es ihre Freude, zu leiden, und statt Erleichterungen zu verlangen, wünscht sie noch mehr zu leiden. Es ist dieß buchstäblich wahr; der gewöhnliche Christ glaubt es freilich nicht, allein er hat auch nicht einmal einen Begriff von der unüberwindlichen Stärke der göttlichen Liebe. So lange sie sich nicht von dem Herzen Gottes entfernt, schläft sie darin und ruht im Frieden nach dem Ausdrucke Davids, weil Gott sie mit einer besondern Hoffnung erfüllt, die nicht erschüttert werden kann. Was sollte sie beunruhigen? Die menschlichen Ereignisse? Sie hat sich über die Dinge der Erde erhoben, indem sie ihr Herz auf Gott gerichtet hält. Ihre früheren Sünden? Das Erste, was Gott gethan hat, als sie sich ihm hingab, war, daß er sie ihr vergab und ihr keinen beunruhigenden Zweifel darüber ließ. Ihre täglichen Schwachheiten? Sie demüthigt sich deßhalb, aber sie wird dadurch nicht beunruhigt. Ihre geringen Fortschritte in der Tugend? Sie überläßt das Urtheil und die Schätzung derselben Gott, und sie schreitet nur immer ruhig fort, ohne vorwitzig zu untersuchen, ob sie fortschreite. Die Einflüsterungen des Teufels? Diese können wohl auf ihre Einbildungskraft wirken, gelangen aber nicht in das Innere der Seele, wo der Frieden wohnt. Die Furcht, Gott möchte sie verlassen? Sie weiß, daß er sie nie zuerst verläßt. Die Besorgniß, sie möchte nicht beharrlich sein? Sie hofft Alles von der Treue Gottes, und erwartet nichts von sich selber. Das ist der Zustand der heiligen Sicherheit, worin sie ihre Tage zubringt; und diese Sicherheit wird immer größer, je näher ihre letzte Stunde kommt.

XXII.

Fünfter Vortheil.

Der besondere Schutz Gottes.

Gott beschützt die Auserwählten gewiß auf eine besondere Weise, und Jesus

Christus versichert uns, daß keiner von ihnen umkommen wird. Ganz besonders ist aber doch die Art und Weise, wie Gott die Seelen beschützt, welche sich ihm im eigentlichsten Sinne hingegeben haben; und dieser Schutz beschränkt sich nicht darauf, ihr Heil in Sicherheit zu bringen, sondern er erstreckt sich auf Alles, was zu ihrer Heiligung beitragen kann. Er verläßt sie keinen Augenblick; er hält die Augen immer offen über ihnen, um über alle ihre Schritte zu wachen; er erhält sie in ihren Versuchungen aufrecht; er entfernt alle Gefahren von ihnen; er sieht auf sie wie auf seinen Augapfel; dieß ist der Ausdruck, den er selbst in der Schrift anwendet; er leitet Alles, was ihnen begegnen kann, zu ihrem geistlichen Vortheile. Er führt ihnen mit seiner eignen Hand den Leiter zu, der das Hauptwerkzeug ihrer Vollkommenheit sein soll, und er flößt diesem Leiter dieselbe Sorgfalt, dieselbe Zuneigung ein, die er zu ihnen hat. Wenn dieser Leiter durch die Anordnungen der Vorsehung und zu ihrem größern Wohle von ihnen entfernt wird, so tritt er an die Stelle desselben und leitet sie unmittelbar selber. Gerührt von so viel Aufmerksamkeit und Güte sowohl von Seite Gottes als seines Dieners, und da sie sehen, daß ihnen Alles zum Besten dient, selbst dasjenige, was ihren Fortschritt zu verhindern scheint, sprechen sie unaufhörlich mit dem Propheten: Der Herr leitet mich, und nichts wird mir fehlen; er hat mich auf gute Weide gesetzt.

XXIII.

Sechster Vortheil.

Die Gabe des Gebetes.

Wenn die Gabe des Gebetes unter den Christen so selten ist, so wundert mich dieß nicht; sie ist den Seelen vorbehalten, welche gänzlich Gott gehören. Es gibt wohl Manche, denen Gott mit dieser Gabe zuvorkommt, allein er thut dieß nur, um sie zu ermuntern, sich ihm hinzugeben. Wenn sie dieses nicht thun, so entzieht er ihnen diese Gabe auch bald wieder. Man kann es also als eine sichere Regel aufstellen, daß jede Seele, welche gänzlich Gott gehört, mit der Gabe des Gebetes begnadigt wird, mag sie es nun wissen, oder Gott sie zu ihrem Wohle unbekannt damit lassen; und daß dagegen die Seele, welche nicht ganz Gott gehört, die Gabe des Gebetes nicht hat, oder sie nicht lange haben wird, oder daß ihr vorgebliches Gebet eine Täuschung ist. Die Hingabe seiner selbst an Gott mit allen ihren Folgen ist also der Prüfstein des wahren Gebetes.

Dieses Gebet besteht ganz aus Liebe sowohl hinsichtlich Gottes als hinsichtlich der Seele; es ist so leicht, so süß, so nährend für das Herz, daß man ihm immerdar obliegen möchte, daß man es nur mit Wehmuth unterbricht, und daß daher der nothwendige Umgang mit den Menschen peinlich und fast unerträglich wird. Welche Zärtlichkeit, welche Gnaden erweist Gott der Seele! sie weiß nicht, was sie thun, was sie sagen soll, um ihre innigste Dankbarkeit zu erkennen zu geben. Wer daran zweifelt, der lese, was der heil. Augustin unmittelbar nach seiner Bekehrung erfahren hat; lese, was von vielen andern Heiligen erzählt wird, oder was sie selbst erzählt haben.

Dieses im Anfange einem sanften und eindringenden Thau ähnliche Gebet wird gewöhnlich in seinem Fortgange trocken und vereinsamt; aber es ist darum nur friedlicher und innerlicher und vereinigt die Seele unmittelbarer mit Gott. Es ist nicht mehr ein Gebet der Zunge, sondern ein Gebet des innersten Herzens, das ganz schweigend stattfindet und ein Bild des ruhigen und unaussprechlichen Genusses ist, den Gott von sich selber hat. Mit einem Worte, durch das Gebet vertieft sich die Seele täglich mehr in Gott, bis sie sich in ihn versenkt und verliert.

XXIV.

Siebenter Vortheil.

Das Betreten des Weges der Heiligkeit.

Endlich betritt man, wie schon weiter oben gesagt, durch diese Hingebung seiner selbst den Weg der wahren Heiligkeit, der

Heiligkeit, welche so ganz eigentlich das Werk Gottes ist, und wobei das Geschöpf sonst nichts zu thun hat, als ihn durch eine ganz einfache Mitwirkung zerstören und auferbauen zu lassen, indem es weder zuvorkommt, noch sich irgend widersetzt, und nur insofern thätig ist, als es von der göttlichen Wirksamkeit in Bewegung gesetzt wird. Was können wir mit all unsrer Geschäftigkeit und Anstrengung für unsre Heiligung thun, wenn nicht die Gnade die Triebfeder unsers Wirkens ist? Nichts. Wenn nicht der Herr das Haus baut, so arbeiten die Bauleute umsonst. (Ps. 36.) Eben so verhält es sich mit unsrer Wachsamkeit, um uns vor dem Bösen zu bewahren. Wenn der Herr nicht die Stadt bewahrt, so ist die Mühe der Wächter vergeblich. Alles, was wir mit der Gnade vermögen, das Beste, was wir zu thun haben, und was Gott von uns erwartet, ist, daß wir mit Zuversicht zu ihm sprechen: Herr, siehe, da bin ich; ich habe kein Licht, keine Kraft; alle meine Versprechungen und meine Vorsätze sind nichts; ich kann sie ohne dich weder machen noch halten. Uebernimm du selbst meine Seele, ich überlasse sie dir; heilige sie auf die Weise, wie es dir gefällt. Ich will an diesem Werke nur nach deinen Vorschriften und unter deiner Leitung arbeiten. So verfuhren die Heiligen, sobald sie entschlossen waren, heilig zu werden; sie haben, um mich so auszudrücken, an sich selbst verzweifelt, und sich einzig und allein auf Gott gestützt. Wenn sich Einige anfänglich zu viel von ihrem Eifer leiten ließen und, so zu sagen, fromme Mißgriffe machten, so unterließen sie dieß bald; sie lernten, sich nicht ihrer Einbildungskraft, ihrem Temperamente, einem ungestümen und übel verstandenen Eifer zu überlassen, sondern den Antrieb der Gnade zu erwarten, ihr Schritt für Schritt zu folgen und nicht weiter zu gehen als sie. Sie erkannten endlich durch das innere Licht und durch die Erfahrung, daß ihre Heiligung weit mehr das Werk

Gottes sei als das ihrige, und daß sie um so weiter kämen, je mehr sie sich darauf beschränkten, seine Wirksamkeit zu unterstützen.

XXV.

Schluß.

Man wird sagen: Was soll man thun, um sich Gott hinzugeben? Hängt dieß nicht mehr von seiner Gnade als von uns ab? Ist diese Gabe seiner selbst nicht der Act der äußersten Liebe? Steht es in meiner Gewalt, diesen Act zu wirken? Ich antworte: Das ist allerdings in deiner Gewalt, wenn du es nur aufrichtig willst, weil von Seite Gottes Alles in Bereitschaft steht, der nichts so sehr wünscht als den Besitz deines Herzens. Thue also du nur mit Zuversicht, was von dir abhängt.

Ich nehme an, daß dich Gott bei dem Lesen dieses Büchleins ein heißes Verlangen fühlen läßt, dich ihm gänzlich hinzugeben. Erwecke dieß Verlangen immer stärker in dir. Sprich aus dem innersten

Herzensgrunde: Mein Gott, du hast dieß Verlangen nicht umsonst in mich gelegt; verleihe, daß ich zur Ausführung übergehe. Wann wirst du mich dir geben? Ach, wenn du doch schon der Herr meines Herzens wärest! O glückseliger Augenblick, wo ich sagen kann: Gott ist mein, und ich bin sein! Dieser Gedanke begleite dich überall; er sei der Hauptinhalt deiner Gebete; opfere deine Communionen dieser Absicht. Ein Funke von Liebe wird, wo er unterhalten wird, bald einen großen Brand erzeugen. Besonders sei während der ganzen Zeit, wo du um diese Begünstigung flehest, gegen die Gnade äußerst getreu, erlaube dir wissentlich keinen Fehler, keine Nachläßigkeit; und wenn du unversehens fehlst, so bezeige Gott augenblicklich deine Reue darüber. Vielleicht bereitet dich Gott eine Zeit lang vor; vielleicht bemächtigt sich die Gnade sogleich deines Herzens; verharrest du aber in den eben angedeuteten Uebungen, so ist es unmöglich, daß du nicht endlich den so ersehnten Act hervorbringest. Hast du ihn hervorgebracht, so fühlst du es durch die Veränderung, die in deinem Innern vorgeht. Du bist nicht mehr dieselbe Person.

Die eiteln Bedenklichkeiten, welche man mir entgegenhalten könnte, zu widerlegen, damit will ich mich nicht befassen. Wer sie aufzustellen fähig ist, der hat noch nicht das ernstliche Verlangen, ganz Gott zu gehören.

Christliche Gedanken.

1.

Gott verdient es gewiß, daß du dich ihm unbedingt hingebest; er verlangt es; er befiehlt es dir: „Du sollst lieben den Herrn, deinen Gott, von deinem ganzen Herzen, von deiner ganzen Seele, von deinem ganzen Gemüthe, mit allen deinen Kräften." Du siehst es, du hast nur ein Herz, eine Seele, ein Gemüth, Kräfte, um dich Gott zu weihen und ihm aus Verlangen, ihm zu gefallen, zu gehorchen.

Gott hat dein Herz gebildet. Er hat es für sich gebildet. Er fordert dich beständig auf, es ihm zu geben; er verlangt es von dir nicht als ein Gut, das dir gehört, sondern als sein Gut. Wenn du Gott irgend eine Neigung deines Herzens versagest, wenn du ihm nur ein getheiltes

Herz gibst, so entziehst du damit Gott Etwas, das du ihm schuldig bist.

Du gehörst nicht dir selbst, sondern Gott und einem jeden Geschöpfe um Gottes willen; du darfst dich also der Sinne deines Leibes und der Fähigkeiten deiner Seele nur nach dem Willen Gottes und für Gott bedienen.

Du willst nur Gott im Himmel haben; wünsche, suche nur Gott auf Erden; denke an nichts Anderes als daran, ihm zu gefallen.

Du liebst Gott nicht, wie du ihn lieben sollst, wenn du nebst Gott irgend Etwas liebst, das du nicht um Gottes willen liebst. Kein Geschöpf darf in deinem Herzen eine andere als die zweite Stelle nach Gott einnehmen; kein Geschöpf darf dasjenige, was du Gott schuldig bist, nur im Mindesten beeinträchtigen.

Prüfe dein Herz und siehe zu, ob es nicht Neigungen hat, welche dich nicht zu Gott führen. Siehe, ob es nicht einer Person, einem erschaffenen Gegenstande, irgend einer Beschäftigung auf eine Weise anhange, die Gott nicht angenehm ist, und beeile dich, dieß Alles muthig Gott aufzuopfern. Betheuere ihm, daß du auf Erden und im Himmel nur ihn willst.

2.

Hüte dich vor der Muthlosigkeit, du fügest dir damit den größten Schaden zu. Wer sich der Muthlosigkeit überläßt, mißtraut entweder Gott, oder rechnet nur auf sich selber. Nichts mißfällt Gott mehr, nichts ist für die Seele so verderblich.

Das Vertrauen auf Gott macht dem Teufel Furcht.

Die Güte, die Milde Gottes machen ihn immer nachsichtig hinsichtlich der Sünden, die man begangen hat; man darf sie nur bereuen. Welches auch deine Verirrungen sein mögen, bewahre nur eine große Hoffnung auf Gott. Er ist bereit, siebenzigmal siebenmal, d. h. immer zu vergeben; und er verlangt, um vergeben zu können, nur die Bekehrung, d. h. die Zerknirschung und die Liebe. Blicke nie auf deine Armseligkeiten, ohne zugleich die göttlichen Erbarmungen im Auge zu behalten. Gewöhne dich daran,

Gott deinen Vater zu nennen; Niemand verdient diesen süßen Namen so sehr als er.

Deine Hoffnung sei groß, dein Vertrauen grenzenlos, aber einzig auf die Güte desjenigen, der in der ganzen Welt der gute Gott heißt, und auf die unendlichen Verdienste Gottes, des Erlösers, gegründet, der am Kreuze all sein Blut für dich vergossen hat. Gott ist unser Vater; Jesus Christus ist unser Erlöser; der heilige Geist ist der Bräutigam unsrer Seele; Maria ist unsre Mutter; alle Engel und die Heiligen sind unsre Beschützer.

Die Größe deiner Sünden ist ein Grund, zu hoffen. Indem dir Gott vergibt, beweist er seine Güte, seine Großmuth, seine Erbarmung. Warum solltest du nicht mit dem Propheten sprechen: Herr, du wirst mir meine Sünde vergeben, weil sie sehr groß ist? Wenn ich weniger gesündigt hätte, so hätte ich vielleicht weniger Hoffnung: durch mich wird die Barmherzigkeit Gottes verherrlicht werden.

Verliere nie den Muth, und wenn

du gefehlt hast, was dir oft begegnen wird, so nimm als ein Kind zu Gott deine Zuflucht, das gefallen ist; es ruft nach seiner Mutter, damit sie ihm helfe, wieder aufzustehen; diese Mutter neigt sich und richtet schnell ihr Kind wieder auf: eben das thut Gott.

3.

Wie groß auch deine Leiden sein mögen, vergiß nicht, daß du sie wohl verdient hast, ja daß sie viel geringer sind, als du verdient hast, weil du schon so oft die Hölle verdient.

Die Zeit des Leidens ist von allen Zeiten deines Lebens die kostbarste; bringe sie nicht mit Klagen zu, sondern bestrebe dich, dich gänzlich in den Willen des Herrn zu ergeben. Wirf dich deinem Erlöser zu Füßen; küsse mit Liebe seine heiligen Wunden; vereinige deine Leiden mit den seinigen, und sprich dann: Herr, schone meiner nicht in dieser Welt, sondern erweise mir Barmherzigkeit in der andern.

Nimm immer mit Danksagung die

kleinen Kelche an, die Gott dir schickt. Alle Strafen in dieser Welt sind wahre Erbarmungen. Du mußt alsdann mild gegen dich selber, und noch mehr gegen Andere sein.

Bei den Verlusten der Güter bedenke, daß diese Güter Gott gehörten, daß er sie dir nur geliehen hat, und daß er vollkommen berechtigt war, sie wieder zurückzunehmen.

Wenn du durch innere Leiden gebeugt wirst, so sprich zu Gott: Herr, wenn dieß zu meiner Strafe geschieht, so nehme ich die Strafe, und wenn zu meiner Prüfung, so nehme ich die Prüfung gern an.

Nichts ist tröstender im Unglück, als es im Willen Gottes, zu den Füßen des gekreuzigten Jesus zu betrachten, welcher gesagt hat: Selig sind die Weinenden!

4.

Betrachte Gott nicht als einen Herrn, der schwer zu befriedigen ist, und der zu viel von dir verlangt. Betrachte ihn vielmehr als einen Vater voll Güte und voll Mitleid gegen deine Schwachheiten.

Man muß Gott fürchten, man muß ihn aber noch mehr lieben. Fürchte ihn, aber liebe ihn tausendmal mehr als du ihn fürchtest. Diene ihm mit einer mit Freude vermischten Furcht. Fürchte ihn mit einer kindlichen Furcht. Fürchte ihn mit der Furcht, von welcher die Seligen im Himmel durchdrungen sind.

Habe gegen Gott die Liebe und das Vertrauen einer Magd, welche dem besten aller Herrn auf's Treueste ergeben ist, und einer Tochter, welche dem zärtlichsten aller Väter auf's Herzlichste gehorcht.

Vereinige dich mit Gott durch die Liebe. Unterhalte während des Tages dieß heilige Feuer durch viele Acte der Liebe. Gewöhne dich daran, Alles aus dem edeln Beweggrund der Liebe zu thun. Diese Uebung ist köstlich, du verwandelst dadurch das Blei in Gold.

Nichts ist für ein Geschöpf ehrender, und nichts ist Gott wohlgefälliger, als wenn man oft Acte der reinen Liebe verrichtet. Sprich oft: Gott allein, Gott allein. Mein Gott und mein Alles. Ich liebe dich, weil du Gott bist.

Lieben wir Gott jetzt. Ach! wir werden vielleicht aufhören, ihn zu lieben, und wenn wir nicht in seiner Liebe sterben, so werden wir ihn ewig nicht lieben. Das beste Mittel, ihn in der Ewigkeit vollkommen zu lieben, ist, ihn hienieden zärtlich, heiß, rein zu lieben.

Um dich zu ermuntern, deinen Gott recht innig zu lieben, so verliere die so lange Zeit nicht aus dem Auge, während welcher du seine Geduld in Anspruch genommen hast.

Damit du Gott lieben sollst, deßhalb hat sich der Sohn Gottes sichtbar gemacht, hat er so große Dinge gethan, und hat er Alles für dich gelitten. Liebe ihn, siehe ihn überall; unterhalte dich vertraulich mit ihm; betrachte beständig sein Leben, seine Lehre, seine Leiden; denke nur an seine Verherrlichung, an seine Nachfolge, an seinen Dienst. Communicire oft, um innig mit ihm vereinigt zu bleiben, umschlinge ihn aufs Innigste, wenn er sich dir gegeben hat. Bitte ihn, er möge dich mit seiner Liebe erfüllen, dich in der göttlichen Liebe wachsen und sterben lassen.

5.

Deine Hauptandacht sei die Liebe Gottes. Den Willen Gottes zu thun, das muß der Zweck aller Andachten sein.

Die Vollkommenheit und das Paradies in dieser Welt bestehen darin, daß man beständig, in allen Dingen, mit Freude und aus Liebe den heiligen Willen Gottes thut.

Du gehörst nicht dir; nichts von dem, was in dir ist, gehört dir; du hast kein Recht, über dich zu verfügen; unterwirf dich dem Willen Gottes; wünsche, daß Gott in dir und mit dir entweder selber oder durch die Geschöpfe, welche du als die Träger seiner Gewalt betrachten mußt, Alles thue, was ihm gefällt. Den Willen Gottes zu erkennen und ihn zu thun, sei immer einsunddasselbe. Dieses Wort unsers Herrn sei dein Athem: Dein Wille geschehe; dein Wille geschehe, und nicht der meinige.

Brich in jedem Augenblicke deinen

Willen durch die Ausübung des Gehorsams und durch die gewissenhafte Treue in deiner nach Gottes Willen eingerichteten Lebensweise.

Betrachte dich als eine Feder, die dem Hauche des Geistes Gottes preisgegeben ist. Es darf dir wenig daran liegen, ob er dich in den Staub fallen läßt, oder dich bis zum Himmel erhebt, wenn nur sein heiliger Wille geschieht, seine Ehre vergrößert wird, und du nie aufhörest, ihm wohlgefällig zu sein.

6.

Du bist zu einem gänzlichen Absterben berufen. Dieses Absterben geschieht allmälig durch tägliche Siege. Nicht die großen Siege bereichern dich, sondern durch viele kleine Siege wirst du unermeßliche Schätze für den Himmel sammeln.

Stirb allen Dingen hienieden ab, rede und handle, wie wenn du eben so von ihnen losgeschält wärest wie die Todten.

Stirb der Werthschätzung der Geschöpfe ab. Was liegt demjenigen, der nur Gott sucht, der nur Gott gefallen will, und dem Gott genügt, daran, ob er von den Geschöpfen geliebt oder geachtet werde? Wünsche, daß man dich nicht beachte, daß man dich für unnütz halte, und daß dir Andere vorgezogen werden.

Führe ein gewöhnliches Leben. Liebe und beobachte deine Zurückgezogenheit. Habe so wenig Verkehr mit der Außenwelt als möglich. Dein Leben sei mit Jesus Christus in Gott verborgen.

Die Demuth läßt viele Fehler vermeiden und erspart vielen Kummer.

Benütze das Lob, welches man dir ertheilt, zu deiner Demüthigung. Du bist in der Wirklichkeit nur das, was du in den Augen Gottes bist, welcher oft viele wirkliche Mängel sieht, wo Andere Tugenden zu sehen meinen. Die Welt lobt dich wegen der Hälfte deiner Pflicht, die du thust, und Gott wird dich vielleicht wegen der andern Hälfte verwerfen, die du nicht thust.

Ein Act der Demuth gilt mehr, als alle die Süßigkeiten, welche gewisse eifrige Seelen im Gebete finden.

7.

Lasse nie nach weder in deinen Gebeten, noch in deinen Uebungen der Demuth, noch in deinen Bußwerken. Dein Kampf hat kein Verhältniß mit der Krone, und das Ende naht alle Tage. Du hast schon einen großen Theil deines Lebens zugebracht, denke oft daran, daß der Kampf zu Ende geht.

Die Gnade bleibt auf dem Wege nicht stehen, und wehe dem, der sie verhindert, Fortschritte in seinem Herzen zu machen.

So lange du nichts findest, das liebenswürdiger ist als Gott, oder so lange du nicht ein Gut findest, das du in ihm nicht findest, so suche nichts Anderes.

Folgendes ist ein vortreffliches Mittel, um beharrlich zu bleiben: Lebe immer für den heutigen Tag, und nimm dir Morgens nichts Anderes vor, als den Tag so gut als möglich zuzubringen, ohne an den folgenden Tag auch nur zu denken. Am Abend bitte um Vergebung deiner Fehler, und beginne den folgenden Tag wieder mit dem festen Vorsatze, recht über dich zu wachen, um den Tag ohne alle Untreue zu vollbringen.

Ich bitte dich dringend, diene Gott, dem König der Könige, nicht wie man den Königen der Erde dient, zu gewissen Zeiten, in gewissen Augenblicken; diene ihm beständig, mit Vertrauen, mit Freude und Liebe, alle Tage deines Lebens, bis zu deinem letzten Athemzuge.

Amen.

Inhalt.

Seite

CPSIA information can be obtained
at www.ICGtesting.com
Printed in the USA
LVHW100435110522
718424LV00003B/138

9 783375 009793